삼국연의와 기만 欺瞞

삼국연의와 기만(欺瞞)

초판 1쇄 인쇄 | 2013년 11월 15일
초판 1쇄 발행 | 2013년 11월 25일

글 王振泰
역자 최병규

발행인 김정옥
대　표 김남석
디자인 임세희

발 행 처 우리책
주　　소 135-945 서울시 강남구 양재대로 55길 37, 302(일원동, 대도빌딩)
전화번호 (02)2236-5982
팩시밀리 (02)2232-5982
등록번호 제2-36119호
홈페이지 http://www.daewonsa.co.kr

ISBN | 978-89-90392-47-3 03800

국립중앙도서관 출판시 도서목록은 e-CIP홈페이지(http://www.nl.go.kr/ecip)에서
이용하실 수 있습니다. (CIP제어번호 : 2013022903)

값 15,000원

* 이 책은 원저자와 번역자와의 협의에 의해 번역 출간되었습니다.

삼국연의와 기만 欺瞞

王振泰 지음 · 최병규 옮김

우리책

머리말

명대 4대 기서로 불리는 『삼국연의』, 『수호전』, 『서유기』, 『금병매』는 누구나 다 아는 중국의 고전소설이다. 특히 『금병매』를 제외한 앞의 세 작품은 중국인이면 누구나 다 잘 아는 소설이다. 설령 책을 읽지 못했다고 하더라도 희극이나 TV 드라마, 그리고 만화 등을 통해 소설 속의 이야기들에 대해 대충 알고 있을 뿐 아니라, 작품 속 사상에 대해서도 어느 정도 이해하고 있을 것이다. 민간에 떠도는 말에 "늙어서는 『삼국연의』를 읽지 않고, 젊어서는 『서유기』(혹은 『수호전』)를 읽지 않는다."는 말도 이 소설들에 대한 민중들의 보편적인 이해를 잘 대변해 주고 있다. 그러나 『금병매』는 역대로 금서(禁書)이자 음서(淫書)로 통해 비록 속의 내용을 다소 추린 판본들이 나돌기는 했어도 그 책을 모두 읽은 사람들은 비교적 적다. 근래 몇 종의 도판본들이 슬슬 서점가에 나돌아 그 책을 읽은 사람들이 증가하긴 해도 앞의 세 작품에 비하면 그 수는 미약하다. 실로 이 네 권의 작품은 세상에 나온 이래 평론자들도 많아 역사학·문학·사회학·경제학 등의 이론으로 평가될 뿐 아니라, 정치·군사·문화·경제 각 시각에서 이들을 연구하기도 하여, 실로 다양한 이론들이 펼쳐지기도 하였다.

1996년 내가 대학 도서관에서 근무할 적에 중문과와 정치역사과, 그리고 도서관의 여러 동료들과 함께 고적(古籍) 정리 연구실을 열었는데, '4대 기서 신론(四大奇書新論)'은 그 연구과제 중의 하나였다. 목적은 대학생들의 독서활동을 장려하고, 학생들의 인문 소양을 높이자는 데 있었다. 우리는 대학 도서관에 독서토론회와 학술강연회를 만들어 나를 비롯한 연구실의 유강(劉剛), 왕진태(王振泰), 왕홍경(王鴻卿) 등 세 분의 교수들이 연합해서 '4대 기서'를 강의하였다. 이들 강좌는 상당한 인기와 성공을 거두었다. 당시 학생들이 학교 게시판에 쓴 제목은 "4대(四大) 교수들의 4대 기서 신평(新評)"이었다. 왕진태 교수의 강의는 '『삼국연의』와 기만〔三國演義與詐〕'이었고, 왕홍경 교수는 '『수호전』과 의리〔水滸傳與義〕'였으며, 유강 교수는 '『서유기』와 지혜〔西遊記與智〕'였고, 내 강의명은 '『금병매』와 욕망〔金瓶梅與欲〕'이었다. 우리는 강좌가 끝난 후 출판계 친구들의 동의를 구한 다음, 책으로 출판하는 작업에 들어갔다. 그러나 책자가 오늘에 이르러서야 출판된 것은 교학(教學)과 행정 업무의 번망(繁忙)함과 거기다 불시에 부여되는 프로젝트 임무 수행 때문이었다.

이 책들은 모두 '명대 4대 기서 신론'이라고 이름 지어졌는데, 그것은 이 책들의 저술 동기와 주지(主旨)에 따른 것이다. 우리는 이 책들을 통해 4대 기서에 대해 무슨 큰 평론을 내렸다기보다는 이 소설들의 내용에 의거해 새로운 각도에서 작품의 사상과 내함(內涵)을 고찰함으로써 그 사회적 가치를 연구하고자 했다. 동시에 우리들의 신론이 사람들의 독서활동에 그 어떤 새로운 계기나 시사점이 부여되길 바라는 마음이었다.

왕진태 교수의 '『삼국연의』와 기만(三國演義與詐)'은 모두 38편으로 구성되어 있다. 제1편은 "난세에는 하늘도 속이고 사람도 속인다"라고 하였는데, 제목도 훌륭할 뿐 아니라 주지도 매우 선명하다. 속인다는 의미의 '사(詐)'는 교활, 음흉, 기만, 사기 등의 뜻을 갖고 있다. 그러나 사실 그 속에는 지혜의 함의도 품고 있어 지혜와 지모로 활용되기도 한다. 『손자병법』에서도 "병법에는 기만을 배제하지 않는다〔兵不厭詐〕"는 말이 있다.

『삼국연의』는 원래 국가의 분열과 통일에 이르는 정사와 전쟁을 정치적으로 분석한 책이며, 사상・문화적으로는 중국 전통 정치사상 문화의 핵심이라고 할 수 있는 '대일통(大一統)사상'을 얘기하고 있고, 전통 도덕상

으로는 '충의'를 말하고 있다. 그런데 왕 교수는 이 책에서 다른 새로운 각
도에서 『삼국연의』를 해석하고 있다. 그는 대일통사상이나 충과 의를 얘기
하지 않고, 완전 새로운 주제인 '기만'을 내세웠다. 그리하여 그는 지혜
(智)의 다른 일면으로서의 『삼국연의』 속 '기만(詐)'을 고찰하였다. 특히
이 책을 통해 조조와 조비, 순욱을 비롯해 제갈량, 유비, 손권, 장비 등의
기만에 대해 많은 필묵을 할애하였다.

　　요컨대 이 책에는 네 가지 특징이 있다. 첫째, 관점이 새롭다. 비록 기서
에 대한 기평(奇評)이라고는 못 해도 4대 기서에 대한 새로운 논의를 펼치
고 있음은 확실하다. 둘째, 아속(雅俗)이 함께 감상할 수 있는 책이다. 책
속에는 서술과 의론이 있으며, 대다수 독자에 대한 평가와 학문적인 고찰
도 있다. 분명한 것은 이들 책의 독자층이 대단히 다양할 수 있다는 점이
다. 셋째, 문장이 간결하여 매 편이 2000여 자에 불과하며, 필자들의 생각
이 솔직하고 대담하게 표현돼 있어 독자들에게 매우 편한 마음을 줄 수가
있다. 따라서 이 책은 쉬는 시간이나 혹은 식사 후 차를 마시는 시간의 소
일거리가 될 수 있으며, 결코 지루해 잠이 오게 하는 책이 아니다. 넷째, 교
육적인 의의가 있다. 이 네 권의 서적은 모두 인성의 시각에서 기만·의
리·지혜·욕망을 논하며, 인생을 평론하고 있다. 이는 바로 몸을 닦고,
뜻을 세우며, 자신을 바로잡는 이야기인 것이다.

　　이에 세 분 교수님들의 부탁으로 외람되이 서문을 작성하였으나 부족
한 필력과 우둔한 재주로 인해 부끄러울 따름이다.

2002년 10월

智 瑞 君

역자 서문

　명청 소설의 여러 장르 가운데 『삼국연의』는 역사연의소설에 해당한다. 소설 예술로서의 이 작품을 얘기하자면, 『삼국연의』는 과장과 대비, 그리고 홍탁(烘托, 다른 사물의 묘사를 통해 주제나 목표를 더욱 선명하고 강렬하게 부각시키는 수사 기교) 등의 예술 기교를 사용하여 박진감 나는 전쟁 묘사와 생동감 있는 인물 묘사로 호평을 받고 있다. 그러나 노신(魯迅)도 지적하였듯이 지나친 과장으로 묘사의 진실성이 결여되고, 인물 형상 묘사에 나타난 평면적 묘사는 이 소설의 단점으로 지적되기도 한다. 그런데도 이 작품이 소설 예술로서 큰 매력을 지님은 무엇일까?

　보통 『삼국연의』의 예술적 성공을 얘기할 때 빠질 수 없는 점이 바로 이 과장적 수법이다. 현실주의적 관점에서 보면 이 소설의 인물 묘사는 비합리적이고 평면적이다. 그러나 『삼국연의』는 평화(評話)인 민간문예에서 나온 것이기에 과장적 수법이 필수적이고, 또 이러한 과장적 수법이 바로 이 소설의 단점이자 장점이며 매력인 셈이다. 이는 문학 언어의 묘사가 생활 논리 속의 진실성, 즉 합리성이 결여되었다고 하더라도 예술 논리 속의 진실성이 있으면 그 묘사는 성공적이라는 실례를 잘 보여 주고 있다.

　명청 문학은 무수한 인인지사(仁人志士)들의 치정(癡情)의 결정이자 몽환의 반영이라고도 한다. 그것은 명청 문학이 당시 주정주의적 사회 분위기를 잘 반영하여 인간의 정과 꿈, 그리고 이상과 욕망을 낭만적으로 잘 그려냈기 때문이다. 그런데 이『삼국연의』는 정치와 역사라고 하는 현실을 배경으로 하여 전쟁과 같은 인간사의 흥망성쇠에 대해 서술하고 있기에 지극히 현실주의적인 작품이라고 볼 수가 있다. '삼국연의와 기만'이라는 이 책의 제목에서도 그러하듯『삼국연의』는 인간의 순수한 정과 낭만에 대한 이야기가 아니라 권모술수와 기만 등과 같은 처세술에 대한 내용을 담고 있다.

　중국의 가장 유명한 두 고전소설을 들자면 아마도『삼국연의』와『홍루몽』이라고 할 수 있다. 그런데 이 두 소설은 너무나 상반된다.『홍루몽』이 냉혹한 세속을 떠나 인간이 지닌 순수한 정과 낭만을 초속적(超俗的)으로 찬미하였다면,『삼국연의』는 냉혹한 세속사회 속으로 들어가 삶의 전략과 술책을 세속적으로 그려내고 있다. 위진 풍도의 정신에서 비롯하여 명청 시대 인성해방운동으로 이어진 정주이학(程朱理學)에 반하는 중국문학 속의 치정과 풍류·낭만의 전통이『홍루몽』에 반영되었다면,『삼국연의』는 그와 상반되는 충효절의와 같은 중국의 전통적 유가사상을 그 기반으로 하고 있다. 따라서『홍루몽』이 반유가적·반공리적·반세속적 사상을 띤다면,『삼국연의』는 유가적·공리적·세속적인 경향을 띤다. 이처럼 두 작품은 완전히 상반된 사상을 그 배경으로 하고 있다.

　『삼국연의와 기만』의 작가 왕진태 선생은 요녕성 출신으로, 도연명 연구를 중심으로 중국고전문학을 두루 연구하는 여든을 바라보는 원로 학자다. 필자가 노선생을 처음 만난 것은 작년 중국 하남성 주마점(駐馬店)에서 열린 도연명 국제학술대회에서다. 선생은 노령에도 불구하고 학술대회 참가를 위해 동북성 안산시에서 중원의 하남성까지 멀고 먼 길을 달려와, 도연명의 한정부(閑情賦)에 대한 특이한 관점의 논문을 발표하여 필자에게 대단히 깊은 인상을 심어 주었다. 그의 『삼국연의와 기만』도 『삼국연의』 속의 인물들에 대한 그의 독특한 시각이 잘 반영되어 있다. 이를테면 간웅 조조에 대한 찬양과 전통적으로 미화된 유비와 관우에 대한 비판적인 시각 등이 그러하다. 간혹 편폭상의 문제로 인해 그 주장에 다소 논리성이 결여된 부분도 없진 않으나, 그 견해는 일단 매우 창의적이고 새롭다. 사실 굴곡 많은 중국현대사를 겪은 중국의 한 노학자가 보는 『삼국연의』의 세계는 그 자체만으로도 우리에게는 매우 새롭게 느껴질 수도 있을 것이다.

　앞의 머리말에서도 지적하였듯이 본서는 38편의 독립적인 단편 문장으로 구성되어 독자들이 아무 장소에서나 지루함이나 따분함 없이 가려서 독파할 수 있게 구성된 것이 특징이다. 더구나 중간 중간에 들어간 많은 분량의 옛 삽화는 본문의 내용을 더욱 알차고, 인상적으로 만들어 주고 있다. 모쪼록 이 한 편의 작은 역서가 『삼국연의』에 대한 독자들의 흥미를 높여 주기를 바라는 바이다.

2013년 11월
최 병 규

차 례

1 난세에는 하늘도 속이고, 사람도 속인다

태평성세에는 천지가 서로 조화로워 바람은 온화하고 태양도 아름답다. 또 강물도 맑고 바다도 평온하며 세상이 고요하여 사람들도 선량하고 화기애애하다.

그런데 난세에는 음양이 서로 어긋나 천지는 조화를 잃고 사악함으로 가득하다. 100년간이나 볼 수 없었던 흉악한 재앙들이, 사람들이 상상할 수 없을 정도로 이어지게 된다. 그리하여 사회가 어지럽고 인심도 난폭해져 모든 것이 무질서 상태에 빠진다. 그 피해는 고스란히 천하의 백성들에게 돌아가는데, 그들은 자고로 제왕 장상들의 호구이기 때문이다.

공자의 유가학설에서는 하늘과 사람이 서로 하나가 되어야 한다는 '천인합일'을 주장하였지만 이는 선량한 바람에서 주장한 것이며, 하늘과 땅과 사람의 도움을 얻어야만 되었다. 고로 공을 세우고 사람이 하늘의 뜻에 부합되어야 하고, 그래야 하늘은 사람의 뜻에 따르는 것이며, 그래야만 비로소 지극히 이상적인 경지에 이르는 것이다. 하지만 반대로 난세에도 '천인합일'이 있지만 하늘의 재앙과 사람의 인재가 서로 함께 드러나는 것이다. 이는 고금의 역사가 잘 말해 준다. 『삼국연의』의 첫머리를 보면 다음과 같다.

천하의 대세는 오랫동안 나누어지면 반드시 합쳐지고, 오랫동안 합쳐지면 반드시 분열이 된다. 주나라 말기에 일곱 나라로 분쟁하다가 진나라에 통합되었다. 그리고 진이 멸망한 이후에는 초나라와 한나라가 다투다가 한나라에 의해 통합되었다. 한나라는 고조(高祖)가 흰 뱀을 죽이고 봉기를 일으킨 연후에 천하를 통일시켰다. 그 후 광무(光武)의 중흥을 거쳐 헌제(獻帝)에 이르면 다시 삼국으로 나누어지는데, 그 난의 원인을 알아보면 아마도 환제(桓帝)와 영제(靈帝) 두 임금 때문이었다.

이는 천하대세의 나누어지고 합해지는 이야기이나 실은 하늘과 사람의 나누어지고 합해지는 이야기이다. 나누어진다는 것은 '난세'이고, 합쳐진다는 것은 '통일'을 말한다. 중화민족은 자고로 통일의 전통을 중시하였는데, 이는 다른 나라의 그 어느 민족과도 비교될 수 없었다. 그런데 편안할 때에도 위급함을 생각하고 태평성세에도 앞 시대의 교훈들을 거울삼아야만 비로소 훗일의 후환을 없앨 수 있는 것이다. 미연에 우환을 방지하기 위해 역사를 배우는 것이다. 『삼국연의』라는 이 역사장회소설은 열의 일곱은 사실이고 열의 삼은 허구라고 사람들은 얘기하나, 실은 열에 다섯도 사실이 아닐 가능성이 더 높다. 그러나 지극히 중요한 점은 이 책이 당시 역사의 실제와 크게 어긋나지 않음에 있다.

『삼국연의』는 중화민족의 큰 지혜가 가득 차 있어, 이를 읽는 사람은 성숙해지고 조급해지지 않으며, 냉정해질지언정 광분하지 않으며, 총명해지면서 어리석어지지는 않는다. 그런 까닭에 필자는 이 책을 가장 좋아한다. 인생 우주의 허다한 이치들을 간접적으로 경험할 수 있으니, 진짜 이 책을 면밀히 읽어 그 이치를 꿰뚫어보면서 실제로 잘 응용한다면 능히 일생의 반려자가 되어 '지혜의 주머니'는 물론이요, '자료의 창고'가 될 것이다.

우리는 이 『삼국연의』의 위대한 가치를 알아야 한다. 이는 필자가 이 책을 위해 광고하거나 독자들을 기만하여 이 작은 책을 팔기 위해 하는 말이 아니다. 믿든 말든 이는 독자들이 판단할 일이다. 솔직히 말해 필자는 이 저술에 상당히 몰입하였다. 비록 이 작은 저서가 『삼국연의』와 같이 역사에 남지는 않겠지만 실로 자신의 일가견을 남기고자 함이니, 독자 여러분들이 한가한 때에 차를 기다리거나 혹은 무료한 시간을 보내고자 할 즈음 한두 편의 문장을 읽어보면 그래도 소일거리로 족하리라 생각한다.

사실 이렇게 많은 잔소리를 늘어놓았지만 이 또한 독자 여러분을 기만하는 것이다. 솔직히 말해 필자도 약간의 기만술을 배웠다. 그렇지 않으면 『삼국연의』에 죄송하기 때문이다.

독자 여러분이 기만에 대해 얘기하는 필자에게 본인도 기만을 하느냐고 물어본다면 필자는 당연히 그렇다고 대답할 것이다. 독자 여러분도 이 기만에 대해 좀 배우길 바란다. 그렇다고 매사에 언제나 기만술을 사용해야 한다는 것은 아니다. 그리고 여러분이 매우 선량하고 정직하다면 더욱더 기만술이 필요하며, 기만술에 대비하는 마음이 더더욱 필요하다. '기만'은 미연에 막기가 참 어렵기 때문에 자신을 꼭 보호해야만 한다. 세상은 당신 혼자만 사는 것이 아니니, 세상 사람들이 모두가 당신과 같기를 바랄 수야 없지 않겠는가!

『삼국연의』 제1회, 건녕(建寧) 2년 4월 망일(望日)에 조정의 온덕대전(溫德大殿)에 영제가 막 용좌에 앉으려는데, 궁전 모서리에서 광풍이 갑자기 일어나면서 크고 검푸른 용이 기둥에서 내려와 의자 위에 똬리를 틀고, 홀연 벼락을 동반한 큰 비가 우박과 함께 밤새도록 내려 궁전이 수도 없이 많이 부서졌다. 이는 바로 하늘이 속이는 것이다. 같은 연호 4년 2월에는 지진이 낙양을 덮쳤는데, 이도 하늘의 기만이다. 게다가 바닷물이 넘쳐 백성들이 모두 거대한 파도 속으로 빨려 들었으니, 이 역시 하늘이 속이는 것이다. 이해 6월 삭일(朔日)에는 십여 장(丈)이나 되는 검은 기운이 온덕전 안으로 들어왔으니, 이도 하늘의 기만이다. 가을인 7월에는 옥당에 무지개가 보이고 오원산의 봉우리가 모두 무너졌으니, 이도 하늘이 기만하는 것이다.

이상 하늘의 기만은 원래 하느님이 진노하여 여러 가지 상서롭지 않은 현상으로 조정의 비리를 경고하며 반드시 천하의 민심이 흉흉해져 난리가 발생할 것을 말해 주는 것이다. 조물주인 천지대자연은 지극히 신비스럽고 예측하기 어려워 보기엔 우연한 것 같으나 사실은 필연인 것이다. 이하(李賀)의 시에 "하늘이 정(情)이 있다면 하늘도 늙을 것이다 〔天若有情天亦老〕."라고 하지 않았던가! 확실히 종종 사람은 정이 많아 다정해도 하늘은 정이 없어 무정하고 냉정하기도 하며, 또 간혹 (하늘은) 무정하고 냉정한 것 같아도 갑자기 다정하고 깊은 정을 드러내기도 하여, 사람이 설령 고의로 무정하고 냉정하려고 해도 이 세상의 이치와 조화를 어떻게 전환시킬 수도 없다.

하늘의 속임이 이러하니 이젠 사람의 기만에 대해 얘기하자. 거록군 (巨鹿郡)의 장각(張角)은 수재에도 합격하지 못해 산에 올라 약초를 캐다가 우연히 한 노인을 만나 『태평요술(太平要術)』 세 권을 받게 된다. 노인은 '남화요선(南華堯仙)'이라고 하였다는데, 이는 장각이 지어낸 사기다. 나중에 장각은 '태평도인(太平道人)'으로 불리면서 바람과 비를 몰고 왔다고 하였지만 이것도 기만이다. 당시 전염병이 유행하였는데, 장각은 부적을 사용하여 사람들의 병을 고쳐 주면서 스스로 '대현양사 (大賢良師)'라고 칭했으니, 이 역시 사기다.

이렇게 그는 사기를 쳐서 제자 500여 명을 거느리고, 사방에서 사람들이 구름같이 몰려 36방을 세웠으니, 대방에는 1만여 명, 소방에는 6~7000명이 제각기 장군으로 칭했는데, 이도 사기다. 더욱이 거짓 구호를 외치길, "하늘이 죽었으니, 또 다른 하늘을 세워야 한다. 갑자년에 천하가 크게 길할 것이다."라고 사기를 쳤다. 장각은 병력을 일으켜 자칭 '천공장군(天公將軍)'이라고 했고, 장보(張寶)는 '지공장군(地公將

軍’, 장양(張梁)은 ‘인공장군(人公將軍)’이라고 칭했으니, 이도 사기이다. 그리고 깃발을 높이 달아 마치 대의명분을 내세우는 듯 대중에게 고하길, “이제 한나라가 망하니 큰 성현이 등장하리라. 너희들은 모두 하늘의 뜻에 따라 바름을 행하여 태평성대를 즐겨야 할 것이다.”라며 기만을 했다.

이로부터 사방의 백성들은 모두 누런 두건을 두르고 장각을 쫓아 그 반군이 4, 50만 명이나 되었다. 그 기세가 너무 당당해서 관리들도 그들을 보면 달아나기 바빴다. 저 태평천국의 홍수전(洪秀全)과 이자성(李自成)의 무리들도 모두 기만책을 써서 난을 일으킨 것이다.

장개석(蔣介石)도 당시 일세의 영웅에서 부패의 극치로 향하지 않았던가. 이에 비해 모택동은 정강산(井岡山)에서 아주 미약한 지역을 장악하고 있었지만 “작은 별들의 불로 들판을 태우다.”라는 말이 나오면서 그 세력을 크게 발전시켰다. 중국 밖에서도 이에 감격하여 말하길, “모택동은 일개 시인이었지만 새로운 중국을 얻었다.”라며 칭송하지 않았던가! 장개석은 일본에서 투항한 후에 모택동으로 하여금 거짓으로 중경(重慶)에서 담판을 하도록 하면서 그가 그 담판에 응하지 않을 것이라고 생각했다. 허나 장개석의 그런 음모에 아랑곳하지 않고 모택동은 주공(周公)과 함께 떳떳이 그 담판에 응해 항일 승리의 과일을 혼자 독식하려는 장개석의 속셈을 드러내게 하였다. 그는 천하의 중국공산당원들에게 진실한 마음으로 연합정부의 사심 없는 광명정대(光明正大)한 정신을 이어나갈 것을 밝힘으로써 국내외의 많은 지지와 동정을 얻게 되었다.

　10년간의 동란은 그 누구도 임표(林彪)의 기만을 기억하게 만들었다. 그는 허울 좋게도 '가장 친밀한 전우', '가장 신임하는 부수령'으로 명명되며 오랜 동안의 아성을 속임수로 차지하였다. 그 신통함은 모택동을 '절대적인 권위'와 '가장 최고로 위대한 천재'라는 기만으로 그를 내세웠지만, 결국에는 바로 임표 그 자신이 거짓으로 칭한 대로 (모택동은) '가장 믿을 만한 후계자'로 남게 되었음은 그 누구도 다 아는 사실이다.

　난세에는 하늘이 사기를 치는가, 아니면 사람이 기만을 부리는가? 하늘과 사람이 함께 기만을 부린다. 그 누가 이를 부인할 수 있겠는가! 태평성세라면 하늘이 속이고 사람이 속여도 난세에 비해 그리 심각한 정도는 아니다. 이에 대해서는 잠시 덮어두도록 한다.

사람의 일을 중시하고,
귀신을 얘기하지 않는다　**2**

고금을 통해 세상에 타협하지 않고 자기 식으로 살아가면서 재기를 믿고 광인처럼 살아가는 자들이 있다. 이들은 때론 자신의 총기를 믿고 두려움 없이 법도를 무시하기도 하는데, 종종 작은 것으로 인해 큰 것을 잃기도 하며, 심지어 그로 인해 매우 불쌍하고 슬픈 파국을 맞이하기도 한다. 사람들은 이들을 동정하거나 애석하게 여기기도 하지만 그래도 우리는 이를 경계해야 할 것이다.

공자는 괴력난신(怪力亂神)을 얘기하지 않았다. 그는 사람의 일, 즉 인사를 중시하며 귀신을 중시하지 않았다. 조공(曹公, 조조)은 성인의 가르침을 중시하였는지에 대해서는 여기서 결론을 내릴 수 없다. 그러나 이에 대한 근거들이 있다.

공융(孔融)이 순유(荀攸)에게 말했다.

"내 친구 예형(禰衡)은 자가 '정평(正平)'인데, 그 재주가 저보다 열 배는 됩니다. 이 사람이 황제 곁에 있어 보필하는 것이 좋을 듯합니다. 행인(行人)의 직책도 가능하지만 천자에게 추천해 볼 만합니다."

헌제는 이를 조조에게 알리고, 예형을 부르게 되었다. 예가 끝나고 조조가 고의로 그를 시험하기 위해 그를 앉히지 않고 서있게 하였다. 도도한 예형은 이를 참지 못하고 화를 냈다. 더욱 조조를 의아하게 한 것은 그의 광기와 무례함이 상식을 초월하였기 때문이다.

『삼국연의』 제23회 전반부에는 그의 도도함이 잘 묘사되어 있다.

장료(張遼)가 옆에서 칼을 뽑아 그를 죽이려고 하였다. 조조는 오히려 매우 냉정히 대했다.

"내가 마침 북을 치는 관리가 하나 필요했는데, 아침저녁으로 연회 시에 예형으로 이 직책을 맡기면 되겠구나."

이에 장료가 말했다.

"이자는 말씨가 아주 불손한데 왜 그를 죽이지 않으십니까?"

조조가 말했다.

"이 사람이 평소 헛된 명성이 있어 그 소문이 자자한데, 오늘 그를 죽여 버리면 천하의 사람들은 모두 나를 도량이 좁다고 할 것이네. 그 자는 스스로 재기가 넘친다고 생각하는데, 오늘 내가 일부러 북치는 관리를 시켜 욕을 보인 것이네."

다음 날, 조조는 관청에서 빈객들을 맞이하다가 예형이 낡은 옷에 북을 치면서 옷을 벗어던졌다가 다시 바지를 천천히 입으며 조조를 욕하는 의외의 장면을 목격하게 된다. 공융은 조조가 그를 죽일 것을 알고 다시 진언하였다. 조조는 화를 참고 예형에게 말했다.

"자네를 형주로 보내어 유표(劉表) 밑에서 일하게 하겠네."

예형은 그래도 그 곳으로 떠나려고 하지 않았다. 조조는 그래도 덕이 있어 말 세 필을 준비하여 두 사람을 시켜 그를 데려가게 하였다. 거기다 문무 관리 부하로 하여금 술을 준비하여 동문에서 전송토록 했다. 이렇게 진정이든 가식이든 조조는 그의 체면을 세워주었던 것이다. 그가 이런 대우를 받은 건 처음일 것이다.

예형이 도착해 말에서 내려 들어올 때, 순욱(荀彧)은 여러 사람들을 시켜 앉아서 일어나지 말라고 했다. 예형은 또 참지를 못했다. 크게 통곡하면서 세 번이나 욕을 해댔다. 사람들이 그를 죽이려고 했지만 이번엔 순욱이 말렸다.

형주에 도착한 후에도 유표의 덕을 다소 칭송하기도 했으나 사실 풍자가 더 많았다. 유표도 부득이 그를 황조(黃祖)에게 보냈는데, 그는 황조를 보고는 함께 취해버렸다. 그리고 황조에게 말했다.

"당신들은 사묘 안에 있는 신(神)과 같소. 사람들이 당신들에게 제사를 지내나 가증스럽게도 당신들은 아무 영험도 드러내지 못하오."

그 결과 예형은 목숨을 잃었다.

필자는 모종강(毛宗崗) 선생의 말에 동의하지 않는다. 그는 "예형은 황조가 죽인 것이 아니라 유표가 그를 죽인 것이며, 또한 유표가 죽인 것이 아니라 조조가 사실 그를 죽인 것이다."라고 하였다. 이는 말도 되지 않는다. 어찌 조조가 그를 죽였단 말인가? 이는 분명히 그가 죽을 죄를 지은 것이다. 이런 작자를 살려두면 뭐하겠는가! 이 넓은 천하에 어찌 예형만 최고의 재주를 지닌 자라고 할 수 있겠는가!

후대 사람들은 시를 지어 그를 탄식하며 "주옥 같은 예형이 강가에서 부서졌다.", "무정한 푸른 강물만 흘러가네." 등의 시구를 남겼다. 허나 그럴 만한 가치가 있겠는가! 그가 진정 재기와 뜻이 있는 자라면 모름지기 큰일 한두 가지를 해야만 했다. 혹은 유표에게서 혹은 황조에게서 말이다. 허나 광망(狂妄)하여 아무것도 하지 못하고, 오직 촉새처럼 입만 놀려 화를 당한 것이다. 유가의 예의는 어디 갔단 말인가!

공융도 사람을 잘 보지 못한 것이다. 조조도 그를 중용하고자 시험한 것이며, 그의 사람됨을 보고자 한 것이다. 여기서 우리는 조조의 지혜를 볼 수가 있다. 혹자는 말하길, "예형이 유비에게는 조조나 유표 등과 같이 대하지 않았을 것이다."라고 하겠지만, 그렇다면 왜 미리 그를 찾아갈 준비를 하지 않고 여기저기 난리를 피우며 지냈단 말인가! 실로 그는 재기가 있는 현명한 자라고 할 수가 없다. 자신의 화를 참지 못하고 성깔을 부리는 예형과 같은 자는 스스로 무덤을 판 것이며, 잘 죽은 것이다.

제23회에는 조조가 길평(吉平)을 죽이는 장면이 있는데, 결국 그를 계단에 부딪혀 죽게 하고 그 시체를 찢게 하였다. 사람들은 모두 조조가 잔악하기 그지없다고 하지만 필자는 그렇게 보지 않는다. 조조는 일부러 두통이 있다고 속이고 길평을 불러 약을 짓게 하면서 스스로 단단히 예방을 하였다. 게다가 전혀 주저하지 않고, 진영웅(眞英雄)이라고 할지언정 절대 연민의 마음을 지니지 않고, 그에게 '눈에는 눈 이에는 이'로 복수하였다. 그렇지 않다면 조조라고 할 수 있겠는가! 자신을 죽이려고 한 망명도(亡命徒)에게 자비로움과 관용을 베풀 수 있겠는가! 동승(董承) 등의 허리끈에 쓴 조서가 발각되지 않고 먹혀들어 조조를 주살하였다고 하더라도 천하통일의 태평성세가 도래할 것이라고 어찌 장담할 수 있겠는가!

한 헌제는 절대 그럴 만한 위인이 못 된다. 한나라의 강산이 이미 무너졌고 삼국이 정립하는 형세가 이미 이뤄졌는데, 한나라 황실을 쥐고 있는 것만이 상책이 아니다. 현 시점을 파악하는 자가 바로 영웅이다. 조조가 천자를 위협하여 제후들을 호령한 것은 시대적 조류에 순응한 용감한 결단이었다. 누구라도 이러한 흐름을 역행할 때 조조가 어찌 그를 용납할 수가 있겠는가! 길평은 난을 일으켰고, 난을 일으킨 자는 반드시 제거되어야만 하는 것이다.

좌자(左慈)는 요사스러운 도로써 민심과 군심을 어지럽혔다. 조조는 그의 화상을 그려 도처에 붙여 그를 잡아들이게 했다. 좌자가 3400명이 되어 거리에 넘쳐도 모두 잡아들이자는 것이었다. 그리하여 여러 장수들에게 명하여 돼지와 양의 피를 뿌려 그들을 압송하게 하였고, 친히 병사 500명을 데리고 그들을 포위하여 모조리 참수시켰다. 조공(조조)은 확실히 평범한 인물이 아니어서 악을 제거하는 데에도 모든 힘을 다하였다. 고금을 통해 사악하고 요사스러운 무리들을 용납하지 않은 영웅이라면 오직 조공뿐일 것이다.

양수(楊修)는 자가 ‘덕조(德祖)’로, 주부(主簿)직을 맡았다. 제71회에는 조조가 채염(蔡琰)의 집에 들어갔다가 우연히 벽 사이에 조아비문도(曹娥碑文圖) 족자를 보게 되는 부분이 있다. 그 뒤에 새겨진 여덟 글자 “황견(黃絹) 어린 소녀, 외손자 제구(虀臼, 즉 黃絹幼婦, 外孫虀臼)”는 채염의 부친인 채옹(蔡邕)이 쓴 것이다. 모두가 그 여덟 글자의 뜻을 몰랐을 때, 오직 양수만이 그 수수께끼의 비밀을 알고는 '절묘한 멋진 글[絕妙好辭]'이라고 풀이했다. 조조는 크게 놀라며 "바로 나의 생각과 같네."라고 말했다. 그러나 나중에 양수는 재기를 믿고 여전히 호탕한 행동을 하며 구속을 받질 않았다. 종종 장난꾸러기 어린아이가 지길 싫어하며 고집부리는 것처럼 나서길 좋아했다.

한번은 조조가 꽃동산을 만들게 하고 이를 시찰한 다음 문 위에다 '活(활)'이라는 글자를 쓰고 떠났다. 사람들은 그 의미를 몰랐지만 양수는 그것을 알고는 그 문을 넓혔다('闊'의 의미인 '넓히다'로 받아들인 것이다.). 그런데 조조는 양수만 그 뜻을 아는 것에 매우 질투를 느꼈다. 나중에 '일합소(一合酥)' 사건('소'는 밀가루에다 술과 설탕을 넣어 만든 바삭바삭한 과자류이다. 『삼국연의』에는 북방에서 소 한 광주리를 보내와 조조가 이를 탁자 위에 두고 나갔는데, 양수가 이를 모두 먹어버렸다는 이야기가 있다.)으로 인해 양수는 사람들과 마음대로 음식을 모두 나누어 먹었다. 그리고는 그 '합(盒)' 위에다 "한 사람이 한 입을 먹다[一人一口酥]"라고 써 조조에게 답했다. 그리하여 조조는 겉으로는 껄껄 웃었지만 속으로는 더욱 그를 미워했다. 조조는 "내가 꿈속에서 사람을 잘 죽인다."라고 하며 무고한 몸종 한 명을 죽인 적이 있다. 임종시에 양수는 이를 탄식하며 말하길, "승상이 꿈속에 있는 것이 아니라 그대가 바로 꿈속에 있었구려."라며 직접 비방하기도 했다.

또 오질(吳質)을 큰 삼태기에다 숨기는 사건으로 조조와 부딪힌 적이 있는데, 다행히 조비(曹丕)가 비단을 그 속에다 담았다. 그리고 조식(曹

植)을 시켜 "내가 왕명을 받들어 행하는데 그 누가 감히 막는가!"라며 문지기를 참수하였다. 조조는 언제나 군사와 나라 일들을 조식에게 물었는데, 그는 언제나 청산유수와 같이 막히는 것이 없었다. 알고 보니 양수가 그를 위해 준비해 준 것이었다. 조조는 양수가 조식을 위해 준비한 답변들을 보고는 매우 화가 나 "필부놈이 어찌 나를 속이려 하는가!"라고 하였다. 후에 조조가 닭곰탕을 마시던 중에 그 속에 닭의 늑골이 있어 하후돈(夏侯惇)에게 야간 행군의 암호로 삼게 했다. 양수는 하후돈에게 '계륵(鷄肋)'에 대해 해석해 주며, 막사의 여러 장수들이 행장을 수습하며 돌아가게 하였다. 조조는 이를 알고 크게 놀라며 분노해 "네가 어찌 감히 말을 지어내 군심을 어지럽히는가!"라며 즉시 그를 참수하였다. 이런 난리를 피운 자를 어찌 용인할 수 있겠는가! 사건 하나하나가 모두 양수 자신이 자초한 것이다. 처음엔 작은 일이었으나 점점 사건이 커지면서 스스로 총명함을 믿고 날뛴 격이다. 그를 참하지 않고 어느 때를 다시 기다리겠는가! 신인(神人) 관노(管輅)에 대해서도 조조는 처음엔 의심하였지만 나중엔 믿었다. 관노가 신중하고 공손한 때문이었다. 신의(神醫) 화타(華陀)에 대해서도 조조는 오해로 그를 의심하여 길평과 다르지 않다고 여겼다. 조조가 만약 화타가 정말 그의 뇌 속에 있는 종기를 치료하고자 함을 알았다면 정말로 크게 유감이었을 것이다. 왜냐하면 조조는 신의를 매우 중히 여기는 사람이었기 때문이다.

조조가 죽인 자들이 정말 많기는 하나 그 연유를 따져 보면 그럴 만한 이유가 있었다. 일률적으로 그의 잔악함을 탓할 것이 아니다. 이는 조조를 위한 변호가 아니라 실사구시의 원칙에서 사태를 본 것이다.

固一世之雄也而
今安在哉
清克書齋主

3 담력과 식견을 함께 지닌
서공명(徐公明)

『삼국연의』 제76회에는 모종강의 다음과 같은 평이 있다.

"서황은 동쪽을 치는 듯하면서 서쪽을 공략하고, 이쪽을 감추고 저쪽을 드러내었다. 오직 한 명의 정장(正將)과 두 명의 부장(副將)으로 마치 천군만마의 기세를 지녔으니 용병의 달인이라고 할 수 있다. 서황의 면수(沔水) 전투는 장료의 합비(合肥) 전투와 유사하다. 두 사람이 모두 대장군의 재목을 지녔기에 관공(관우)도 그들과 친했던 것이다. 그러나 장료는 환난 속에서 관공을 구했지만 서황은 오로지 환난 속에서 그를 곤궁하게 만들었다. 그러한즉 서황의 사람됨은 장료에게 못 미친다고 하겠다."

허나 "서황이 장료에게 못 미친다."는 말은 매우 공정하지 못한 편견이다. 관공을 그렇게도 중요한 관건의 시금석으로 보는 건 그리 공정하지가 못하며, 따라서 모종강의 평도 설득력을 잃게 된다.

아래 발췌한 『삼국연의』의 내용을 보자.

한편, 번성의 포위가 풀려 조인이 장수들을 이끌고 조조를 만나 흐느끼며 절을 올리며 죄를 청하였다. 조조가 말했다.

"이것은 천수(하늘의 운수)이지 그대들의 죄가 아니오."

조조가 삼군을 크게 포상하고 친히 사총의 영채에 이른다. 주위를 둘러보고 장수들을 돌아보며 말했다.

"형주병들이 해자를 둘러 파고 녹각을 겹겹이 놓았는데, 서공명이 그 가운데 깊이 침입해 마침내 전공(全功)을 거뒀소. 고(孤)가 수십 년간 용병했으나 아직 이처럼 크게 진격해 적위(敵圍, 적진)를 뚫고 들어가지는 못했소. 공명은 참으로 담량이 크고, 견식이 넓은 사람이오!"

뭇 장수가 모두 탄복하였다. 조조가 군사를 거둬 마파(摩陂)로 돌아가 주둔하였다. 서황 병력이 도착하자 조조 스스로 영채를 나와 맞이하였다. 바라보니 서황 병사들 모두 대오를 맞춰 행군하는 데다 흐트러짐이 없다. 조조가 크게 기뻐하며 말했다.

"서 장군은 참으로 주아부(周亞夫, 무후 주발의 아들로서 칠국의 반란을 토벌한 장군)의 풍모를 지녔구려!"

마침내 서황을 평남장군으로 봉하고, 하후상과 함께 양양을 지키며 관공의 군사를 막도록 하였다. 조조는 형주가 아직 평정되지 않아 마파에서 둔병하며 소식을 기다렸다.

그리고 다시 돌아와 다음 대목을 보자.

그때 조조는 허도에서 마침 모사들과 더불어 형주 사태를 의논하고 있었다. 그런데 동오의 사자가 서찰을 전하러 왔다고 한다. 조조가 불러들이자 사자가 서신을 바쳤다. 조조가 뜯어서 읽어보니, 오병들이 곧 형주를 엄습하므로 조조도 운장을 협공하라 요청하는 것이다. 또한, 누설돼서 운장이 대비하는 일이 절대 없도록 당부하는 글이다. 주부 동소(董昭)가 말했다.

"지금 번성이 곤경에 처해 목을 길게 빼고 구원을 갈망합니다. 먼저 사람을 시켜 서찰을 화살에 매어 번성으로 쏘아 보내 일단 군심을 풀어줘야겠습니다. 그리고 관공에게도 동오가 형주를 습격한다고 알리십시오. 형주를 잃을까 두려워 반드시 병력을 물릴 테니, 서황을 시켜 그 틈에 엄살하면 가히 전공(全功, 완전한 공적)을 거둘 것이옵니다."

동오(東吳)가 형주를 점령하기 위해 위(魏)로 하여금 서로 연합 출병하여 협공하자고 하니, 이런 돌발적인 연합 행동에 관공은 꼼짝 없이 속임을 당할 판국이었다. 그러나 위는 임기응변으로 일부러 기밀을 발설하여 관공을 혼란스럽게 해 그로 하여금 형주를 지키기 위해 병력을 얼른 퇴각시키게 했다. 그런데 그가 형주에 병력을 진입시키려고 할 때, 서황을 파견하여 기회를 틈타 엄살하게 하였으니, 이는 더욱 관공의 예상 밖이었다. 조조는 고개를 재껴 크게 웃으며 그 계략을 칭찬하였다.

그런데 문제는 서황에게 있다. 왜냐하면 그는 관공과 예전에 매우 좋은 관계를 가져 서로 은혜를 입은 상태였다. 서황은 옛정을 생각하여 마음이 약해져 관공을 놓아줄 생각을 할 수 있지 않을까?『삼국연의』

에서는 여기서 조조가 관우와의 옛정을 생각하는 것을 얘기하지 않았다. 그러나 독자들도 기만 속에 말려들어가게 된다. 서황은 도대체 이 상황에 어떻게 대처할까?

서황이 막사 안에 앉아 있는데, 마침 위왕(魏王)의 명령이 전해졌다. 위왕이 병사를 이끌고 이미 낙양을 지났으니 서황은 먼저 관우와 전투를 벌여 번성의 포위를 풀어주라는 것이었다. 이는 바로 위왕이 번성의 포위를 먼저 해결하고자 하는 새로운 전략이었다.

언성(偃城)에 둔병한 관평(關平)과 사총에 둔병한 료화(廖化)의 병력에는 모두 12개의 영채가 있어 그 끊임없이 이어진 세력을 마주하고 서황은 부장(副將)인 서상(徐商)과 여건(呂建)으로 하여금 거짓으로 자신의 깃발을 들게 하여 곧장 언성으로 향해 관평과 교전하게 하였으며, 자신은 정예병사 500명을 데리고 면수로 가 언성의 배후를 공격하였다. 이것이 바로 서황이 취한 동쪽을 공략하는 듯하면서 서쪽을 치는 기만술이다.

서상과 여건은 관평과 몇 차례 대전을 치른 후에 그를 패배시켰는데, 관평은 계책에 말려든 것을 알고 급히 병사를 모아 언성을 구하러 갔고, 그때 마침 서황과 마주쳤다. 그리고 몇 번 교전도 하지 않았는데 언성이 이미 불바다가 된 것을 보고는 전투할 마음이 달아나 사총으로 달아났으나 영채의 정예 병사들을 거의 다 희생시키고 제1둔(第一屯, 첫 번째 주둔지)에 머물렀다. 관평이 보니, 위병은 천산(淺山) 위에 주둔하였는데, 서황이 위치를 잘못 선택한 것이라 생각하여 밤에 병사를 데리고 습격하려고 했다.

그날 밤, 관평이 병사 일부를 데리고 위의 영채로 돌격하였을 때 사람이라곤 아무도 보이질 않아 속은 것임을 알고 급히 나오려는데, 좌우에서 서상과 여건이 양쪽으로 협공하니 크게 패해 돌아갔다. 사실 서황은 이미 사총을 점령한 것이었다. 관평은 지탱할 수가 없어 제1둔을 버리고 사총으로 내달렸지만 영채 내에는 불길이 하늘을 치솟아 모두가 위병의 깃발임을 알게 된 것이다.

관평은 번성으로 달아날 수밖에 없었고, 또 서황과 고전을 치르다가 결국 달아난 것이다. 관공은 크게 노하며 관평과 요화의 말을 전혀 믿으려고 하지 않았다. 바로 이때, 서황의 대군이 이미 당도했다는 급한 전보가 날아왔지만 관공은 한편으로는 걱정하면서도 다른 한편으로는 기뻐하며 급히 말을 준비하라고 명하며 말했다.

"서황과 나는 교분이 있어 그의 능력을 잘 안다. 만약 그가 병력을 후퇴시키지 않으면 내가 반드시 먼저 그를 참해 위나라 장수들에게 본때를 보여 줄 것이다."

관공은 칼을 쥐고 말에 올라 분연히 나섰다.

"서공명은 어디 있는가?"

그때 위나라 진영의 문이 열리며 서황이 출마해 몸을 굽혀 말한다.

"군후와 헤어진 뒤, 어느새 몇 년이 흘렀소. 뜻밖에 군후께서도 수염과 머리카락이 벌써 창백해지셨구려. 생각건대 지난날 장년(壯年, 한창 기운이 씩씩한 시기)에 상종하며 많이 가르침을 받은 것은 감사하고 잊지 못하겠소. 이제 군후의 아름다운 명성과 영웅스러운 자태가 중원에 진동하는 것을 저도 듣게 되니, 참으로 찬탄하지 않을 수 없소! 이 곳에서 다행히 다시 한번 만나 뵈니, 그간의 회포를 깊이 푸는 듯하오."

관공은 그가 이처럼 공손한 것을 보고는 그를 퇴각시킬 희망이 보임을 느끼며 말했다.

"나와 공명은 교분이 심히 두터워 타인과 비할 수 없소. 그런데 지금 무슨 까닭에 몇 차례나 내 아들을 핍박하셨소?"

서황이 장수들을 되돌아보며 당당하게 큰 소리로 말했다.

"운장의 목을 얻는 이는 천금의 큰 상을 내리겠소!"

관공이 크게 놀라 말했다.

"공명께서 어찌 이런 말을 꺼내시오?"

"오늘은 국가의 일이니, 내 감히 사사로움으로써 공무를 저버릴 수 없소!"

서공명의 이 말은, '나 서공명이 어찌 당신과 같이 화용도(華容道)에서 국가 대사를 잊은 채 사적인 정으로 공무를 저버리는 그런 짓을 하겠느냐' 는 의미와 '나는 바로 서공명이라는 사람인데, 당신이 나를 잘못 보았다.' 는 의미가 숨어 있다.

서공명은 말을 마치자 바로 큰 도끼를 휘두르며 관공에게로 달려드는데, 전혀 인정사정이 없었다. 그 모습은 화용도의 관공의 모습과는 정반대였다. 이런 서공명의 혈기와 정신은 확실히 비범하며, 조조가 진정한 영웅을 알아보는 혜안이 있음을 증명해 준다.

관공은 크게 노해 역시 칼을 휘두르며 맞이해 80여 합을 싸운다. 관공이 비록 무예가 절륜하나 아무래도 오른팔은 아직 힘이 약하다. 관평은 혹시 관공이 실수할까 두려워 화급히 징을 쳤다. 관공이 말머리를 돌려 영채로 돌아오는데, 갑자기 사방에서 함성이 크게 진동해 알고 보니 번성의 조인이 조조의 구원병이 온 것을 듣고 군사를 이끌고 급히 번성을 빠져나와 서황과 회합해 양쪽에서 협공하는 것이었다. 형주병들이 크게 어지러워졌다.

그 후, 관공은 양양으로 달아날 생각을 하지 못하고, 공안으로 몸을 옮겼다. 그런데 도중에 공안의 부사인(傅士仁)이 이미 동오에 투항했다고 하였다. 관공은 노기가 충천하여 상처가 터져 기절하고 말았다. 한참 지난 후에 그는 여러 장수들의 부축을 받으며 깨어났다.

만약 서황이 관공을 놓아주었다면 관공은 야금야금 패해 맥성(麥城)으로 패주하였다가 동오 반장(潘璋)의 부장인 마충(馬忠)에게 붙잡혀 손권에게 죽임을 당하지는 않았을 것이다. 따라서 서황의 전공이 지대하였다.

『삼국연의』를 읽으면 언제나 관공을 추켜세우며 서황은 칭송하지 않고 도리어 그를 비판한다. 그러나 국가의 공무를 중히 여기며 사사로운 정에 공무를 저버리는 것을 비웃는 서황의 태도는, 바로 개인적인 감정과 의리를 국가 대사를 위해 희생하는 것이 큰 일을 맡은 자의 본분이자 임무라고 할 것이다.

『삼국연의』의 이 장(章)을 읽으면 조조의 사람 봄이 유비나 제갈공명보다도 한층 고단수라는 것을 알 수가 있다. 서황의 정치적 두뇌와 군사적 계략도 관우보다도 높은 것을 알 수가 있다.

관우를 지나치게 신성시할 필요는 없다. 물론 역사상 진짜 관우의

모습은 『삼국연의』 속의 모습과 닮았을 수도 있다. 그것은 마치 역사
상 진짜 조조의 모습이 희곡(戲曲) 속의 악역인 조조의 모습과 전혀 다
른 것과도 같다.

4 제갈량이 왕랑(王朗)을 욕하고
마속(馬謖)을 목 베다

제갈량과 관우는 화용도에 출병하기 전에 모두 군령장을 썼다. 제갈량은 조조가 반드시 그 길로 들어올 것이라고 했고, 관우는 절대로 조조를 놓아주지 않는다는 것이었다. 제갈량은, "운장(雲長, 관공)은 화용도의 좁은 길, 높은 산길에 장작더미를 쌓아 올려 불꽃을 만들어 조조를 오게 해야 한다."고 했고, 관우는, "조조가 불꽃 연기를 보면 매복이 있음을 알고 어찌 오겠소."라고 했다. 그러자 제갈량은 "조조는 불꽃 연기가 나는 것을 보면 적이 허장성세를 부리는 것으로 여기고 필히 이곳으로 올 것이니, 관 장군은 절대 조조를 잡으면 용서하지 말아야 되오."라고 했다.

그리고 나중에 제갈량은 다음과 같이 말했다.

"이는 조조와의 옛정을 생각하여 일부러 그를 놓아준 것이니 이는 군령장을 크게 위반한 것이오. 군법으로 처리할 것이오.”

그리하여 제갈량은 무사를 불러 관공을 끌어내어 참수토록 했다. 그런데 유현덕(劉玄德, 유비)이 이 말을 듣고 말했다.

“옛날 우리 세 사람이 도원에서 결의를 맺을 때 생사를 함께 하길 맹세를 하였네. 지금 운장이 비록 법을 어겼으나 차마 이전의 맹서를 저버릴 수가 없소. 바라건대 그 과오를 기억하게 해서 앞으로 공을 세워 속죄케 하도록 하시오.”

공명은 그를 용서하였다. 당연히 사전에 공명은 유현덕에게 다음과 같이 말했다.

“제가 밤에 하늘의 기상을 보니 조조 역적이 죽은 것이 아닙니다. 운장이 조조에게 인정을 베풀었으니 이것 또한 잘한 일입니다.”

필자는 이때 제갈량이 운장으로 하여금 그런 인정을 베풀게 해서는 안 되었다고 생각한다. 당시 조조를 죽이지 않은 것은 다른 사람에게 좋은 기회를 제공한 것이었다. 조조를 놓아줄 것이었다면 화용도에 매복할 필요가 없었다. 이렇게 관우를 처리할 것이라면 공명이 애초에 관우에게 군령장을 쓰게 할 필요도 없었다. 결과적으로 군령장은 공명과 유현덕 두 사람 간의 군사놀이에 불과했다. 뿐만 아니라 이로 인해 공명은 실없는 사람이 되었으며, 관우의 버릇만 키워준 셈이다. 이처럼 관우는 한 번도 엄격한 비판을 당해본 적이 없어 스스로 매우 대단하다고 여기며 눈에 보이는 것이 없었다. 함께 전투에 임하는 부장들의 말도 귀담아 들은 적도 없다. 이는 그가 여러 번 참패한 원인이자 결국에는 패하여 목숨을 잃는 원인도 되었다.

마속에 대해서도 유비는 일찍이 공명에게 말한 바가 있다.

"승상이 보기에는 마속이 어떤 사람 같소?"

공명이 말했다.

"이 사람은 보기 드문 영특한 인재입니다."

"그렇지 않소. 짐이 보기엔 이 사람은 말이 항상 앞서오. 크게 기용해서는 아니 되오. 승상은 깊이 살펴보시오."

그 후, 마속은 가정(街亭)을 수비할 것을 요청하여 공명이 그럴 거면 군령장을 써야 된다고 하니 그는 당장 군령장을 작성했다. 그런데 가정과 유성(柳城)이 모두 함락당했다는 전갈을 듣고는 공명이 발을 구르며 탄식을 했다.

"큰일이 물거품이 되었네! 내 잘못이로다!"

그런데 마속은 스스로 결박하여 찾아와 공명 앞에 무릎을 꿇었고, 공명은 얼굴빛이 변해 다음과 같이 말했다.

"가정은 우리의 뿌리요. …지금 군이 패해 장수들을 잃었고 성도 함락당했으니 이는 모두 당신의 과실이요. 만약 지금 군기를 엄숙히 바로잡지 않는다면 어찌 많은 사람들을 다스리겠소! 그대가 법을 어겼으니 나를 원망하지 마시오. 당신이 죽은 후에 가족들은 내가 매달 녹과 양식을 줄 테니 걱정할 필요는 없소."

그리고는 좌우를 불러 그를 끌어내 참수하게 했다. 마속이 뼈아픈 눈물을 흘리며 소리 내어 우는 모습을 보고 공명은 손을 흔들며 말했다.

"나와 당신과의 의리는 형제와도 같으니 당신의 자식들은 바로 나의 자식이오. 걱정하지 말고 가시오."

그런데 마속을 끌어내 막 참수하려는데 장완(蔣琬)이 크게 놀라며 소리쳤다.

"잠시 멈추시오!"

그는 들어와 공명에게 말했다.

"옛날 초나라가 득신(得臣)을 죽혀 문공(文公)이 기뻐하였습니다. 지금 천하가 안정되지도 않았는데 지모가 있는 인재들을 죽인다면 어찌 아깝지 않겠습니까!"

이에 공명이 눈물을 흘리며 답했다.

"옛날 손무(孫武)가 천하에 이름을 떨친 것은 법을 확실하게 잘 사용한 까닭입니다. 지금 사방이 분쟁의 국면에 접어들어 창칼들이 난무하는데, 만약 법을 무시한다면 어찌 적들을 토벌할 수 있겠소! 응당 참형을 내려야 하오."

얼마 지나지 않아 무사가 계단 아래에서 마속의 수급(머리)을 바쳤다. 공명은 크게 울며 말했다.

"나는 마속을 위해 우는 것이 아니오. 생각건대 선제(유현덕)께서 백제성(白帝城)에서 위기에 처했을 때 일찍이 나에게 부탁하시길, 마속은 말이 앞서는 자라 크게 기용해서는 안 된다고 하셨는데, 오늘 과연 그 말씀이 옳았소. 나는 자신이 현명하지 못하다는 것을 깊이 깨닫고 선제의 말씀이 지당함을 기억하여 이렇게 아프게 우는 것이오."

장완의 말이 옳다. 사실 공명은 마속을 참해선 안 되었다. 허나 공명은 결단코 마속을 참하고 법을 명확히 하는 것이라고 했으며, 선제에게 미안하다고 했는데, 이는 모두 쓸데없는 변명이다. 관건은 마속이 가정을 지키는 대업을 완수하지 못한 점이다. 그런데 그것은 공명이 자신의 과실이라고 인정하였으며, 또 마속에게는 자신(공명)을 원망하지 말라고 한 점들이다. 공명은 물론 그 후가 더욱 무서웠을 것이다. 즉 마속이 가정을 잃은 후 서성(西城)이 빈 성이 되었을 때 자신이 하마터면 거의 사마의(司馬懿)에게 공격을 당해 죽을 뻔하였다.

모종강의 평에 의하면 "서성의 전투는 공명도 거의 잡혀 죽을 뻔했다."라고 했으니, 공명은 정말 화가 많이 났던 것이다. 마속을 참수한 것은 잘못이며 이는 마속이 세운 지난날의 공을 전혀 생각하지 않은 것으로, 응당 그에게 공을 세워 속죄하는 기회를 주어야 했다. 그 누가 마속이 그 후에도 쓸모없는 짓만 하리라 단정할 수 있겠는가! 공명이 마속을 참하며 첫째 군법을 얘기하고, 다음에는 선제의 부탁을 거론하며 사기를 쳤다. 즉 내가 그를 죽이는 것이 아니고 선제께서 시켜서 죽이는 것이라고 했다. 공명이 스스로 표(表)를 작성하여 장완으로 하여금 후주(後主)에게 보고하게 하여 스스로 승상의 직위에서 물러나길 요청한 것도 사기극에 불과하다. 공명은 후주가 아무리 무능해도 자신의 그 요청에 응하지 않을 것임을 미리 알고 있었다. 아니나 다를까 후주는 "이기고 지는 것은 병가의 상사입니다."라고 하였다. 그러나 시중 비위(費褘)의 상소가 있어 후주는 그래도 멍청하지는 않아 공명을 우장군(右將軍)으로 강등시켰다.

공명이 관우와 마속을 대하는 대조적인 태도에서 그의 공정하지 못함을 읽을 수가 있다. 비위가 조서(詔書)를 지니고 한중(漢中)으로 가자 공명은 그에게 정색을 하고 화를 내었는데, 이 역시 불필요한 행동이었다. 왜냐하면 비위는 공명이 부끄러워할까 두려웠으며, 원래는 선의의 마음이었다. 공명은 응당 웃으며 완곡하게 답해야 했다.

공명은 비위의 이 상소문에 필히 후주가 자신을 강등시키고자 하는 내용이 있음을 알고 고의로 그에게 인상을 쓰며 화를 낸 것이다. 그런데 비위도 결코 아부하는 부류의 인물이 아니었다. 그는 공명에게 "촉의 백성들은 모두 승상께서 처음에 네 현을 공략한 것을 매우 기뻐합니다."라면서 "근자에 듣자니 승상께서 요직을 얻고자 하시니 천자께서도 매우 기뻐하십니다."라고 하였는데, 이는 모두 사실이었다. 공명은 오히려 민감하게 반응하여 그에게 얼굴을 붉혔던 것이다.

다시 돌아와 조비는 편안히 왕위를 이어 받고 왕랑이 어사대부를 맡게 된다. 나중에 위의 왕 조예(曹叡) 태화(太和) 원년에 조진(曹眞)이 대도독이 되고, 왕랑은 군사령관이 되어 함께 기산(祈山)의 촉병을 물리칠 계책을 의논하였다.

공명이 눈을 들어 위나라 진영을 보니 중앙에 백발의 수염을 한 노인은 사도 왕랑이었는데, 당시 76세였다. 왕랑이 말을 몰아 나오니 공명은 수레 위에서 읍을 하였다. 왕랑도 말 위에서 몸을 굽혀 답례를 했다. 그리고는 한바탕 투항하라는 말을 길게 하였는데, 마지막의 내용이 이러하다.

"부초더미에서 자라난 반딧불이 같은 불빛이 어찌 하늘 중앙의 밝은 달과 비교할 수 있겠소! 공은 무기를 버리고 예로써 투항하시면 봉후의 자리는 잃지 않을 것이요. 그러면 나라도 편하고 백성들도 기뻐할 텐데 어찌 좋은 일이 아니리오!"

실사구시로 보면 왕랑이 한 말은 결코 기세등등하여 남을 업신여기는 말이 아니며, 공명을 중히 여긴 것이다. 그리고 그 전에도 그는 공명에게 이렇에 말했다.

"공의 존성대명을 들어왔는데 오늘 정말 다행히 한번 뵙게 되었소이다. 공은 응당 천명과 시무(時務)를 아실 터인데 어찌 이런 무의미한 병력을 일으키려 하시오?"

허나 공명은 수레 위에서 크게 웃으며 답했다.

"한의 원로대신이라 고상한 담론을 늘어놓으실 줄 알았는데, 어찌 그런 비천한 말씀을 하시오! …어찌 역적을 도와 같이 찬탈의 음모를 꾸미겠소! 그 죄악은 천지도 용납할 수가 없소. 천하의 사람들이 모두 당신들의 고기를 뜯으려고 하고 있소. …머리 허연 필부 늙은 역적아, 당신은 지금 바로 구천 아래로 떨어질 것인즉 무슨 낯으로 24제(二十四帝)를 볼 수 있겠는가!"

그 때 이 노인은 그 말을 듣고 화가 가슴에 치밀어 올라 큰 소리를 지르며 말 아래로 떨어졌다. 나는 결코 공명의 편을 들 수가 없다. 오히려 그가 유가(儒家)의 풍도(風度)를 잃었다고 생각한다. 촉나라의 승상이라는 자가 걸핏하면 여러 차례 주유(周瑜)의 화를 돋우고, 걸핏하면 인정사정없이 왕랑에게 욕을 해대는데, 이런 자를 고상하고 유능하다고 할 수 있을까? 이런 자는 승상이나 군사령의 모습과 어울리지 않는다.

『삼국연의』 속에서 독자들로 하여금 가장 화나게 만들며, 가장 욕을 잘 하는 사람은 공명이다. 원래 큰 대업을 이루고자 했으나 결국에는 외톨이로 전락하고, 그 후에도 뒤 이을 자를 찾지 못한 자가 바로 공명이다. 관우를 관대히 용서하면서도 마속을 엄격하게 처단한 자도 공명이다. 유비를 정통으로 내세우고 조조와 손권을 역적으로 본 자도 공명이다. 천시(天時)와 지리(地利), 그리고 인화(人和)도 얻지 못한 자가 공명이다. 두보(杜甫)의 시에 "출사를 이루지도 못하고 몸이 먼저 돌아가니, 천고 영웅들의 눈물로 옷깃만 적시도다."라고 하였지만 그 덕이 정말 아름다운지 모르겠다. 나는 절대 맹목적으로 공명을 찬양하지 않는다. 다만 그의 생애를 통해 그는 조조와 손권, 그리고 사마의보다도 더 못한 인물임을 알 수가 있다.

5 적을 교만하게 만드는
노장(老將)의 기만술

『삼국연의』제70회 후반부에는 "늙은 황충(黃忠)이 계략으로 천탕산(天蕩山)을 빼앗다"라는 대목이 있는데, 이에 대한 느낌을 얘기하고자 한다. 우선 당시의 상황을 살펴보자.

공명이 장수들을 당상에 모아 놓고 물었다.

"지금 가맹관(葭萌關)이 급하게 되었소. 낭중(閬中)에 있는 익덕(翼德, 장비)을 데려와야 장합(張郃)을 물리칠 수 있을 것 같소."

법정(法正)이 말했다.

"지금 장익덕은 와구(瓦口)에 둔병을 하고 낭중을 지키고 있습니다. 그 곳 역시 중요한 곳이니 돌아오게 해서는 아니 될 것이오. 이 곳에 있는 장수들 가운데 한 명을 선택해 보내 장합을 무찌르게 해야 할 것이오."

공명이 머리를 흔들면서 웃으며 말했다.

"장합은 위나라의 명장이오. 예사로운 상대가 아닙니다. 장익덕이 아니면 상대하지 못합니다."

사실 공명은 이때 장수들을 일부러 자극시키는 방법을 택했던 것이다. 과연 누군가가 소리치며 나와 아뢴다.

"군사(軍師)께서는 어찌 이리도 여러 장수들을 무시하십니까? 제가 재주는 없으나 장합의 머리를 베어 휘하에 바치겠습니다."

이 사람은 바로 노장 황충으로, 자가 '한승(漢升)' 이었다. 공명은 다시 그를 자극하며 말했다.

"한승이 비록 용맹하나 연로하니 어쩌겠소? 아마 장합의 적수는 되지 못할 것이오."

황충은 이 말을 듣자 흰 수염을 곤두세우며 말했다.

"제가 비록 늙었지만 두 팔은 삼석궁(三石弓)을 당길 만한 힘이 있고, 온몸에 아직 천근을 들 수 있는 기력이 있소. 어찌 장합 같은 필부를 당해내지 못하겠소?"

공명은 또 그를 자극하며 말했다.

"장군은 이미 일흔을 바라보는데 어찌 늙지 않았다고 하리오?"

그러자 황충은 급히 마당으로 내려가 받침대 위의 대도(大刀)를 들어 나는 듯이 휘둘렀고 벽 위의 딱딱한 활을 벗겨다가 연거푸 두 장을 부러뜨렸다. 그리고는 한 마디 말도 없다.

공명이 웃으며 물었다.

"장군이 간다면 누굴 부장으로 삼겠소?"

"노장 엄안(嚴顔)이 저와 함께 갈 것이오. 그렇지만 실수를 한다면 먼저 이 늙은이의 목을 바치겠소."

황충이 이렇게 말하자 공명은 마지막으로 또 그를 자극하였다.

"내가 생각건대 한중(漢中)은 반드시 두 사람의 수중 안으로 들어올 것이라고 봅니다."

공명은 그들에 대한 믿음을 의심치 않는 말을 했다. 그렇다면 공명은 왜 애초에 먼저 노장 황충을 지적하지 않았을까? 관건은 이번에 장합을 대적하는 일이 대단히 중요하다고 여긴 것이며, 황충이 반드시 출전을 요청할 것이라고 예상한 때문이다. 그런데 반복적으로 그를 자극한 것은 그의 사기와 위풍을 고무시키기 위함이고, 그로 하여금 신중하게 출전하여 그 어떤 실수도 해서는 안 된다는 인식을 심어주기 위함이었다.

『삼국연의』는 도처에 기만술이 난무한다. 어떤 것은 적을 대적할 때 사용하여 속이기 위함이고, 어떤 것은 아군에게 사용하여 교묘하게 인사 문제를 해결함으로써 군심(軍心)을 조정하는 역할도 한다. 공명이 만약 황충이 출전을 요청하기 전에 단순히 먼저 그를 지목하였다면 이런 복잡하고 우여곡절한 절차도 없었을 것이다. 그러므로 공명은 기만술을 잘 사용해 황충을 잘 속여 그가 눈치채지 못하도록 한 것이다. 그 결과 그는 더욱 세심하고 주도면밀하게 되며, 잠시라도 군사(軍師)의 '염려와 걱정'을 잊지 않게 됨으로써 절대 실수를 하지 않고 대업을 성사시키는 데 상당 부분 보증을 하게 된 셈이다. 이에 반해 공명이 먼저 황충에게 굳은 믿음을 보이게 되면, 사실상 장수를 교만하게 만들어 황충이 어느 정도 경각심을 잃게 만들어 예상하지 못한 실책을 범할 수도 있게 될 것이다.

노장 황충이 주동적으로 출전을 요청한 것에 대해 공명은 크게 신임을 했지만 조운(趙雲) 등을 비롯한 여러 장수들은 모두 비웃었는데, 그들은 모두 그 속의 깊은 뜻을 이해하지 못했다. 황충과 엄안이 가맹관에 도착했을 때 맹달(孟達)과 곽준(霍峻)조차도 속으로 그들을 비웃었다. "이런 중요한 시기에 어찌 늙은이 두 명만 보냈지?"라며 공명이 사람을 잘못 기용했다고 여겼다. 용맹과 지략은 물론 세심함도 지닌 황충은 엄안에게 다음과 같이 말했다.

"당신도 여러 사람들의 동태를 보았소? 모두 우리 두 사람이 늙었다고 비웃고 있소. 이제 우리가 특기할 만한 공을 세워 여러 사람들의 코를 납작하게 해야 할 것이오."

이는 이제 황충이 엄안을 자극시키는 역할을 한 것이다. 이에 엄안이 말했다.

"장군의 명령만을 기다리겠습니다!"

그리하여 두 사람은 자세히 상의를 하게 된다. 이로부터 두 노장은 상대인 적에 대해 조금의 방심도 없이 한마음으로 협력하여 만일의 사태에 대한 철저한 준비를 하였으니, 이는 매우 중요한 것이었다.

이리하여 황충은 늠름한 위풍으로 군사를 이끌고 관을 내려와 장합의 진영과 마주하게 되는데, 장합은 촉의 선봉대장이 누구일지를 막 생각하던 차에 뜻밖에도 황충이 나타난 것을 보고는 매우 경멸하며 말했다.

"너는 그렇게 많은 나이에 부끄러움도 모르고 아직도 출전하려고 하느냐?"

이 말에 황충도 크게 노해 소리쳤다.

"너 같은 잔챙이가 내 나이 많다고 깔보는 것이냐? 내 손 안의 칼은 아직 늙지 않았다."

황충은 말을 박차 나아가 그와 결전을 하였다. 그런데 대략 20여 합을 치렀을 때, 등 뒤에서 갑자기 함성이 들려오는데, 이는 바로 엄안이 장합의 뒤에서 협공해 들어오는 소리였다. 두 군사들이 협공하니 장합은 크게 패했고, 밤을 새워 추격하니 장합의 군사들은 8, 90리 밖으로 달아났다.

천탕산은 조조가 양식을 두고 건초를 쌓아둔 요지였다. 황충은 엄안의 말이 옳다고 여겨 그에게 계획대로 한 군대를 이끌고 이 곳으로 떠나게 하였다. 그리하여 황충은 홀로 남아 적을 상대하게 되었는데, 상황이 갈수록 심상찮았다. 만약에 무슨 변고라도 생기면 어떡할까? 황충과 엄안 두 노장은 도대체 호리병 속에 무슨 약을 감췄을까?

하후돈의 조카 하후상(夏侯尚)은 한현(韓玄)의 동생 한호(韓浩)와 함께 5000명의 정예 병사들을 거느리고 장합을 도우려고 왔다. 그들은 기세등등하여 당장이라도 황충의 머리를 베어 원수를 갚아 큰 공을 세우고자 하였다. 한호가 진영에서 먼저 욕을 해대며 말을 몰아 황충을 취하러 나왔다. 하후상도 나와 협공을 벌이는데, 꽤나 놀라운 기세다. 노장 황충은 힘겹게 두 장수를 상대하며 각각 10여 합을 주고받다가 자못 힘이 드는 듯 급히 패한 듯 달아나기 시작했다. 두 장수에 의해 20여 리를 쫓기다가 그들에게 영채를 내어주고 말았다.

다음 날, 하후상과 한호는 다시 기세를 몰아 찾아와 확실한 승리를 굳히고자 했다. 황충은 또 나가 싸웠다. 서로 수합을 겨루다가 또 패해 달아났다. 두 장수는 다시 20여 리를 쫓아왔다. 그리고 또 영채를 빼앗고, 장합을 불러 앞의 빼앗은 영채를 지키도록 했다. 장합은 그래도 수상하게 여겨 말했다.

"황충이 이틀이나 퇴각을 했는데, 마음속에 반드시 무슨 계교가 있는 듯하오."

이에 하후상은 화를 내며 꾸짖었다.

"당신이 이렇게 겁이 많으니 누차 패하는 것이요. 오늘 여러 말 말고 우리 두 사람이 올리는 승전보나 기다리시오."

장합은 하는 수 없이 물러났다. 그리고 다음 날, 두 장수가 다시 쳐들어오는데 황충은 다시 패해 20여 리로 물러났다. 두 장수는 구불구불한 좁은 길로 바짝 붙어 추격하였다. 사흘째 되는 날, 두 장수는 당연히 여세를 몰아 병사를 출병시켰다. 황충은 바람을 받으며 또 달아났다. 이렇게 연패하여 관의 위까지 퇴각한 후에는 영채를 굳게 지키며 나오지 않았다.

맹달은 큰일이라고 생각해 몰래 서신을 써서 유현덕에게 보고하였다. 현덕은 다급해하며 공명에게 보고했다. 공명이 말했다.

"이는 적의 병사들을 교만하게 만드는 노장 황충의 기만술입니다."

그러나 조운을 비롯한 사람들은 그 말을 믿지 않았다. 현덕은 마음이 불안했다. 유봉(劉封)을 가맹관 입구까지 보내 황충을 도우라고 했다. 그런데 과연 황충은 웃으며 유봉에게 말했다.

"이는 늙은이가 채택한 적을 교만하게 만드는 계략이네. 오늘 밤 한

번의 전투로 잃었던 영채들을 모두 회복하고 양초(양식과 말먹이 건초)와 말들도 모두 빼앗아오겠네. 오늘 곽준만 관을 지키게 하고 맹달 장군과 나는 빼앗은 양초와 말들을 옮길 터이니, 자네는 우리가 적을 무찌르는 것을 구경만 하시게.”

황충은 연속해서 패하는 척 일부러 적을 기만하니 하후상과 한호는 더욱 황충이 나이가 많아 노쇠해진 것으로 알았을 것이다. 두 장수는 종일 기뻐한 나머지 의식적이든 무의식적이든 긴장이 풀려 태만해진 것이다.

황충은 그날 밤에 5000 병사를 이끌고 성문을 열어 진공하여 위의 영채를 공격했다. 허나 그들은 전혀 준비를 하지 못해 병사들은 갑옷을 입지도 못했고, 말들도 안장을 올리지 못한 상태였다. 두 장수는 도망가기에 급급해 군사와 말들이 서로 부딪히며 죽은 자가 부지기수였다. 날이 밝을 때까지 황충은 연속해서 세 영채를 빼앗으니 적은 무기와 말들을 모두 버렸고, 그것들은 모두 맹달에 의해 관내로 운반되었다. 황충은 군마를 재촉하여 진공하는데 유봉은 여지껏 이렇게 신속하게 적을 쫓는 전투를 본 적이 없다. 그래서 한 번쯤 쉬는 것을 건의하자 황충이 말했다.

“호랑이 굴에 들어가지 않으면 어찌 호랑이 새끼를 잡을 수 있겠소?”

그리고는 계속하여 말을 몰아 전진하니 병사들도 모두 신이 나서 앞다투어 추격했다. 장합의 군대는 원래 질서정연한 진용을 갖췄으나 하후상과 한호의 병력이 물밀듯이 퇴각하니 같이 허물어져 달아날 수밖에 없었고, 수많은 영채들을 버리고 한수(寒水) 가로 달아났다. 잠시 후, 해가 지자 황충은 한호와 교전하였는데 1합 만에 그를 죽여 말 아래로 떨어뜨렸다. 하후상도 엄안의 칼에 목숨이 달아났다. 장합은 하는 수 없이 천탕산을 버리고 정군산(定軍山)의 하후연(夏侯淵)에게로 달아났다.

제71회에는 "황충이 앞산을 차지하고 지치기를 기다리다"라는 장이 있고, 또 하후연을 두 동강 내어 죽이는 장면, 그리고 조운이 대승전을 거두는 장면이 있으니 독자들은 눈여겨 볼 일이다. 여기까지 붓이 이르자 필자는 제73회의 내용을 생각하게 된다.

관우는 비시(費詩)에게 물었다.

"한중왕(漢中王)은 나에게 무슨 벼슬을 내리셨소?"

그러자 비시가 이렇게 말했다.

"오호대장(五虎大將)의 우두머리이옵니다."

"무슨 오호대장이지요?"

관우가 다시 물었다. 비시가 대답했다.

"관 장군(관우), 장 장군(장비), 조 장군(조운), 마 장군(마초), 황 장군(황충)이옵니다."라고 답했다.

이에 관우는 화를 내며 말했다.

"익덕은 내 아우이고, 맹기(마초)는 누대에 걸친 명문가이고, 자룡(조운)은 오랜 동안 형님을 따랐으니 역시 내 아우라 지위가 나와 같아도 괜찮소만 황충은 어떤 자인데 감히 나와 반열을 같이한단 말이오! 대장부는 끝내 노졸(老卒)과 짝이 될 수 없소."

그리고 관우는 봉인을 받으려고 하지도 않았다. 다행히 비시가 옛

고사를 인용하여 잘 설득시키니 그제서야 비로소 자신의 생각이 그름을 알고 인수(印綬)를 받았다. 그러나 다시 관우는 교만기가 발동하여 미방(糜芳)과 부사인(傳士仁)을 참수하려고 하자 다행이도 비시가 말려 각각 곤장 40대와 선봉인수를 빼앗고 벌로 각각 남군(南郡)과 공안(公安)을 지키게 하였다.

그 다음은 다시 거론하지 않겠다. 결론적으로 관우와 황충을 비교하면 황충이 더 성숙하고 후덕하며, 더 충성스럽고 선량하며, 더 용맹하고 지모가 뛰어났다. 그러므로 관우가 죽은 다음에도 그는 혁혁한 전공을 세우게 된다.

고로 필자는 황한승(황충)이야말로 진정한 영웅이라고 생각한다. 소동파는 '염노교(念奴嬌) 적벽회고사(赤壁懷古詞)'에서 "그림과 같이 아름다운 이 강산에 그 동안 얼마나 많은 호걸들이 살다가 사라졌던가!"라고 읊었는데, 천년이 흐른 지금 어찌 황충을 돌아보며 그리워하지 않을 수 있겠는가!

조조가 옛날 산동(山東)의 적들을 소탕하여 승리를 거두어 그 명망
이 높아지자 조정에서는 그에게 진동장군(鎭東將軍)을 봉했다. 조조는
이에 많은 훌륭한 선비들을 불러들여 문무인재들을 확충시키고자 하
였다.

그가 연주(兗州)에 있을 때이다. 먼저 숙질 두 사람이 찾아왔다. 숙
(아저씨)은 '순욱' 이었는데, 자는 '문약(文若)' 이었다. 원래 원소(袁紹)
밑에서 일을 하였지만 점점 원소의 무능함을 알고는 그를 떠났다. 조조
는 그를 한번 보자 기뻐하며 "바로 나의 자방(子房, 한 고조 유방을 도운
장량(張良)을 말함.)이로다." 하였다. 그 조카는 순유(荀攸)였는데, 자는
'공달(公達)' 이며, 역시 당시의 명사였다. 순욱은 또 정욱(程昱)도 추천
하여 조조가 사람을 보내 그를 맞이하게 하였다. 정욱은 또 곽가(郭嘉)

를, 곽가는 또 유엽(劉曄)을 소개하였다. 또 유엽은 만총(滿寵)·여건(呂虔)을, 또 이 둘은 모개(毛玠)를 소개했다.

이처럼 순욱이 조조에게 돌아간 것은 상당한 중요한 의미를 지니는데, 고급책사 고문들의 집단이 형성된 때문이다. 당연히 그 집단의 우두머리는 순욱이다.

전술한 대로 조조는 순욱을 자신의 장자방에 비유하였듯이 그를 매우 중시했다. 그 후, 조조가 견성(鄄城)에 있다가 도겸이 이미 죽고 유현덕이 서주목이 된 걸 알고서 대노한다.

"내 복수를 아직 못 했는데 그자는 화살 하나 쏘지 않고 앉아서 서주를 먹다니! 내 반드시 유비를 죽이고 나서 도겸의 시체를 육시(이미 죽은 이의 시체로 사형을 집행함.)하여서 돌아가신 부친의 원한을 풀겠다!"

그리고는 즉시 호령을 전하여 기한 안에 병사를 일으켜서 서주(徐州)를 치려 했다. 이때 아무도 간언을 하지 못하지만 유독 순욱이 들어와서 간언한다.

"옛날 고조께서 관중을 지키시고, 광무제께서 하내(河內)에 웅거하신 건 모두 근본을 튼튼히 한 것이니, 이로써 천하를 바르게 한 겁니다. 나아가서 적에게 이기기에 족하고, 물러나서 굳게 지키기에 족하니, 비록 어려울 때 있더라도 마침내 대업을 이루신 겁니다. 명공께서 본래 연주를 먼저 장악하신다면 하(河)·제(濟) 지방은 곧 천하의 요지이니 옛날의 관중, 하내와 같습니다. 지금 서주를 취하려 하시면서 병사를 많이 두고 가신다면 공격하는 데 부족하고, 반대로 적게 두고 가신다면 여포가 틈을 타서 쳐들어와서 연주를 잃게 될 겁니다. 그러다가 서주도 못 얻으면 명공께서 돌아가실 데 어디 있겠습니까? 지금 도겸이 죽었다 해도 이미 유비가 지키고 있습니다. 서주의 백성들이 유비를 따르고 있으니 유비를 도와서 결사 항전할 겁니다. 명공께서 연주를 버리고 서주를 취하려 하시는 건 바로 큰 걸 버리고 작은 걸 취하는 것이요, 근본을 버리고 말단을 구하는 것이요, 안정된 걸 위급한 것으로 바꾸는 겁니다. 깊이 생각하시기 바랍니다.”

순욱은 처음엔 고조와 광무제의 행동으로 조조를 가르치고, 역시 고조와 광무제를 조조에 비유하였으니, 이는 조조가 일찍이 자신을 두고 “이 사람이 바로 나의 장자방이로다!”라고 한 말과 바로 상응하는 것이다.

조조는 또 “지금 흉년이 들어서 양식이 모자라니 군사들이 여기 머무는 것도 결국 좋은 계책은 아니오.”라고 하니, 순욱은 다음과 같이 말했다.

“진지를 동쪽으로 옮겨서 군사들을 먹이는 게 좋습니다. 여남(汝南), 영천(潁川)에서 황건 잔당인 하의(何儀), 황초(黃劭) 등이 주군(州郡)을 약탈하여서 금과 비단, 양식 등이 많습니다. 이들 적도(賊徒)는 용이하게 격파할 수 있습니다. 격파 후 그 양식을 취하여서 전군을 양성하시면 조정에서도 기뻐하고 백성도 즐거워할 테니, 이는 바로 하늘을 따르는 일입니다.”

나중에 소동파는 순욱을 성인(聖人)으로 칭하였는데, 모종강은 그렇게 보지 않았다. 필자는 소동파의 생각이 옳다고 본다.

이후 산동 일대는 모두가 조조의 관할지가 되어 그 기반이 탄탄해졌으며, 조정에서는 조조에게 다시 건덕장군(建德將軍), 비정후(費亭侯)에 봉하였다.

한편 조조가 산동에 있으면서 거가가 이미 낙양으로 돌아온 것을 듣고서 모사를 모아서 상의하였는데, 또 순욱이 진언하였다.

"예전에 진(晉)의 문공(文公)께서 주(周)의 양왕(襄王)을 받드셔서 제후들이 복종하였습니다. 한 고조께서 의제(義帝)의 상을 치러 주시자 천하의 마음이 그를 향했습니다. 지금 천자께서 몽진(蒙塵, 임금의 피난)하시는데, 이때에 장군께서 진실로 앞장서서 의병을 거느리고 가시고 천자를 받들어서 중망(衆望)을 얻으시는 것이야말로 세상에 드문 계략입니다. 어서 도모하지 않으시면 다른 이가 곧 우리를 앞서서 차지할 것입니다."

이는 다소 천속한 발언이긴 하나 조조로 하여금 천자를 끼고 제후들을 호령하라는 말이다. 이는 그야말로 대단한 책략이라고 하겠다. 망설이지 말고 다른 사람들보다 먼저 시행하라는 순욱의 이 계책은 그의 생각이 대단히 고단수이며 지극히 정확한 것임을 말하고 있다. 그런 까닭에 조조는 이 말을 듣고 매우 기뻐했다.

후에 여포(呂布)는 서주의 유비에게 귀순하고, 허저(許褚)가 조조에게 출전을 요청하며 정예한 병사 5만 명을 데리고 유비와 여포의 목을 쳐서 바치고자 하였다. 이런 중요한 시기에 순욱은 또 말했다.

"장군은 용맹하다면 용맹하지만 계략을 쓸 줄 모릅니다. 지금 허도가 막 안정돼서 아직 용병하기 어렵습니다. 제게 계책이 하나 있는데, 이름하여서 '이호경식지계(二虎競食之計, 두 호랑이가 먹을 것을 다투게 하는 계책)' 입니다. 지금 유비가 비록 서주를 다스린다지만 아직 조서로써 임명된 게 아닙니다. 명공께서 천자께 아뢰어서 조서로써 유비를 서주목으로 임명하시고, 은밀히 서찰을 보내어서 여포를 죽이라 하십시오. 성사되면 유비는 도와줄 맹사(猛士, 용맹한 사람)를 잃을 터이니, 그를 도모하여서 참할 수 있습니다. 성사되지 않으면 여포가 반드시 유비를 죽일 겁니다. 이것이 곧 이호경식지계입니다."

과연 순욱의 말대로였다. 그러나 오래지 않아 유비가 천자의 명령을 들어 여포를 급히 죽이지 않았다. 조조는 하는 수 없이 또 순욱에게 물었다. 그리하여 또 범을 쫓아서 늑대를 삼키는 이른바 '구호탄랑지계(驅虎吞狼之計)'가 나오게 된다. 즉 몰래 사람을 원술(袁術)에게 보내어서 유비가 은밀히 천자께 글을 올려서 남군(南郡)을 공략하려 한다고 전하면, 원술이 듣고서 반드시 노해서 유비를 공격할 것이고, 또 조조가 곧 유비에게 원술을 토벌하라 하여 둘이 맞서면 여포가 반드시 다른 마음을 품을 것이라는 것이다. 과연 원술과 유비의 두 군대는 교전을 벌였고, 관공이 부장 순정(荀正)을 죽였다. 여포는 장비와 교전해 장비를 대패시켰다. 나중에 유비가 여포에게 추격을 당해 허도(許都)로 와서 조조에게 의지하였다. 순욱이 들어와 보고는 말했다.

"유비는 영웅입니다. 오늘 빨리 제거하지 않는다면 나중에 반드시 후환이 될 것입니다."

정욱도 간하였다.

"유비는 결코 남의 아래에 있을 자가 아닙니다. 미리 제거하는 것이 낫습니다."

그러나 조조는 곽가가 말하는 한 사람을 죽여 천하 백성들의 마음을 모두 잃는 일이 있어서는 아니 된다는 말을 믿고 그를 죽이지 않았다. 도리어 병사 3000명과 양식 1만 곡(斛, 열 말)을 현덕에게 주며 예주(豫州)로 부임하여 소패(小沛)에 병사들을 주둔시켜 흩어진 병사들을 끌어모아 여포를 공격하도록 하였다.

여기서 순욱이 유비를 죽이라고 권유한 것이 과연 정확한 판단일까? 필자는 매우 그렇다고 본다. 순욱은 멀리 내다보는 식견이 있어 전혀 주저함도 없이 유비를 제거하라고 했다. 그러나 조조는 유비를 확실히 파악하지 못했다. 유비는 매우 교활한 사람이다. "조조가 술을 데우며 영웅을 논하다(제21회)"는 대목을 보면 천치 같은 자가 조조를 속이고 있는 것이다. 그런데 이번에 그를 놓아주니, 그를 바로 죽일 절호의 기회를 놓친 것이다. 조조로서는 응당 과감하게 일을 처리했어야 했지만 그는 의심과 생각이 너무 많았다.

"조조가 동작대(銅雀臺)에서 연회를 베풀다"는 대목에서도 유비가 형주목이 되어 손권이 누이를 그에게 시집보내고 한(漢) 땅의 9군이 모두 유비에게 속하게 되었다는 보고를 받고는 놀라 당황하여 붓을 땅에 떨어뜨리며 말했다.

"유비는 사람 가운데 용이라고 할 수 있는데, 평생 물을 얻지 못했다. 이번에 형주를 얻었으니, 이는 용이 큰 바다로 들어가는 형국이다. 짐이 어찌 마음이 동요하지 않겠는가!"

허나 미리 그럴 줄 알았다면 애초에 왜 그를 방면했단 말인가!

순욱이란 인물은 정말 특별한 인물이었다. 확실히 그는 한 고조의 장량이었다. 조조가 그의 계책을 따르면 승리하고, 그의 계책을 거역하면 우여곡절이 생겨났다. 삼국이 정립되기 전에 모두 각각 그 주인을 섬겼지만 순욱은 특히 충성심이 강했다. 삼국이 정립된 연후에도 제각기 자신들의 주인을 섬겼지만 순욱은 더욱 남은 힘을 아끼지 않았다. 조조는 감정적으로 일을 처리하지 말았어야 했다. 그는 유비를 황숙으로 여기며 마음이 약해진 것이다. 순욱은 정치적 두뇌가 있었으나 위대한 정치가로서의 조조는 유비에 대한 이해가 부족해 우리들로 하여금 탄식하게 만든다.

『삼국연의』 제61회에는 조조가 허도에 머물며, 위엄과 복록이 나날이 심해지니 장사(長史) 동소(董昭)가 다음과 같이 진언하였다.

"예로부터, 인신(人臣, 신하) 가운데 승상처럼 공로 있는 이가 없었습니다. 비록 주공(周公), 여망(呂望)이라도 승상께 미치지 못하나이다. 즐풍목우(櫛風沐雨, 바람으로써 머리를 빗고, 비로써 목욕함.)하시며, 서른 해를 넘게 군흉(흉악한 무리)을 소탕하고, 백성을 위하여 재난과 골칫거리를 제거하셔서서 한실을 다시 살리셨거늘 어찌 신재(臣宰, 중신과 재상)들과 동렬에 서시겠습니까? 위공(魏公)의 지위를 받으실 뿐더러 구석(九錫, 거마(수레와 말), 의복, 악현(樂懸, 왕들의 음악), 주호(朱戶, 붉은 문이 달린 집), 납폐(納陛, 처마 밑에 놓아 높은 사람이 밟고 오르게 하는 섬돌), 호분(虎賁, 문을 지키는 군사들), 부월(작은 도끼와 큰 도끼로, 권력을 상징), 궁시(활과 화살), 거창규찬(秬鬯圭瓚, 제사에 쓰이는 검은 기장으로 만든 술과 술잔) 등이다.)을 더하여 공덕을 드러내야 할 것이옵니다."

그러나 그때 예상 밖에도 순욱이 나와 다음과 같이 말했다.

"불가합니다. 승상께서 본래 의병을 일으키셔서 한실을 바로잡으셨으니 마땅히 충정한 뜻을 간직하시고 겸양하시는 절개를 지키셔야 합니다. 군자는 덕으로써 사람을 아끼는 것이지 이리 해서는 안 됩니다."

생각건대 순욱은 조조가 승상으로서의 분수를 지킬 것을 바란 것이며 사실 그를 위한 직언이자 충언이었다. 그러나 조조는 그 말을 듣고 낯빛을 확 바꿨다. 나중에 조조가 병력을 일으켜 강남 정벌에 나서며, 순욱에게 동행을 명하였다. 순욱은 병을 핑계로 수춘(壽春)에 머무는데, 문득 조조가 사람을 시켜 음식 1합(盒, 함·상자·갑·곽의 의미임.)을 보냈는데, 합 위에는 조조의 친필로 '봉기(封記, 봉함을 표기함.)'라고 적혀 있고, 합을 열어 살피니 아무것도 없었다. 순욱이 그 뜻을 알아차려 곧 독약을 복용해 사망하였다. 향년 50세였다.

모종강은 말했다.

"순욱의 죽음에 대해 혹자는 그것이 자신의 한 몸을 죽여 의로움을 행한 것으로 여기는데, 그것는 아니다."

허나 필자는 동파거사(소동파)가 그를 성인으로 칭찬한 것이 정말 그럴 만한 이유가 있다고 본다. 『삼국연의』 가운데 조공(조조)이 순욱에게 죽음을 내린 것을 진실로 천고의 유감이라고 할 수 있다.

모종강은 『삼국연의』 제72회에서 다음과 같이 평했다.

"공융, 순욱, 양수 등은 모두 조조에게 거역하여 죽었다. 그러나 양수는 공융만 못했고, 공융은 순욱만 못했다. 그 이유는 무엇인가? 조조를 섬기지 않고 정직함으로 그를 거역한 자는 공융이었다. 처음에는 정직하지 못함으로써 조조를 섬겼지만 나중에는 정직함으로 조조를 거

역한 자는 순욱이다. 정직하지도 않음으로써 조조를 섬겼다가 또 정직
하지도 않음으로써 조조를 거역한 자는 양수였다.”

　정확한 평이라고 하겠다. 모종강은 또 제10회에서도 평하길, “문약
(文若, 순욱)이 이때 의심하지 않고 나중에서야 비로소 의심하였다. 애
석하도다! 일찍 보지를 못하다니!”라며 순욱이 미래를 예견하지 못함
을 암시하고 있는데, 이는 지나친 요구이다. 역사상 범려(范蠡)와 같은
사람은 많지가 않다.

謀董賊孟德獻刀

7 몸을 현지에 두어 당사자가 되면
입장이 달라진다

『삼국연의』 제4회에는 조조가 왕사도(王司徒, 왕윤)의 칠보도(七寶刀) 하나를 쥐고 동탁을 찌르려다 성공하지 못하는 내용이 있다.

동탁은 급히 사방으로 수배문서를 보내고 조조 얼굴을 그려 돌리며 잡아오는 자 천금을 포상하고 1만 호의 열후에 봉하겠다 하고, 숨기는 자 같은 죄로 다스리겠다 하였다. 조조에게 당장 어려움이 닥친 것이다. 이때 독자들은 모두 조조를 걱정하여 손에 땀을 쥐었을 것이다. 영웅을 위해 걱정하며 마치 자신이 조조가 된 듯하다. 필자는 어릴 때 고향에서 당나귀 가죽으로 만든 피영희(皮影戲, 그림자극)를 보면서 언제나 영웅호걸들을 위해 가슴을 조이리며 그들이 실패라도 하지 않을까 걱정하였다. 어린아이가 작은 발을 동동 구르며 숨도 크게 쉬지 못하고 두 눈을 크게 뜨고 넋을 잃고 바라보았다. 조공(조조)이 죽느냐 사느냐하는 생사의 기로에 대한 필자의 관심은 유(유비), 관(관우), 장(장비) 가운데 그 누구보다도 컸다. 어릴 때도 그랬지만 오늘 이 글을 쓰는 지금도 역시 그러하다. 모두 그가 동탁을 죽이고자 한 때문이었다.

조공이 여백사(呂伯奢)를 오해하여 "묶어서 죽이면 어떨까?"라는 말에 진궁(陳宮)과 함께 칼을 뽑아 들고 들어가 남녀를 불문하고 모두 죽였다. 허나 이는 그래도 용서가 된다. 왜냐하면 일시적으로 놀라 저지른 일이기 때문이다. 그런데 말을 타고 달아나다가 길에서 여백사가 자신들을 대접하기 위해 술과 안주거리를 사가지고 오다가 그들과 만나게 되었는데, 조조는 일부러 그를 속여 "저기 오는 사람이 누구지요?"라며 그가 고개를 돌리는 순간 목을 쳐버렸다. 어릴 적에는 이 내용을 읽고 다시는 그에 대한 호감을 갖지 않았다.

허나 입장을 바꿔 누구라도 당시의 상황에 처해 당사자가 된다면 모두 조조의 상황을 이해하게 될 것이다. "당사자가 되어 보면 입장이 달라진다."는 말도 있질 않는가!

왜 이 대목에서 우리는 많은 생각들을 가지게 될까? 너무 선량하고 인자하고 너그러워서일까, 아니면 너무 정직하여서일까? 문제를 너무 단순하게 보아 현상범으로 지목되어 목이 달아나는 조조의 그 특별한 처지를 인식하지 못한 것은 아닐까? 내가 여론의 화살을 의식하지 않고 나쁜 일을 해야 될 것 같으면 할 수도 있다고 생각하는, 소년 시기의 순수함을 잃고 마음이 복잡해진 까닭인가? 그래서 세상 사람들이 늙어서는 『삼국연의』를 보지 말라고 하는데, 나는 기어이 정독하여 교활해진 것인가? 필자는 그게 아니라고 생각한다. 그러나 '교활함'이 없다고는 말할 수가 없다. 이 '교활함'이라는 것은 알고 보면 총명함과 성숙함을 말한다. 만약 내가 당시의 조조였다면 의심할 여지도 없이 완전히 그처럼 여백사를 속여 죽였을 것이다.

의사가 아닌 사람이 환자를 보면 바로 연민의 마음이 생긴다. 한 사람이 죽어나가면 슬픔이 밀려온다. 오랜 동안 전쟁터를 누비지 않으면 장수들이 일상적으로 겪는 피 흘리는 희생과 팔다리가 끊어지는 현상들을 알지 못한다. 의사들은 병이 난 환자들을 보며 눈물을 흘리는 자가 거의 없다. 장수들도 전쟁을 싫어하는 자가 거의 없다. 여백사 일가는 단지 이러한 상황의 조조를 만났을 뿐이다. 처음에는 오해였고, 다음에는 과감한 결단력으로 그들을 처리했다. 이는 바로 지극히 특이한 상황의 밤에 벌어진 부득이하게 진행된 사건이다. 만약 여백사가 집에 돌아와 일가족이 모두 몰살당한 것을 본다면 당장 관아에 알렸을 것이고, 그날 밤 당장 조조는 잡혀 들어가 목이 달아날 것이다. 그렇다면 아마도 적지 않은 사람들이 무릎을 치며 조조를 바보라거나 어리석다고 욕을 할 것이다.

"사람 입은 두 가죽"이라는 말이 있다 하였다. 그 뜻은 사람은 상황에 따라 말이 다르게 나온다는 것이다. 언제나 말하는 사람은 침을 튀기며 일리가 있게 말한다는 것이다. 만약 당신이 정말로 조조의 그런 실제 상황에 처해서, 힘이 있는 친척이 있어 당신을 보호해 주지 못하고 당신 스스로 해결해야 한다면 여백사를 죽이지 않고 말을 몰아 곧장 달아나기만 하겠는가? 필자는 그걸 믿을 수가 없다.

만약 누군가가 아파서 급히 병원에 가서 의사를 만나야 하거나 더 중요하고 급한 일을 해야 한다면 그는 결코 길가에서 벌어지는 무슨 구경거리를 보려고 하지 않을 것이다. 또 만약 도중에 그를 화나게 하는 상황이 발생해도 그 때문에 시간을 지체하지 않을 것이다. 그런데 만약 심각하게 그를 위협하는 장애물이 등장하여 그를 죽이려고 하고 또 스스로 벗어날 수도 없는 그런 상황에 처한다면 그는 어떻게 행동할까? 아마도 당장 칼을 뽑아 피를 보지 않을 수 없을 것이고, 사람을 죽이는 일이 마치 풀을 베듯 전혀 망설임도 없을 것이다. 물론 여백사는 선량하고 무고한 사람이다. 그러나 자신의 생명과 연결되는 중요한 시점이기에 조조는 지극히 과감하게 선제공격으로 여백사를 제거하였으니, 이는 임기응변에 능한 영웅적인 모습을 드러낸 것이다. 그 누구도 조조가 여백사를 생각하면서 억울하다고 느끼지 않았을 것이라고 말할 수는 없으며, 어찌 보면 여백사의 운이 공교롭게도 그를 그 지경에 빠지게 한 것이다. 입장을 바꿔 조조와 여백사가 바뀐다면 그 누구도 여백사가 조조를 놓아줄 것이라고 단언할 수 없을 것이다.

사건은 종종 한쪽이 원한다고 그쪽으로 해결되는 것이 아니며, 복잡 첨예하다. 그래서 하늘에는 늘 예측하지 못한 풍운이 있고, 사람에게는 아침 저녁으로 예상치 못한 길흉화복이 따르는 것이다. 조조는 이러한 진리를 알았기에 결코 망설임 없이 민첩하게 반응을 한 것이다.

진궁은 당시 조조가 아니라 방관자였다. 그날 밤, 두 사람은 몇 리더 가 달 밝은 밤 여관문을 두드려 투숙하였다. 말을 배불리 먹여 조조가 먼저 잠들었을 때 진궁은 깊이 생각했다.

'나는 조조가 좋은 사람인 줄 알고 벼슬도 버리고 따라왔다. 그런데

알고 보니 이리 같은 놈이었구나! 오늘 그대로 살려두면 반드시 세상을 어지럽히겠다.'

그러고는 칼을 뽑아서 조조를 죽이려 하였다. 그러나 갑자기 생각을 바꾸었다.

'나는 나라를 위하여 그를 따라 여기까지 왔는데, 지금 그를 죽여 버린다면 의롭지 못한 사람이 된다. 그냥 버리고 가버려야겠다.'

진궁은 칼을 거두고는 말을 타고 날이 밝기도 전에 동군으로 가버렸다.

조조가 만약 일개 범부일 따름이라면 가슴 속에 나라도 없었을 것이며, 애초에 용감하게 역적 동탁을 없애려다 체포될 운명도 없었을 것이다. 게다가 큰 뜻을 지니고서 장래 대업을 이루고자 하였으니 자신의 일신만을 염두에 두지 않았을 것이다. 여하튼 이런 생각 하에 그는 자신이 범할 과실, 죄과와 자신이 앞으로 짊어져야 할 중대한 임무를 서로 저울질한 연후에 과감하게 여백사를 없애버렸을 것이다. 말하자면 나 조조가 냉정하고 무정한 것이 아니라 하늘이 여백사의 목숨을 이렇게 만든 것이라고 본 것이다. 그는 "여씨 아저씨, 이 조조가 한평생 당신에게 큰 잘못을 지었습니다. 제가 지금 어찌해야 좋단 말입니까? 관세음보살님, 저를 용서해 주십시오!"라고 하면서 피눈물을 흘렸을지도 모른다.

여기서 다시 돌아가 진궁이 어떻게 조조를 책망했는지 보자. 진궁이 "맹덕이 의심이 많아 좋은 사람들을 잘못 죽였소!"라고 하자 조조는 대답을 하지 않고 마치 그 말을 못 들은 척했다. 왜냐하면 정말 그를 잘못 죽였기 때문이다. 진궁은 나중에도 크게 놀라며 묻는데, 두 사람의 대화를 보자.

"아까 잘못 알아 그렇다 치고 지금은 뭔 짓이오?"

"여백사가 집에 가 많은 이가 살해된 걸 알면 어찌 가만있겠소? 사람들을 모아 추격하면 반드시 화를 입소."

"알고도 고의로 죽이다니 정말 의롭지 못하오!"

"차라리 내가 천하를 저버릴지언정 천하가 나를 저버리지 못하게 하겠소!"

조조의 이 발언을 우리는 어떻게 이해해야 할까? 필자는 당시 그가 이 말을 할 때 처한 대단히 험악한 환경을 먼저 고려해야 한다고 본다. 즉 이 말 속에는 "나는 다른 것을 생각할 여력이 없소!"라고 하는 상황을 암시하고 있다. 나는 반드시 자신의 역사적 사명을 완수해야 하며, 홀로 세상에 우뚝 서기 위해서는 그 모든 것을 돌아볼 수가 없다는 것이다. 따라서 그 말은 당시 그의 기개와 분노가 다소 과장적으로 표현된 말이다. 즉, "단단히 결심하여 모든 어려움을 헤치고 승리를 쟁취하리."라는 그의 마음속 의지를 뜻하며, 결코 자신이 천하 사람들과 적이 되어 그들과 죽을 때까지 하늘을 같이하지 않겠다는 말이 아니다. 그가 진궁과 처음 만났을 때 두 사람의 대화를 보자.

"내 듣자니 승상이 너를 박대하지 않았다. 무슨 사연에서 스스로 화를 부르느냐?"

"제비, 참새가 어찌 기러기, 고니의 뜻을 알겠소! 당신이 이미 나를 사로잡았으니 끌고 가서 상이나 받을 것이지 어찌 이리 묻는 말이 많소!"

그리고 이어서 말했다.

"우리 집안 대대로 한나라 녹을 먹었소. 나라에 보답할 생각 없다면 금수와 어찌 다르겠소? 내 몸 굽혀 동탁을 섬긴 것은 기회를 봐 도모해 나라 위해 역적을 없애려 했을 뿐이오. 이제 일이 성공하지 못하니 이것도 하늘의 뜻이오!"

이 말에 진궁은 감동하여 그를 몸소 풀어주면서 부축해 상석에 모시고 두 번 절하며 말했다.

"공께서는 참으로 천하의 충의지사요!"

나중에 진궁이 그를 잘못 보았음을 알았지만 결국은 그와 같은 길을 간 셈이다. 조조는 마음속에 반드시 병사를 모아 동탁을 없애 한나라를 구할 생각을 하였으니, 이것이 바로 가장 큰 대의명분이자 충의인 것이다. 여백사의 희생 없이는 불가한 것이다.

진궁은 그와 같은 길을 갔지만 조공을 알지 못했으니, 이는 어찌 "제비, 참새가 기러기, 고니의 뜻을 알겠소!"인 것이다. 후대의 독자들은 조조와 또 얼마나 많은 세월을 격하였는가? 만약 조조와 같은 시대에서 그의 입장이 되지 않는다면 어떻게 그를 평할 수 있겠는가! 설령 당신이 그의 처지에 몸을 맡겨 당사자가 된다고 하더라도 아마 갖은 편견들로부터 자유롭지 못할 것이다.

남만(南蠻) 현지 여인들이
춤을 추며 즐거움을 주다 **8**

　『삼국연의』 제89회에는 맹획(孟獲)이 공명에게 네 번째로 사로잡힌 후에 다시 석방되고, 공명은 군사들에게 서북쪽의 작은 길을 따라 들어가라고 호령하는 부분이 있다. 당시 인마(人馬)가 모두 목이 말라 샘물을 다투어 마시다 모두 중독되어 말을 하지 못했다. 다행이 맹획의 형 맹절(孟節)이 도와주었다. 맹획이 독룡동(禿龍洞)의 타사대왕(朶思大王)과 높은 산에서 내려다보니 촉나라 병사가 유행성 열병에도 걸리지 않고 편안히 무사하고,　크고 작은 통으로 음료를 운반해 말에게 먹이고 밥을 지었다. 타사가 이것을 보더니 맹획을 돌아보며 말했다.

　"그들은 신병(神兵)이오!"

　맹획이 말했다.

　"우리 두 형제가 촉병과 한바탕 죽기로 싸워 싸움터에서 죽을지언

73

정 어찌 기꺼이 속수무책으로 오라를 받겠소!"

이에 타사도 말했다.

"대왕께서 패전하면, 내 처자식도 끝장이오. 마땅히 소와 말을 잡아 사내들을 크게 호궤하고, 물불을 가리지 않고 곧장 촉나라 영채에 돌격해야 비로소 이길 수 있소."

그리하여 다섯 번째 맹획이 출전하며 굳은 결심으로 출병을 결정하게 된다. 그런데 막 길을 떠나려는데 독룡동 뒤 약간 서쪽, 은야동(銀冶洞)의 우두머리이자 남만의 21개 동의 동주(洞主) 중 하나인 양봉(楊鋒)이 3만 병력을 이끌고 싸움을 도우러 왔다고 한다. 맹획이 크게 기뻐하며 말했다.

"이웃의 병력도 나를 도우니, 반드시 이길 것이오!"

즉시 타사대왕과 더불어 독룡동을 나가 영접하며 감사의 뜻을 전했다. 양봉이 병력을 이끌고 들어와 말했다.

"내게 정예 병력 3만이 있고 모두 철갑을 입었으며, 능히 산과 고개를 나는 듯이 넘으니, 촉병을 100만 명이라도 대적하고도 남습니다. 또한 내게 아들이 다섯 있는데, 모두 무예를 잘 갖추었습니다. 바라건대, 대왕을 돕고 싶습니다."

맹획이 돌아보니 그들의 부대가 질서정연하여 과연 특별했다. 바로 연회를 열어 양본 부자를 맞이하였다. 바로 대결전을 치르기 전의 성대한 만찬이었다. 양봉이 다섯 아들로 하여금 맹획에게 절을 하게 하였다. 맹획이 그들을 보니 모두가 몸이 표범이나 호랑이 같고, 위풍당당하였다. 이는 맹획에게 있어 가장 감격적이고 감개무량한 순간이었다. 왜냐하면 그는 이미 네 번이나 공명에게 붙잡혔고, 결국 다섯 번째의 출정에서 이런 행운을 얻으리라 어찌 생각이나 했겠는가! 그는 감격하여 술을 연거푸 마셔 반쯤 취한 상태였다. 양봉이 매우 기뻐하며 말했다.

"군중에 작으나마 즐길 거리가 있습니다. 저를 따르는 군사 중에 칼과 방패로 춤을 잘 추는 여인들이 있는데, 이로써 한번 웃어볼 수 있습니다."

맹획이 흔쾌히 따랐다.

"정말 좋소이다. 만약 연기가 출중하면 상을 내리겠소."

잠시 뒤, 수십 명의 오랑캐 여인들이 모두 머리를 풀어헤치고 맨발로 장막 밖에서 춤추며 뛰어 들어오니, 오랑캐들이 손뼉을 치며 노래를 불러 어울린다. 양봉이 두 아들더러 술을 따르라 한다. 두 아들이 술잔을 들어 맹획과 맹우 앞으로 간다. 두 사람이 술잔을 받아 막 술을 마시려는데 양봉이 크게 소리 지르니, 두 아들이 재빨리 맹획과 맹우를 붙잡아 끌고 내려온다. 타사대왕이 이를 보고 달아나려는 것을 양봉이 벌써 붙잡았다. 오랑캐 여인들이 위에서 가로막으니 누가 감히 접근하겠는가? 맹획이 말했다.

"옛말에 토끼가 죽으면 여우도 슬퍼하고, 짐승도 같은 무리의 불행을 슬퍼한다고 했소. 나와 그대는 모두 각 동의 주인이고, 지난날 아무 원한도 없었는데, 무슨 까닭으로 나를 해치는 것이오?"

양봉이 말한다.

"제갈 승상께서 목숨을 살려 주신 은혜에 우리 형제와 아들과 조카 모두 감격했지만, 보답할 길이 없었다. 이제 네가 반란하는데, 어찌 사로잡아 바치지 않겠느냐!"

양봉은 맹획을 속여 현지 여성들의 춤을 보여 주면서 그를 죽이려고 하였는데, 그 사실을 맹획은 전혀 예상하지 못했다. 같은 동주로서 전투를 도와주겠다니 어찌 그를 의심하였겠는가! 게다가 양봉과 제갈량은 전혀 서로 친분이 있던 사이도 아니어서 그 누구도 양봉의 이 계략을 눈치챌 수가 없었을 것이다. 당시 맹획은 친히 나와 그를 맞이하며 함께 막사로 들어가 그를 상석에 앉히고는 부하들에게 가장 좋은 차를 내어오라고 했다. 허나 이는 부질없는 일이었고, 결국 각 동에 있던 현지의 병사들은 모두 자신들의 고향으로 돌아가 버렸다. 더더구나 양봉은 맹획과 맹우, 그리고 타사 등을 압송하여 공명의 영채로 데려갔다. 공명은 그들을 들어오라고 하니 양봉 등은 절을 올리며 말했다.

"저희 아들과 조카 모두 승상의 은덕을 입었기에, 맹획과 맹우 등을 사로잡아 바치옵니다."

맹획이 처음 위연(魏延)에 의해 사로잡혀 공명에게 석방되었을 때, 그는 그 전에 먼저 제2동의 대장이자 그의 부하인 동도나(董荼那)가 사로잡혀 공명에 의해 석방되었다. 그때 공명은 동도나에게 "악한 자를 돕지 말라!"는 말을 하였다. 그런데 맹획은 자신의 영채로 돌아와 매일 술만 마시고 군무를 보지 않았다. 당시 그는 첫 번째의 전투에서 공명에게 그렇게 사로잡힐 줄을 몰라 대단히 화가 난 상태였다. 원래 술을 마시며 즐기길 좋아했던 그가 어찌 술을 통해 그 치욕을 잊어버리려고 하지 않겠는가! 그러므로 네 번째 사로잡혀 석방되었을 때는 더욱 괴로

웠을 터인데 갑자기 양봉이 찾아와 그를 도와주겠다며 하고 술자리를 통해 무희들의 춤까지 선사하니 어찌 기쁘지 않았겠는가! 그리하여 그는 기만을 당해 공명의 막사로 붙잡혀 온 것이다.

두 번째의 출전은 맹획이 동도나가 출전하는 것을 보았지만 동도나가 마대(馬岱)에 의해 한바탕 욕을 먹고 싸우지도 않고 물러나니 맹획이 크게 노해 동도나를 죽이려고 했다. 그런데 다행이 여러 추장들이 계속 말려 동도나는 곤장 100대를 맞은 후에 자신의 영채로 되돌아갔다. 여러 추장들이 동도나에게 맹획을 죽여 공명에게 바칠 것을 권유하자 그는 100여 명의 사람을 이끌고 맹획이 막사에서 크게 취했을 때 그를 사로잡아 공명에게 압송해간 것이었다. 맹획이 두 번째로 사로잡힌 것은 그가 술에 만취하였을 때인데, 이는 양봉이 무희들의 춤과 다섯 명의 아들을 통해 술을 권하던 것과 유사하다.

동도나가 맹획을 잡아 공명에게 헌납했으나 맹획은 다시 석방되었고 맹획은 공명의 명령이 있다고 속여 동도나를 자신에게 오게 한 후에 그를 죽여 버렸다.

맹획은 또 친동생 맹우를 공명에게 보내 일부러 항복하는 척하였지만 도리어 공명에게 세 번째로 사로잡혔다. 양봉이 맹획을 공명에게 바치니 맹획은 다시 석방되었다. 그의 처 축융(祝融) 부인이 출전을 요청했으나 마대의 매복군에 의해 사로잡혔다. 그리고 석방되자 축융의 남동생, 즉 맹획의 처남이 맹획에게 투항을 권유하였지만 맹획이 그 말을 듣질 않자 맹획과 축융 부인, 그리고 친지 수백 명을 데리고 공명을 찾아와 일부러 투항하는 척했다. 공명은 말했다.

"너희들이 거짓으로 항복해 나를 유인하여 데려가 죽이려고 하는가?"

이에 맹획이 말했다.

"당신이 나를 일곱 번째로 사로잡는다면 나도 승복하여 다시는 절대 반란을 일으키지 않겠소."

그리하여 공명은 또 그를 놓아주었다. 공명은 위연을 불러 분부하였다.

"반 달 이내에 열다섯 번을 반드시 연이어 패하고 일곱 영채를 버려야 한다. 만약 열네 번을 지면 나를 보러 오지도 말라."

이는 공명이 기만으로 패해 달아난 것이었고, 나중에 맹획과 그의 부인이 모두 마대에게 사로잡혔던 것이다.

『삼국연의』 가운데 전쟁을 가장 많이 묘사한 문장은 적벽대전과 공명이 맹획을 일곱 번이나 사로잡는 대목인데, 모두가 속고 속이는 기만의 연속이다. 그 가운데 맹획을 다섯 번째로 사로잡는 이 대목은 더욱 인상적이다. 양봉이 남만의 무희들을 시켜 한바탕 춤을 추는 즐거운 축제의 분위기를 조성하였다가 돌연히 '후다닥' 정세가 급변되어 그를 모살하는 형국은 정말 극적인 장면이 아닐 수 없다. 이 장면은 『삼국연의』 제101회에서 공명이 농상에 나와 신으로 가장하여 사마의(司馬懿)를 속이는 것과 함께 기만의 극치를 보여 준다. 전자는 오랑캐 여자들의 춤으로 상대를 기만하고, 후자는 스물네 명의 병사들에게 검은 옷을 입게 하고는 머리를 풀어헤치고 맨발로 칼을 찬 채 사륜차를 에워싸고 있는데, 공명이 그 위에 단정히 앉아 있는 장면이다.

『삼국연의』 제116회에는 황호(黃皓)가 무녀에게 머리를 풀고 맨발로 궁전에서 수십 번을 뛰게 하며 요괴로 가장하여 후주(後主)를 속여 크게 기쁘게 하는데, 이로부터 후주는 그녀의 말을 모두 믿게 되고, 강유(姜維)의 말은 듣지 않게 된다. 그리고는 매일 궁중에서 연회에만 미치게 된다. 양봉이 남만 여성들의 춤으로 맹획을 속여 그를 즐겁게 함으로써 맹획은 포로로 사로잡히게 된다.

속이는 방법은 달라도 그 목적은 모두 상대방의 경각심을 해소시키면서 자신이 책략한 음모를 달성하는 것이다. 그러므로 기만은 반드시 예상 밖의 기발함으로 상대를 먼저 제압하여 상대방이 자신도 모르게 당해 눈치챘을 때는 이미 때가 늦었음을 알게 되는 것이다.

9 일부러 죽은 체하며 상대를 기만하다

취해서 상대를 속이기도 하고, 꿈으로써 상대를 속이기도 하며, 병으로 상대를 속이고, 바보처럼 보이며 상대를 속이기도 하고, 춤으로 상대를 속이고, 신으로 속여 상대를 기만하기도 한다. 또 죽음으로도 상대를 속일 수도 있다. 『삼국연의』 가운데 죽음으로 상대를 속이는 경우로, 조조와 손책의 경우를 들 수가 있다.

『삼국연의』 제12회에는 진궁이 여포에게 계략을 제의하는 부분이 있다.

"복양성 안에 부호 전씨(田氏)라고 있는데, 집의 종이 1100명이나 되는 그 군(郡) 내의 거대 가문입니다. 은밀히 사람을 조조 진지로 보내어서 서찰에 '여 온후(溫侯)가 잔폭(殘暴)하고 어질지 못하여서 민심이 크게 원망하므로 지금 여양(黎陽)으로 병력을 이동하려 합니다. 고순(高

順) 혼자 성안에 있으니 밤을 새워 진병(進兵)하시면 제가 내응하겠습니다.' 라고 쓰십시오. 만약 조조가 온다면 입성하도록 꾀어서 네 문에 방화하고 밖에는 복병을 두십시오. 조조가 비록 경천위지(經天緯地, 천하를 다스림.)의 인재라 하지만 이 지경이 되고서야 어찌 탈출할 수 있겠습니까?”

그러나 조조는 유엽의 말을 들어 진궁이 기만술을 씀을 의심하여 세 길로 나누어 한 부대만 성으로 입성시켰다.

조조가 성 아래로 와서 하후돈에게 좌측에서 군을 이끌게 하고, 조홍(曹洪)에게 우측에서 군을 이끌도록 하고서 자기는 하후연, 이전(李典), 악진(樂進), 전위(典韋) 네 장수와 함께 군사를 인솔하여 입성하였다. 그런데 이전이 급히 말한다.

“주공께서 성 밖에 계시고, 저희가 먼저 입성하게 하십시오.”

그러자 조조는 소리친다.

“내가 몸소 앞장서지 않고서야 누가 기꺼이 앞으로 가겠소!”

그리하여 곧 선두에서 병사를 이끌고 바로 들어갔다. 과연 네 문에 화염이 하늘을 찌르며 쌍방이 어지럽게 싸우게 된다.

한편 조조는 전위가 출동하는 것을 보고 사방에서 인마(人馬)가 가로막고 오므로 남문으로 나갈 수 없어서 다시 북문으로 몸을 돌렸다. 불빛 속에서 바로 여포가 창을 겨누며 말을 빨리 달려 오고 있었다. 조조가 손으로 얼굴을 가리고서 채찍을 가해 말을 몰아서 결국 여포 곁을 지나간다. 여포가 뒤따라 말을 박차 따라와서 창으로 조조의 투구를 툭 치며 물었다.

"조조는 어딨냐?"

조조가 손가락으로 가리키며 말했다.

"저 앞에 누런 말을 탄 놈입니다."

그리고는 말머리를 돌려 동문을 향해 가는데, 마침 전위를 만났다. 전위가 조조를 옹호하여 거세게 혈로(血路)를 뚫어서 성문가에 도달하니 화염이 극성하고 성 아래로 시초(柴草, 불 부치는 풀)가 쏟아져서 온통 불바다다. 전위가 극을 휘둘러서 길을 여는데, 나는 듯이 말을 달려서 연기를 무릅쓰고 불을 뚫으며 앞장선다. 조조가 그 뒤를 따라 나오는데, 막 성문 가까이 당도하자 성문 위에서 불이 붙은 대들보 하나가 붕괴하여 떨어져서 바로 조조가 탄 말 뒷다리 사타구니에 맞으니, 그 말이 땅에 엎어진다. 조조가 손으로 대들보를 밀어서 밖으로 나오지만 손이고 팔이고 수염이고 머리카락이고 모조리 화상을 입었고, 혼전 속에서 날이 밝아서야 비로소 영채로 돌아올 수 있었다.

여러 장수가 절하며 문안(問安)하자 조조가 얼굴을 들어 웃으며 말한다.

"필부의 계책에 어쩌다 넘어갔소. 반드시 갚으리다!"

"어서 계책을 세워야 합니다."

곽가가 말하자 조조가 말했다.

"지금 장계취계(將計就計, 저편의 계략을 이용하여 이편의 계략을 씀.)뿐이오. 내가 화상을 입어서 화독(火毒)이 차올라 오경에 벌써 죽었다고 거짓말을 퍼뜨리시오. 내가 마릉산(馬陵山) 속에 복병(伏兵)한 뒤 적병이 반 정도 지나가기를 기다려서 친다면 여포를 잡을 수가 있소."

"정말 좋은 계책입니다."

곽가가 말했다. 그리하여 군사에게 상복을 입혀서 발상(發喪)하고 조조가 죽었다고 거짓말하게 하였다. 어제는 복양성 내가 죄다 붉은 화염에 휩싸였는데, 오늘은 복양성 안이 모두 소복을 입은 흰 빛깔이 되어 선명한 대조를 이뤘다. 붉은색은 진짜 불길이었지만 흰색은 거짓 소복이다.

군사들은 조조가 이미 죽었다고 도처에 소문을 퍼뜨렸다. 용감하나 지모가 없는 여포는 그것을 정말로 믿었다. 여포가 곧 군마를 점검하고 일으켜서 마릉산으로 쇄도하였다. 곧 조조 진지에 이르자, 북소리가 크게 울리더니 복병이 사방에서 나온다. 여포가 죽기 살기로 싸워서 탈출하지만 허다한 인마를 잃고 패해서 복양으로 돌아간 뒤 수비를 굳히고 나오지 않았다.

오래지 않아 조조는 다시 연주(兗州)를 얻고 허저(許褚), 전위, 하후돈, 하후연, 이전, 악진 등 여섯 장수와 함께 여포를 무찌르게 된다. 진궁은 여포와 그 일가족을 보호하여 정도(定陶)를 버리고 달아났다. 그 결과 산동 일대는 모두 조조의 땅이 되었다.

모종강은 말했다.

"어제 여포가 사람을 보내 거짓으로 항복하더니 오늘 조조가 자신을 거짓으로 죽은 체를 했다. 네가 나를 속이고, 내가 너를 속인다. 정말 보기가 좋구나!"

그러나 여포는 속여도 이기지를 못했고, 조조는 속였으나 패하지 않았다. 여포의 기만은 곽가에 의해 탄로가 났고, 조조는 불에 화상을 입었어도 결국은 소득이 있었다.

조조는 미신을 믿지 않아 죽음도 불사하여 자신의 장례를 치렀다. 그는 인사(人事)를 중시하였지 결코 미신 같은 금기를 믿지 않았다. 만약 조조가 거짓으로 죽은 체하는 이런 계교를 친히 주동적으로 꺼내지 않고 곽가나 다른 모사들이 이런 계교를 건의하였다면 조조가 필히 크게 웃으면서 "내 마음을 어찌 그리 잘 알았소!"라며 결코 그에게 죄를 내리지 않았을 것이다. 문제는 이런 계교를 부하들이 주동적으로 건의하기엔 정서상으로 불편하였고, 사실상 그럴 용기도 없었던 것이다. 조조가 스스로 이런 계교를 떠올린 것은 정말 다행스러운 일이다.

『삼국연의』 제15회에는 손책이 여강(盧江) 태수 육강(陸康)을 쳐서 승리하고 돌아오니, 원술이 그를 불러 손책이 당하에서 절을 올린다. 손책은 그날 연회가 파한 다음, 원술이 그 자리에서 자신에게 매우 오만하게 대한 것을 생각하고 마음속으로 매우 우울했다. 달빛을 받으며 마당에서 산보하다가 부친인 손견은 그렇게도 영웅스러웠는데, 자신은 어쩌다 이런 지경에 이르렀는지를 생각하면서 크게 소리 내어 울고 말았다. 그런데 예기치 않게도 원술의 모사 여범(呂範)이 그를 돕기를 자원하였다. 그는 손책에게 원술이 그에게 병력을 지원하지 않을 것이라고 하였고, 손책은 선친이 남긴 전국(傳國) 옥쇄를 그에게 맡기고자 하였다. 원술은 그것을 보고 크게 기뻐하며 3000명의 병사와 500필의 말을 빌려 주었다. 모종강은 이를 다음과 같이 평했다.

"그 부친은 맹세코 그것을 부인하더니 그 아들이 그것을 공개하네. 무용지물 옥쇄로 유용한 병사들을 얻어내다니, 정말 좋은 계략이로다."

오래지 않아 손책은 주유(周瑜)를 얻었다. 원술의 군중에는 사나운 장수인 '태사자(太史慈)'란 자가 있어 손책을 잡으러 왔다. 두 사람은 오랫동안 서로 싸우다가 나중엔 맨손으로 육박전을 벌이기도 하였다. 그리하여 사람들이 모두 손책을 '소패왕(小覇王)'이라고 부르게 되었다는 이야기도 있다.

그 날, 손책이 병력을 돌려서 다시 말릉(秣陵)을 공격하는데, 갑자기 성 위에서 냉전(冷箭, 몰래 숨어서 쏘는 화살) 하나가 날아와 손책의 왼쪽 넓적다리에 명중하니, 손책이 말에서 굴러떨어졌다. 다행이 여러 장수가 급히 부축해 일으키고 진지로 돌아가서 화살을 뽑고, 금창약(金瘡藥, 칼에 베인 상처에 쓰는 약)을 발라 주었다. 손책은 군중에게 명령하여 주장(主將)이 화살을 맞아서 죽었다고 거짓으로 알리게 하였다. 그리고 군중에서는 장례를 치르고 진지를 철거해서 일제히 떠났다. 손책이 죽었다는 말을 듣고 설예(薛禮)가 밤새 성안의 군사를 일으켜서 효장(驍將, 사나운 장수) 장영(張英), 진횡(陳橫)과 더불어 급히 출성하여 뒤밟았다. 그런데 갑자기 복병이 사방에서 튀어나오는데, 손책이 선두를 맡아 출마하며 소리 높여 크게 외친다.

"손랑(孫郞, 손책)이 여기 있다!"

손무는 장영을 죽이고, 장흠은 진횡을 화살로 쏘아 죽였으며, 설예도 혼전 중에 목숨을 잃었다. 급히 또 태사자를 잡으러 가 그도 사로잡았다. 손책은 친히 그의 결박을 풀어주고 비단옷도 그에게 선물했다. 태사자는 자신을 후덕하게 대하는 것을 보고는 흔쾌히 투항의사를 밝혔다. 사람들은 모두 손책의 사람 보는 눈에 감탄했다. 오래지 않아 손책은 수만 명의 군중을 모아 강동으로 내려가 백성들을 무마하니 투항하는 자가 부지기수였다. 강동 사람들은 모두 그를 '손랑'이라고 부르며 칭송하지 않는 자가 없었다.

죽음으로 상대를 속이는 기만책을 얘기하면서 필자는 외국의 재미있는 우언고사를 하나 말하고자 한다. 아마 독자들도 거의 모두 알고 있는 이야기일 수도 있다.

친구 세 사람이 숲을 지나는데 갑자기 큰 곰이 하나 나타나니 두 사람은 얼른 자신들의 안전만 생각하여 높은 나무 위로 올라갔고, 한 친구만 남았다. 그는 급한 가운데 한 묘안이 생각나 나무를 들이박고 일부러 죽은 체를 하였다. 곰이 다가와 먼저 그를 관찰하고는 그가 숨을 내쉬는지를 확인해 보고, 다음에는 그의 겨드랑이를 건드려 웃는지를 알아보았다. 결과 그 사람은 죽은 체에 성공하여 곰이 정말 그가 죽은 줄로 알았다. 곰은 죽은 사람을 먹지 않기에 급히 떠나버렸다. 잠시 후 나무 위의 두 친구가 내려왔고, 그 친구는 일어나 앉았다. 친구들이 그에게 물었다.

"금방 자네가 정말 기절했었는가?"

"아니야."

"그런데 왜 곰이 자네를 잡아먹지 않았을까?"

"곰은 나에게서 사람의 냄새를 맡았기에 먹지 않았지."

두 사람은 심히 부끄러워 아무 말을 하지 못했다. 죽은 척하면서 곰을 속인 이자야말로 정말 용감하고도 유머가 넘치는 '최고의 배우'라고 할 수 있다.

조비가 황제의 자리를 받아들이고, 10
헌제(獻帝)는 이용을 당하다

'선(禪)'은 황제의 자리를 말한다. '양선(讓禪)'은 황제의 자리(황위)를 사양하여 받지 않는 것(혹은 다른 사람에게 양보함.)을 뜻한다. '수선(受禪)'은 황위를 받아들이는 것이다.

요(堯)임금은 순(舜)이 마음에 들어 선양하니, 순은 수선하였다. 순임금은 나중에 우(禹)가 마음에 들었기에, 우는 수선하였다(즉, 그 황위를 받아들였다). 백이(伯夷)와 숙제(叔齊)는 서로 양선(임금의 자리를 양보함.)하여 모두 수선을 받아들이지 않았다. 주나라의 곡식을 먹는 것이 부끄러워 함께 외로운 대나무 산에 머물러 세인들은 그들을 '현자'라고 칭했다. 왕망(王莽)은 황위를 찬탈하여 수선하였는데, 조비가 그것을 본받았다.

조비가 수선한 것은 헌제가 흔쾌히 조비에게 양선을 한 것이 아니라

조비가 헌제를 핍박하여 양선하게 하고, 그가 수선한 것이다. 그러므로
『삼국연의』 제80회에는 모두 조비가 헌제를 속여 핍박하는 내용이다.
조조는 생각지도 못하고, 또 할 수도 없었던 일을 그 아들 조비가 한 것
이다. 『삼국연의』를 읽다 보면 이 부분을 자세히 읽지 않을 수가 없고,
그러면 당시의 상황들에 대해 여러 가지 상상을 하게 된다.

언제부터인지는 몰라도 아마 대학교에서 조식(曹植)의 「칠보시(七步
詩)」와 「백마가(白馬歌)」를 읽게 되면서부터 조비에 대해 좋은 감정을
갖지 않게 되었다. 조비가 비록 「연가행(燕歌行)」과 같은 좋은 시를 짓
고 『전론(典論)·논문(論文)』과 같은 멋진 문장을 짓긴 했어도 그를 미워
했다.

사람들은 종종 강자와 약자에 대해 대체로 약자를 동정하고 이해하
고자 한다. 그러나 조조와 같은 강자를 나는 매우 좋아했다. 허나 조비
에 대해선 정반대였다. 조식과 같은 약자에 대해서 나는 동정과 이해를
했다.

조비는 즉위하면서부터 건안(建安) 25년을 연강(延康) 6년으로 개칭
하고, 조조에게 '무왕(武王)'이란 시호를 붙였다. 가후(賈詡)를 태위로
봉하고 화흠(華歆)을 상국으로 앉혔다. 그해 8월에 중랑장 이복(李伏)과
태사승 허지(許芝)가 상의하여 '위(魏)'라는 명칭으로 한(漢)을 대신하면
서 수선의 예를 준비하여 한나라의 황제에게 천하를 위왕에게 양보할
것을 명했다. 그리하여 화흠과 왕랑(王朗) 등 일반 문무(文武) 40여 명의
관료들이 내전에 바로 들어가 한 헌제에게 아뢰어 위왕 조비에게 양선
할 것을 주청하였다. 헌제는 그 상소를 듣고 크게 놀라 한참 동안이나

말을 하지 못한 채 백관들을 보며 눈물만 흘렸다. 화흠·이복·허지 등은 계속해서 상소하고 왕랑은 더욱 위협하며 아뢰었다.

"지체하시면 아니 되옵니다. 그러시면 무슨 변고라도 생길 것이옵니다."

헌제는 다급하여 연신 크게 울었다. 후전(後殿)으로 들어갈 때에는 백관들이 방자하게 비웃기도 하였다.

다음 날, 관료들이 또 대전(大殿)에 모여 환관들을 시켜 헌제를 들여보내게 하였다. 그때, 헌제는 두려워서 나오지를 못했다. 그때 조후(曹后, 조조의 딸)가 말했다.

"백관이 폐하께 설조(設朝, 조정에서 정무를 봄.)를 청하는데, 어찌하여 거절하십니까?"

"당신의 오라버니가 황위를 찬탈하려고 백관들에게 명해 나를 핍박하기에 짐이 나가지를 못하는 것이다."

헌제는 눈물을 흘리면서 말했다. 이 말을 듣고 조후는 화가 났다.

"내 오라버니가 어찌 이런 역적 짓을 저지른단 말이냐!"

그 말이 끝나기도 전에 조홍과 조휴(曹休)가 칼을 차고 들이닥쳤다. 조후는 그들에게 욕을 퍼부었다.

"이 모두 너희가 난적(亂賊)으로서 부귀를 바라 함께 역모를 저질러서다! 내 부친의 공로가 세상을 뒤덮고 위세가 천하에 울려도 감히 옥새를 빼앗지는 않았다. 이제 내 오라비가 왕위를 잇자마자 한나라를 찬탈하겠다니 황천(皇天, 하느님)께서도 결코 복을 내리지 않을 것이다!"

말을 마치자 통곡하며 궁궐로 들어갔다. 좌우에서 모시는 이들도 모두 한탄하며 눈물을 흘렸다.

헌제가 핍박을 못 이겨 옷을 갈아입고 정전(正殿)으로 나가니, 화흠이 상주(上奏)하였다.

"폐하! 신들의 어제 의논을 따르면 큰 화는 면하십니다."

"누가 감히 짐을 시해하겠소?"

그러자 화흠이 소리를 높였다.

"천하 사람 모두가 폐하께서 인군(人君, 임금)의 복이 없어 사방 큰 난리가 난 걸 알고 있습니다! 위왕(조조)께서 조정에 계시지 않았다면 폐하를 시해한 이 어찌 한 사람에 그치겠습니까? 폐하께서 아직 은혜를 모르고 그 덕을 갚지 않아 곧 천하 사람으로 하여금 힘 모아 폐하를 토벌하게 만들 셈입니까?"

황제가 크게 놀라 소매를 털며 일어났다. 왕랑이 화흠에게 눈짓하자 일찍이 관녕(管寧)이 비속하게 여겨 상대도 하지 않던 이 화흠이란 놈이 예의도 없이 뛰어가 황제의 용포를 덥석 붙잡고는 낯빛을 고쳐 말했다.

"허락인지 불허인지 어서 한마디 하시오!"

헌제는 벌벌 떨며 답하지를 못했다. 그때 조홍과 조휴가 검을 뽑아 들고 크게 외쳤다.

"부보랑(符寶郞, 옥새 관리인)은 어디 있는가?"

조필(祖弼)이 그 소리에 나오며 말했다.

"부보랑, 여기 있다!"

조홍이 옥새를 찾아내려 하자 조필이 꾸짖었다.

"옥새는 천자의 보물이거늘 어찌 네 마음대로 찾으려고 하는가!"

그러자 조홍은 무사들에게 소리쳐서 그를 끌어내어 베라고 하였고, 조필이 크게 욕하기를 멎지 않으며 죽었다.

헌제가 덜덜 떨어 마지않는데, 계단 아래 갑옷 입고 창을 든 100여 병사가 모두 위나라 군사였다. 그는 얼굴이 사색이 되어 마지못해 진군(陳群)에게 나라를 넘기는 조서를 기초하게 하고, 화흠에겐 조서와 옥새를 받들어 백관을 거느리고 위왕 궁전으로 가서 헌납하게 하였다. 조비는 이렇게 가만히 있어도 옥새를 가져갈 수가 있어 너무나도 기뻤다. 조서 낭독을 다 들은 후에 그것들을 받아들이고자 하는데, 그때 교활한 사마의가 간언하였다.

"불가합니다. 비록 조서와 옥새가 왔으나 전하께서 우선 표를 올려 겸손히 사양해 천하의 비방을 끊으십시오."

조비가 이를 따라 왕랑에게 표를 짓게 시켜, 스스로 덕이 모자라니 따로 대현(大賢)을 구해 천자 자리를 잇도록 청하였다. 황제가 표를 읽더니 속으로 몹시 놀라고 의심스러워 신하들에게 말했다.

"위왕이 이렇게 겸손한데 어찌해야겠소?"

화흠이 말했다.

"지난날 위무왕(조조)이 왕의 작위를 받을 때 세 번 사양했지만 조서로써 불허하자 비로소 받았습니다. 이제 폐하께서 다시 조서를 내리면 위왕이 마땅히 따를 것입니다."

헌제가 부득이하게 다시 환계(桓階)에게 조서를 기초하게 시켰다. 조비는 조서를 보고는 대단히 기뻐하였다. 당시 가후가 또 계교를 생각해 바쳤다.

"화흠을 시켜 한제(漢帝)로 하여금 대를 하나 쌓되 수선대(受禪臺)라 이름 짓게 하십시오. 길일과 양진(良辰, 좋은 시기)을 택해 대소공경(大小 公卿) 신하들을 모조리 수선대 아래 오게 한 뒤 천자를 시켜 친히 옥새 를 받들어 천하를 대왕께 넘기게 하면 이로써 사람들의 의혹을 풀고 이 런저런 말들을 근절시킬 수 있습니다."

조비가 크게 기뻐 즉시 장음더러 새수를 갖고 돌아가라 하고 황제에 게 표를 지어 겸손히 사양하였다. 장음이 돌아가 헌제에게 아뢰니 헌제 가 신하들에게 또 물었다.

"위왕이 다시 사양하니 그 뜻이 어떤 것이오?"

화흠이 아뢰었다.

"폐하께서 대를 하나 쌓되 '수선대' 라 이름짓고 공경서민을 불러 선위를 밝히십시오. 그러시면 폐하의 자자손손 위나라의 은택을 입습 니다."

헌제가 이를 따라 3층의 높은 대를 쌓고, 10월 경오일(庚午日) 인시 (寅時, 오전 3시~5시)에 선양하기로 하였다.

기일이 되자 헌제가 위왕 조비에게 대에 올라 선양 받으라 청한다. 대 아래에는 대소관료 400여 명과 어림호분금군(御林虎賁禁軍, 수도 방 위 친위대) 30만 남짓을 모아 놓고 헌제가 친히 옥새를 받들고 조비에게 봉헌하니, 조비가 그것을 받고 제위에 등극했다.

가후가 대소관료를 이끌고 수선대 아래 배알하며, 연호는 '연강(延 康) 원년' 을 '황초(黃初) 원년' 으로, 국호는 '대위(大魏)' 로 고쳤다. 조비 가 교지로써 천하에 대사면령을 내리고, 부친 조조에게 태조 무황제의 시호를 올렸다. 또 화흠이 상주하였다.

"하늘에 두 해 없고, 백성에 두 임금 없다 하였습니다. 헌제가 천하를 넘겼으니 마땅히 지방으로 물러나야 합니다. 아무쪼록 명령을 내려 유씨(외람되게도 다시는 '황제' 라고 칭하지 않았다.)를 다른 곳에 안치하소서."

말을 마치고 헌제를 끌어다 대 아래 무릎 꿇려 교지를 듣게 하였다. 조비가 교지를 내려 헌제를 산양공(山陽公)으로 낮춰 그날 바로 떠나보냈다. 화흠이 검을 잡으며 헌제를 가리켜 소리 높여 말했다.

"새 황제를 세우면 옛 황제는 폐함이 예로부터의 상도요! 금상께서 인자하셔 차마 해치지 못하고 산양공으로 삼으니 오늘 바로 떠나고 황제의 조서가 없으면 입조를 불허하오!"

헌제가 눈물을 머금고 사례하며 말을 타고 떠났다. 대 아래 군사와 백성들이 보고 모두가 가슴 아파했다. 조비가 신하들에게 말했다.

"순임금이 우임금에게 양위한 것을 짐도 알겠구려!"

정말 어처구니가 없는 일이었다. 어찌 이렇게 떳떳할 수가 있단 말인가! 그런데 군신들은 모두 '만세' 를 외쳤다.

조비 스스로가 머리를 짜내는 이런 수선(受禪) 유희를 지휘했지만 사실 화흠이라는 개만도 못한 자가 아주 중요한 역할을 담당했다. 헌제는 피동적으로 끌려다니며 사기당하고 핍박당하고 이용당했다. 이는 극도로 사악한 조비와 화흠 무리들의 음흉한 기만을 잘 보여 준다.

하늘은 두 눈으로 똑똑히 그 장면을 목도하였다. 백관들이 조비에게 청해 천지에 감사를 드리라고 주청했다. 그러나 천지는 불만이 많았다.

조비가 막 무릎을 꿇어 절하는데, 홀연히 대 앞에서 한바탕 괴풍(怪風)이 휘몰아쳐 모래가 날고 돌이 구르며 갑자기 소나기도 내려 서로 얼굴을 못 알아볼 지경이었다. 그리고 대 위의 모든 촛불들이 꺼지더니 홀연 조비도 대 위에서 쓰러져 백관이 급히 구해 대 아래로 겨우 내려왔다. 한바탕 소란 끝에 조비가 한참 뒤 깨어나니, 근신들이 부축해 궁중으로 들어가 며칠간 조회도 열지 못했다. 그 뒤 병이 조금 낫자 비로소 대전으로 나아가 신하들의 조하(朝賀, 즉 신하들이 조정에서 하례를 올림.)를 받았다. 그리고 화흠을 사도(司徒)로 봉하고 여러 관료들에게도 하나하나 상을 내렸다.

그런데 조비의 병이 낫지 않았다. 혹시 허창(許昌)의 궁실에 요사한 것이 많은가 의심해 허창에서 낙양으로 행차해 궁실을 다시 크게 지었다. 하늘이 조비에게 복수하였던 것이다. 조비는 실로 너무 나쁜 머리를 많이 굴려 스스로 자신의 무덤을 판 꼴이었다.

조조는 인걸(人傑)이었으나, 조비는 도적이었고, 조방(曹芳)은 쥐새끼 같았다. 자손이 갈수록 못했다. 또 유비·유선(劉禪)·유근(劉謹)도 갈수록 못했다. 뿐만 아니라 손권과 손량(孫亮)도 그러하였다. 아! 세대는 갈수록 못하였다. 노신(魯迅)의 작품 속 구근(九斤) 노부인은 언제나 젊은 세대가 갈수록 못하다고 한탄하였지만 이는 노부인이 보수적이고 진부한 생각을 가진 때문이라고 우리들은 대개 해석한다. 그러나 확실한 것은 세대가 갈수록 못하다는 말은 아무도 부정할 수 없는 명언이라고 할 수가 있다.

開言崇聖典　用武若通神　三國英雄士　四
朝經濟臣　屯兵驅雷約　養子得麒麐　諸葛
常稱宗　能廻天地春

11 쉽게 남을 믿어
일을 부탁해서는 안 된다

정말 현명한 사람은 큰일을 도모하기 전에 절대 떠벌리지 않으며 반 드시 신중하게 일을 처리하여 그 어떤 비밀도 발설하지 않는다. 그렇지 않으면 큰 화를 당하며 나중에 후회를 해도 이미 때는 늦게 된다. 동서 고금을 막론하고 이런 심각한 교훈은 수도 없이 많다.『삼국연의』속에 서도 이런 예는 허다하다.

제57회에는 조조가 마등(馬騰)이 이미 도착한 것을 알고 문하시랑 황규(黃奎)로 하여금 우선 마등의 영채로 가서 병사들을 위로하고 마등 을 다음 날 바로 입성하도록 하였다. 황규가 술이 반쯤 취하자 마등에 게 말하였다.

"임금을 기만하는 놈이 바로 조조입니다."

마등은 이것이 조조가 시켜 염탐하는 것일까 두려워 급히 제지하였다.

"사람들의 이목이 있으니 말을 함부로 하지 마시지오."

이에 황규가 꾸짖었다.

"공은 결국 의대의 밀조를 잊으셨소?"

마등은 그가 마음속의 진심을 내뱉는 것을 알고는 은밀히 이실직고 하며 말했다. 황규는 조조가 성을 나서서 군대를 점검할 때를 기다려 그를 죽여 버리자고 하였다.

두 사람이 상의를 마쳐 황규가 귀가하였지만 노기가 식지 않는다. 그 아내가 거듭 묻지만 황규는 말하려 하지 않는다. 그런데 뜻밖에 그 첩 이춘향(李春香)이 황규 아내의 동생 묘택(苗澤)과 사통하고 있었다. 묘택은 춘향을 차지하고 싶었지만 아무 계책이 없었다. 황규가 분개하는 마음을 본 그 첩이 곧 묘택에게 말했다.

"황 시랑께서 오늘 군정을 상의하고 돌아와 몹시 분한 마음을 품고 있는데 무슨 뜻인지 모르겠소?"

"네가 이런 말로 시험해 봐라. '사람들 모두 유황숙은 인덕이 있지만 조조는 간웅이라 말하는데, 왜 그렇습니까?' 그래서 무슨 말을 하는지 봐라."

이날 밤, 과연 황규가 춘향의 방으로 왔다. 그 첩이 그렇게 말을 건네자 황규가 취한 김에 말했다.

"나는 조조가 너무 미워 그를 죽이고자 하고 있네."

"그를 죽이시겠다면 어떻게 손을 쓰시겠습니까?"

"내 이미 마 장군과 약정하여 내일 성 밖에서 점병할 때 그를 죽일 것이네."

춘향이 묘택에게 고하자 묘택이 조조에게 보고해 알렸다. 그 결과 조조가 조홍과 허저를 불러 이렇게 저렇게 하라 분부하고 또 하후연과 서황에게도 분부하였다. 그들은 각자 명을 받들어 떠나 황규 일가의 식구들을 체포하였다. 나중에 마철(馬鐵)이 빗발치는 화살에 맞아 죽었고, 마등과 황규도 함께 죽음을 맞이한다.

제85회에는 건흥(建興) 원년 8월에 위(魏)가 5로(路)의 대병을 파견하여 서천(西川)을 취하려고 하는 부분이 있다. 그런데 일을 꼼꼼하게 처리하지 못해 공명이 먼저 그것을 알아버렸다. 공명은 역시 대단히 신중하여 며칠째 일을 보러 나오지 않았다. 후주가 크게 놀라 교지를 갖고 그를 찾아가 조정에 들어오라고 전하게 된다. 그런데 사자가 한참 후에 돌아와 고하길, 병에 걸려 나오지 못한다고 하였다. 후주가 더욱 당황했다. 다음 날 황문시랑 동윤(董允), 간의대부 두경(杜瓊) 두 사람에게 명하여 승상의 침상으로 찾아가 그를 시중들게 하였다. 하나 아침부터 저녁까지 그가 나오는 것을 보지 못했다. 후주는 여러 관리를 데리고 입궁하여 황태후가 친히 가보길 주청하였다. 그러자 동윤이 승상에게 분명히 깊은 생각이 있음을 말하면서 후주가 먼저 가보길 권했다.

다음 날, 후주가 문지기에게 물었다.

"승상은 어디에 있는가?"

문지기가 답했다.

"어디 있는지 모르옵니다. 다만 승상이 균지(釣旨, 명령의 높임말)를 내려 백관이 함부로 들어오는 것을 막으라 하셨습니다."

언제나 이런 식이었다. 사흘이 지나 후주가 다시 세 번째의 중문을 지나니 공명을 볼 수 있었다. 그때 공명은 후주를 모시고 내실로 들어가 앉은 후에 말했다.

"오로의 군대가 이미 도착하였는데, 신이 어찌 모르겠사옵니까? …단지 손권의 대병은 신이 비록 그를 물리칠 방법이 있지만 반드시 언변이 능한 자를 골라 사자로 삼아야겠는데 아직 그런 사람을 얻지 못해 깊이 생각하고 있었습니다. …성도의 뭇 관리 모두 병법의 묘를 깨우치지 못한지라 관건은 사람들이 모르게 해야 하는 것이니, 어찌 사람들에게 누설하겠습니까?"

그리하여 마초·위연·맹달·조운·관흥 등이 어떻게 적을 상대해야 함에 대해 후주에게 말해 주었다. 그 연후에 이렇게 말했다.

"이들 여러 곳에 작전 배치하는 일들은 모두 성도를 경유하지 않은지라 아무도 지각하지 못한 것입니다."

그리고 나와 여러 관리들을 대한 후에 몰래 사람을 시켜 등지(鄧芝)를 머물게 한 다음에 그를 동오(東吳)로 보내어 오와 촉이 서로 연합하게 만들었다. 그 후, 공명은 맹획을 칠종칠금하고, 자룡이 오장을 참수하며, 공명은 지혜로 세 성을 얻는 대승을 거두게 된다.

제94회, 공명은 말했다.

"맹달(孟達)이 대사를 도모하려다 만약 사마의를 만나게 되면 반드시 패할 것이오. 맹달이 죽는다면 중원을 얻기 힘드오."

마속이 말했다.

"급히 편지를 써서 맹달로 하여금 유의하도록 하시지요."

맹달은 심복이 공명의 편지를 가져오길 기다렸다가 그것을 뜯어보니 다음과 같았다.

"지극히 신중해야 하오. 가벼이 다른 사람에게 일을 맡겨선 안 되오. 신중하고 경계를 하시오. …준비를 철저히 하고, 가벼이 여기지 마시오."

그러나 맹달은 그 말에 웃음을 보였다.

"사람들이 공명이 의심이 많다고 하더니 오늘 비로소 알겠구나!"

심복을 시켜 다음과 같이 회답을 공명에게 보내게 했다.

"사마의의 일은 겁낼 필요가 없습니다. …승상께선 마음을 풀고 승전보만 기다리십시오."

공명은 편지를 보고 나서 그것을 던져버리고 발을 구르며 안타까워했다.

"사마의의 손에 죽게 생겼도다."

마속은 그 뜻을 알지 못했다. 공명이 말했다.

"준비하지 못한 상대를 치고 생각하지 못한 곳에서 나오니, 열흘이 안 돼 병사가 도달할 텐데 어떻게 손을 쓴단 말인가!"

공명은 급히 사람을 보내 맹달에게 고했다.

"거사를 치르기 전에 다른 사람들로 하여금 절대 알지 못하게 하시오. 알게 되면 반드시 패할 것이오."

과연 공명의 예상대로 맹달이 일을 치르기 전에 비밀을 지키지 않아 누군가가 사마의에게 "맹달이 모반하려고 합니다."라며 급히 밀고하였다. 게다가 맹달의 심복인 이보(李輔)와 그의 조카 등현(鄧賢)이 글을 올려 그것을 증명하였다. 나중에 또 전군의 경계병에게 맹달의 심복이 잡혀 공명의 회신이 발각되었다.

"나의 계략이 공명에 의해 간파되다니!"

사마의는 크게 놀라 급히 병사를 파견하니, 맹달은 그제서야 하늘을 보며 탄식했다.

"과연 공명의 예상이 맞았구나!"

결국 그는 신탐(申耽)의 창에 말 아래로 떨어져 목이 달아나고 병사들이 모두 투항하였다. 사마의는 승리하여 입성하니 위나라 군주 조예(曹叡)가 크게 기뻐하며 말했다.

"경이 아니었다면 양경(兩京)은 끝이 날 뻔하였소!"

사마의는 아뢰었다.

"지체할까 두려워 성지(聖旨)를 기다리지 않고 밤을 타서 떠났습니다. 만약 주문(奏聞)을 기다렸다면 공명의 계략에 당할 뻔했습니다."

이에 위왕이 말했다.

"다음에 이런 기밀스러운 중요한 일이 있으면 내게 아뢰지 말고 편하게 행동하시오."

제95회, 공명이 각 노선의 군대를 안배한 후에 스스로 5000명의 병사를 데리고 서성현을 나와 양초를 운반하는데, 홀연 사마의가 15만 대군을 이끌고 벌 떼같이 쳐들어온다는 소식을 들었다. 사마소(司馬昭)는 공명이 성 위에서 거문고를 타는 것을 보고 부친에게 말했다.

"제갈량이 군사가 없어 일부러 이런 작태를 벌이는데, 부친께서는 어찌 병사를 퇴각시킵니까?"

"제갈량은 평생 신중한 사람이라 한 번도 위험한 짓을 안 했다. 오늘 성문을 크게 연 것은 필히 매복이 있는 것이니 어서 퇴각하는 것이 옳다!"

옛날에 공명은 세밀하여 한 번도 빈틈을 보이지 않았으며 더욱이 맹달이 반란을 일으키는 일을 전후하여 사마의로 하여금 철저히 그의 이런 면을 믿어 의심하지 않게 만든 것이다. 그러므로 공명은 특별히 당시 부득이한 상황에서 사마의를 한바탕 기만한 것이다. 사마의는 공명이 머리가 비상하여 군을 다스림에 있어서도 극히 엄격해서 절대 빈틈을 보이지 않는다고 생각한 것이었다. 어찌 공명이 그를 속일 것이라고 생각했겠는가! 그리하여 천재일우의 기회를 놓쳤으니 그 기회는 다시 오기 힘든 것이었다.

공명은 당시 명령을 내려 지시했다.

"깃대를 모두 숨기고, 병사들은 모두 각자의 성을 지키며, 만약에 함부로 성문을 출입하거나 큰 소리로 얘기하면 당장 참수하라! 네 문을 열고 문마다 20명의 군사를 백성으로 가장하여 길을 청소하라. 그리고 위나라 병사들이 오면 절대 마음대로 움직이지 않고 나의 명령을 기다리라!"

이는 성안의 비밀을 절대적으로 지켜 밖으로 세어나가지 못하게 하는 것이었다. 만약 그렇지 않고 약간의 비밀이라도 새어나갔다면 모든 것이 끝장이 난 것이다.

혹 어떤 독자는 다음과 같이 말할 것이다.

"공명이 마속에게 가정을 지키게 하여 사마의가 그것을 염탐하여 알고는 크게 웃으며 '공명은 헛된 명성만 지닌 용속한 사람이군!' 하면서 공명이 이런 인물을 기용하니 어찌 패하지 않겠는가. 그렇다면 사마의가 이런 인식에 기초하여 서성의 사안도 공명의 작은 꾀에 불과하다고 믿어 전군은 아니더라도 일부의 군사로 하여금 서안으로 공격하여 그를 시험했어야 옳지 않았겠는가!"

필자의 생각은 당시 성이 비었는지 아닌지에 대해 사마의가 분명 많은 생각을 하였을 것이며, '마속의 일로 일을 그르쳤는데, 이번에 공명이 스스로 일을 그르치겠는가?' 하고 의문을 가졌을 것이다. 만약 연이어 이런 실수를 한다면 어찌 공명이라고 할 수 있겠는가! 요행을 바라고 성을 공격할까, 아니면 안전하게 퇴각할까?

공명이 가정성에 입성할 때 말했다.

"이번에 가정성을 잃게 되면 제갈량은 반드시 달아날 것이오. 공('곽준'을 말함.)은 어서 자단과 함께 밤을 타서 추격하시오!"

그런데 이번에 서성으로 물밀듯 쳐들어와서 처음엔 성이 비었다고 생각하고는 '공명이 틀림없이 달아났다.'고 여겼었다. 그런데 홀연 공명이 달아나지 않았으니, 그가 성안에 있는 5000명의 군사를 보내 양초를 운반하게 하였음을 어찌 알았겠는가! 공명의 그런 편안한 모습을 보면 응당 복병이 있을 것이라고 단정할 것이다. 그러므로 공명에게 한바탕 공허하게 기만당했지만 독자들로 하여금 그가 미련하다고 여기게 하지 않는다. 그는 공명과 같은 부득이한 상황도 아닌데 모험을 벌일 필요가 없었던 것이다.

사마의는 가장 교활한 인물이다. 어찌 그를 공명에게 패하는 장수로 볼 수 있겠는가! 마속은 사마의로 하여금 요행히 가정을 얻게 만들었고, 사마의는 공명으로 하여금 요행히 목숨을 보전하게 만들었던 것이다. 사마의는 다시 요행을 바라지 않았지만, 공명은 어쩔 수 없이 감히 요행을 한 번 바라게 되었고, 다행이 성공적이었던 것이다. 정말 재미난 일이다.

제113회, 오나라의 주상 손량(孫亮)은 국구(國舅) 황문시랑 전기(全紀)에게 다음과 같이 당부하였다.

"경께서 금군(禁軍)을 점검하여 유승(劉丞) 장군과 함께 성문을 잘 지키면 짐이 나와 손침(孫綝)을 죽일 것이오. 허나 이 일은 경의 모친께서 알게 해선 아니 됩니다.(그의 모친은 바로 손침의 누나이다.) 만약 비밀이 세어나가면 짐을 크게 곤혹스럽게 할 겁니다."

이에 전기는 자신 있게 답했다.

"폐하께서는 조서만 작성하여 신에게 내리십시오. 일을 도모할 시에 신이 비로소 사람들에게 조서를 보여 손침의 부하들이 경거망동하지 못하게 할 것이옵니다."

손량은 바로 비밀 조서를 작성해 전기에게 주었다. 전기는 집으로 돌아와 그의 부친 전상(全尚)에게 몰래 이야기하였다. 그런데 예상 외로 조상은 그의 처에게 그 일을 털어놓았다.

"사흘 내에 손침을 제거하려고 하오."

"죽이는 것이 옳아요."

그의 처는 이렇게 입으로는 응하는 척하면서도 몰래 사람을 보내 손침에게 그 사실을 알려 주었다.

손침은 너무도 화가 났다. 그날 밤, 형제 네 명과 정예 병사들을 불러 대문을 먼저 포위한 후에 전상과 유승, 그리고 그 가솔들을 모두 잡아 죽이고 상서(尙書) 환이(桓彝)도 참하였다. 그리고 손량은 회계왕으로 폐위시키고 낭야왕 손휴(孫休)를 임금으로 즉위시켰다. 연호도 영안(永安) 원년으로 바꾸고 손침은 승상으로 봉해졌으며, 그 가문의 다섯 장수들이 모두 전금병(典禁兵)이 되어 황권을 좌지우지하였다. 손침의 기세는 갈수록 교만방자하였지만 다행히도 나중에 장절(張節)과 정봉(丁奉)이 크게 성공하여 손휴로 하여금 손침을 참수하도록 하였다.

독자 여러분은 모택동의 다음 말을 기억하시는가?

"일은 세심하게 해야 하며, 대충 처리하면 언제나 탈이 생긴다."

절대 모공(毛公)의 말을 우스갯소리로 여겨선 안 된다. 설령 그가 10년의 동란(문화대혁명)을 잘못 인도하였다고 해도 말이다. 지난 일은 기억하여 거울로 삼아야 할 것이다. 특히 거사를 치르기 전의 기밀은 반드시 지켜야 할 것이다.

12 병을 가장하여
크게 기만하다

큰 기만을 얘기하자면 주유가 당시 여러 번 기만술을 사용하여 조조의 83만 병마와 배들을 연기와 재처럼 날려 보낸 사건일 것이다.

사마의는 늘 다음과 같이 말했다.

"군대는 숫자가 많음에 관건이 있는 것이 아니라 병사들을 얼마나 기발하게 잘 활용하면서 지혜를 발휘하느냐에 있다. 상대방이 생각하지 못한 상황에서 갑자기 공격하는 것이다."

제104회의 제목은 "큰 별이 떨어지자 제갈량은 하늘로 돌아가고, 위나라의 도독(都督)은 나무로 만든 상(像)을 보고 기겁하다"라고 되어 있다. 당시 위나라 도독은 사마의였다. 그는 오장원에서 발을 구르고 기뻐하며 말했다.

"공명이 죽었도다. 어서 추격하라!"

그런데 갑자기 산 뒤에서 한 방포 소리가 일어나며 함성이 크게 진동하는데, 촉군이 다 기를 돌려 세우고 북을 치며 나무 그늘 속에서 쏟아져 나왔고, 중군의 큰 기에는 한 줄로 "한(漢) 승상(丞相) 무후(武侯) 제갈량"이라고 크게 씌어 있었다.

사마의가 대경실색하여 눈을 똑바로 뜨고 바라보니, 촉군 중에서 장수 수십 명이 일제히 사륜거를 호위하고 나오는데, 그 수레 위에는 공명이 윤건을 쓰고 단정히 앉아 있었다. 사마의는 크게 놀라 달아나려는데, 강유가 크게 외쳤다.

"역적의 장수는 달아나지 말라. 너는 이미 승상의 계책에 걸렸다!"

위군과 사마의는 혼비백산하여 50여 리를 달아나는데, 뒤에서 위나라 장수 두 사람이 겨우 쫓아와 사마의의 말고삐와 재갈을 움켜잡고 외쳤다.

"도독은 진정하십시오."

이때 사마의는 얼마나 꼴이 말이 아니었는지 그는 자신의 머리를 만지며 물었다.

"내 머리가 있나 보아라."

그리고는 한동안 헐레벌떡거리다가 겨우 정신을 차렸다. 이리하여 촉 땅 사람들 사이에는 "죽은 제갈량이 살아 있는 사마의를 달아나게 했다."는 하나의 속담이 생겨났다.

사마의는 제갈량에게 감탄하여 말했다.

"과연 천하의 기이한 인재로다."

비단 제갈량만 인재가 아니라 사마의도 역시 기이한 인재였다. 『삼

국연의』 속에는 그가 위급 상황에서 여러 차례 계략을 발휘하는 장면
이 있고, 위나라의 군주와 장수들도 모두 그의 지략에 감복한 적이 많
았다. 비록 그가 몇 차례 제갈량의 책략에 패하긴 하여 지략으로 보면
제갈량보다는 약간 아래에 있었다고는 할 수 있으나 다른 사람들은 그
와 비교될 수도 없었다. 그만큼 사마의의 지모와 책략은 타의 추종을
불허하였다.

　제106회 마지막 부분에는 태위 조상(曹爽)이 갑자기 형주자사 이승
(李勝)으로 하여금 부임하기 전에 태위 중달(사마의)에게 보내어 상황을
한번 탐색해 보라고 하는 부분이 있다. 이에 사마의가 어떻게 성공적으
로 응대하는지를 보자.

　문지기가 이승을 불러들여 이승이 들어와 보니 사마의는 머리를 풀
어헤치고 침상에 올라앉아 병들어 귀까지 먹은 척하면서 기침을 연신
해댔다. 이런 훌륭한 연기는 이자의 큰 지모를 말해 준다. 이승은 중달
을 보고 가서 조상에게 그 사실을 자세히 얘기해 주니, 조상은 크게 기
뻐하면서 말했다.

　"이 노인이 죽는다면 나는 무슨 걱정이 있으리!"

　조상은 중달의 기만술에 속아 넘어갔다. 이 꾀병은 정말 훌륭했다.

　한편, 사마의는 이승이 돌아가자 벌떡 일어나 앉아 두 아들에게 말
했다.

　"이승이 이번에 돌아가서 보고하면, 조상은 반드시 나를 시기하지
않을 것이다. 우리는 조상이 사냥하러 성을 떠나는 때를 기다려 즉시
일을 도모해야 한다."

당시 조상은 위나라 주상 조방에게 고평릉에 행차하여 선제(조예)에게 제사를 지내야 한다고 주청하였다. 그리하여 대소 관원들이 모두 어가를 따라 성을 나섰다. 조상은 세 동생과 심복 부하인 하안(何晏) 등과 함께 어림군을 거느리고 어가를 호위하며 가는데, 사농 환범(桓范)이라고 하는 지혜로운 자가 말 앞에 와서 간하였다.

"주공이 어림군을 모조리 거느리고 동생들과 함께 떠나는 것은 마땅치 못합니다. 만일 성안에서 뜻밖의 변이라도 일어나면 어쩔 요량이십니까?"

조상은 이 말에 코웃음을 치며 말채찍을 들이대며 꾸짖었다.

"누가 감히 변을 일으킨단 말인가? 함부로 말하지 말라!"

사마의의 이 기만책은 위씨의 정권을 전복시키고 사마씨가 이를 대신하도록 만들었다.

제107회에는 조상의 삼형제가 모두 시정에서 참수되고, 위주(魏主) 조방은 부득이 사마의를 승상으로 봉하며 구석(九錫)을 가하니, 그는 사양하며 받으려고 하지 않았다. 그들 부자 세 사람은 함께 국사를 장악하니, 이는 나중에 그들이 정권을 찬탈하는 공고한 기초를 마련하였다.

조방이 나이가 어려 조상이 혼자 군권을 장악하였지만 태부 사마의의 단 한 번의 속임수에 넘어가면서 조씨의 터전은 큰 중상을 입게 되었다. 그 원인을 따지면 바로 그 교활한 늙은이가 틈을 타서 상대의 허를 신속히 공격하니 막을 수가 없었던 것이다. 외부의 기만도 막기 어렵지만 내부로부터의 기만은 더욱 예측하기가 어려운 것이다.

명제(明帝) 조예는 조상이 어릴 때부터 궁에 출입하는 것을 보고는 그가 매우 신중하고 매우 총애할 만한 자로 여겼지만 사실 그를 속속들이 알지 못하고 겉만 본 것이니, 이 역시 기만을 당한 셈이다. 이는 마치 마속이 언제나 입으로 병법을 논하며 제갈량을 한바탕 기만한 것과 유사하다. 물론 마속과 조상 등은 마음속으로부터 기만하고자 한 마음이 있었던 것은 아니다. 왜냐하면 그들은 스스로 자신의 재주를 정확히 파악하지도 못하였지만 제갈량과 조예로 하여금 그들을 믿도록 만들었다.

어찌 보면 마속, 조상과 같은 사람들은 야심이 충만해 기회를 한 번 얻기라도 하면 권세를 쟁탈할 사람들이었다. 사실 그 둘은 매우 교만하여 눈에 보이는 것이 없었다. 만약 그들이 변심하여 한 번 기만술을 부리기라도 한다면 큰 화가 미칠 것이다.

사람이란 모두가 조자룡이나 장익덕과 같이 시종일관 충직스러운 것이 아니며, 노장 황충이나 장료·전위·황개 등과 같이 충성스럽고 믿음직스러운 것은 아니다. 인재의 진가(眞假)를 판단하는 일은 가장 중요하고 가장 어려운 일이다. 사람을 기용하는 일은 실로 신중에 신중을 기해야 할 것이다.

다시 사마의의 꾀병술에 대해 이야기해 보면, 천지간의 많은 일들이 우리들이 생각지도 못한 상황에서 일어나고, 그 기괴한 일들은 우리들을 놀라게 하면서 식은땀이 나게 만든다. 머리가 단순한 자들은 한두 가지를 속이지만 서너 가지 이상을 속이는 자들도 허다하다. 당신이 평범한 사람이라고 한다면 그들은 매우 복잡하다. 정직하고 성실하며 진솔한 사람들에게 그들은 교활하고 기만술이 능한 귀신이라고 할 수 있다. 당신이 아무리 머리를 짜내어도 할 수 없는 일들을 그들은 능히 해낸다. 왜냐하면 그들은 절대 당신과 같지 않기 때문이다. 반대로 당신이 해내는 일들을 그들이 전혀 생생하지도 못할 수가 있다.

기만은 사마의에게 있어 매우 손쉬운 방법이었다. 그는 언제나 확실한 자신감이 있을 때에만 계교를 부리며, 사람들의 예상을 초월했다. 그리고 매번 그가 승진할 때에는 언제나 스스로 자제하여 기쁜 내색을 하지 않으며 너무도 겸손하였다. 처음에는 남들과 다른 계교로 성실한 척하면서 남의 신임과 명망을 얻고, 다음에는 권세를 구하지 않고 자신의 본분을 다하는 기만술로 위주(魏主)와 다른 사람들이 그를 공복(公僕)으로 여기며 전혀 그의 배신 행위를 예상하지 못하도록 하였다.

다음 제98회 중 문장을 보자.

한편 위주 조예가 조회에 임석하자 가까이 모시는 신하가 아뢰었다.

"진창 땅을 잃었으며, 학소는 죽었습니다. 제갈량이 또다시 기산으로 나왔으며, 신관도 촉군에게 빼앗겼다고 합니다."

조예가 크게 놀라는데, 마침 만총 등이 보낸 표문이 왔다. 그 표문은 동오의 손권이 황제라 자칭하며 촉과 동맹하고 육손을 무창 땅으로 보내어 군사를 훈련 중이니, 머지않아 반드시 쳐들어올 것이라는 내용이었다.

조예는 두 방면이 다 위급하다는 보고를 듣자 매우 놀라 어찌할 바를 몰랐다. 이때 조진은 병이 낫지 않은지라, 조예는 즉시 사마의를 불러 상의하였다. 사마의가 아뢨다.

"신의 어리석은 생각으로는 동오가 군사를 일으키지 않을 것입니다."

"경이 어찌 그걸 아는가?"

"공명은 지난날 효정(猇亭)에서 당한 원수를 갚고자 늘 동오를 무찌를 생각이 있지만 우리 중원이 그 틈을 타서 쳐들어올까 두려운 나머지 잠시 동오와 동맹한 것입니다. 더구나 육손도 공맹의 뜻을 알기 때문에 일부러 군사를 일으켜 협조하는 척하고 있지만, 실은 앉아서 우리와 서촉 간에 누가 이기고 지는지를 보고자 배짱입니다. 그러니 폐하는 동오를 걱정 마시고, 촉군을 막는 데 주력하십시오."

"경은 참으로 지견이 높도다."

조예는 마침내 사마의를 대도독으로 삼고, 농서 모든 방면의 군사를 총지휘하게 한 후에 가까이 있는 신하를 분부한다.

"조진에게 가서 대도독의 인(印)을 받아오너라."

사마의가 아뢴다.

"신이 몸소 가서 받겠습니다."

사마의는 궁에서 나오는 길로 조진의 부중으로 가서, 먼저 사람을 들여보내어 알린 뒤에 몸소 들어가서 문병하고 묻는다.

"동오와 서촉이 서로 연합하고, 이제 공명이 또 기산으로 나와서 영채를 세웠다는 소식을 귀공은 들으셨는지요?"

조진이 놀라며 대답한다.

"집안사람들은 내 병이 위중하다고 전혀 바깥 소식을 알려 주지 않소. 이렇듯 국가가 위급하다면 폐하는 어째서 중달을 대도독으로 삼아 촉군을 물리치지 않으시는지 답답하오."

"나는 재주가 모자라고 아는 것이 부족해서, 그런 중임을 맡을 수 없소."

조진이 말한다.

"그게 무슨 말씀이오? 정 그렇다면 내가 대도독의 인을 귀공에게 드리겠소."

사마의가 사양한다.

"장군은 너무 걱정 마시오. 나는 그저 장군의 한 팔이 되어 도와드리겠소. 그러나 이 일만은 감히 못 받겠소이다."

조진이 병석에서 벌떡 일어나 앉는다.

"귀공이 이 인을 받지 않으면 중국이 위험하오. 내가 비록 몸은 성치 않으나 곧 폐하께 가서 천거하리다."

"천자께서는 이미 그런 분부를 내리셨지만, 이 사마의는 감히 못 받겠다고 아뢰었소."

조진이 매우 감격한다.

"귀공은 이 중임을 받고, 속히 촉군을 격퇴하시오!"

사마의는 조진이 거듭거듭 내놓는지라 마침내 대도독의 인을 받고, 위주 조예에게 하직한 후에 군사를 거느리고 장안으로 가서 공명과 결전을 준비하였다.

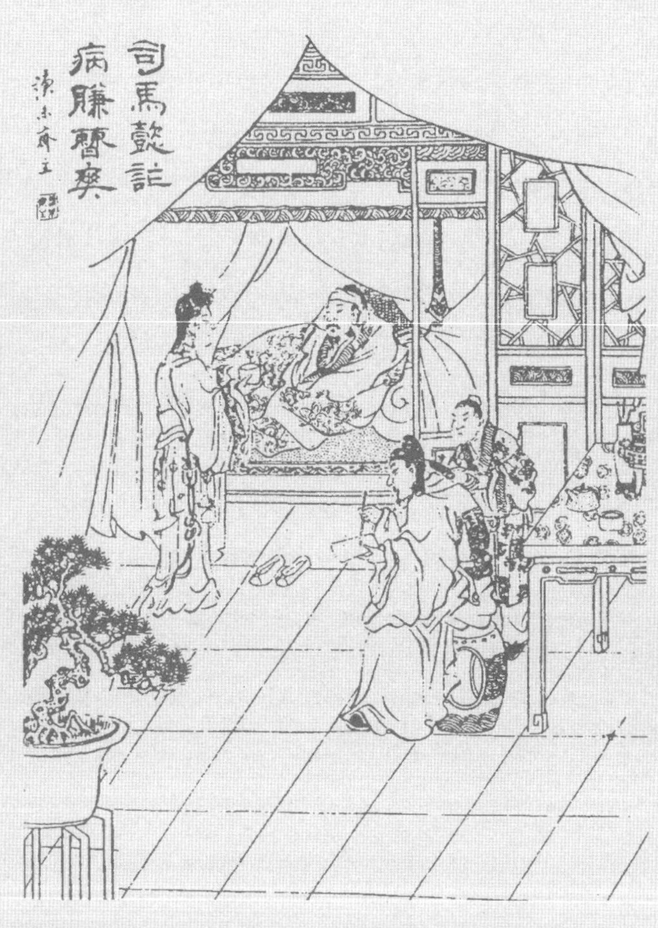

司馬懿詐
病賺曹爽

龐令名擡櫬
決死戰　太虚生

13 훌륭한 인물 방덕(龐德)!

『삼국연의』 제74회를 읽고 나면 언제나 마음이 편하지 않다. 정말 방덕은 멋지지만 조조로 인해 우금에게 한 번 기만을 당하고 나자 이자는 다시는 살아남지 못한 것이다. 정말 애석한 일이다. 관우가 오관을 지나며 여섯 장수를 참하였지만 방덕도 이같이 용맹한 장수였다. 검법이 능란하며 빠르기가 비상했다.

소설에서 방덕이 제일 처음 출전한 것은 제58회이다. 그 내용은 이러하다.

성벽을 돌아나와 한 사람이 칼을 쳐들고 말을 내달려 크게 외친다.

"방덕이 여깃다!"

종진이 미처 손쓰지 못한 채 방덕에게 한칼에 베여 말 아래로 굴렀고, 방덕은 군사들을 쫓아버리고 성문 빗장을 끊어 마초와 한수의 군마들이 입성하도록 길을 터주었다. 다시 그들은 위남(渭南)으로 달려가는데, 조조가 장수들에게 명을 내려 용도(甬道) 양옆에서 그를 유인하였다. 방덕이 먼저 철기(鐵騎, 중장갑기병) 1000기 남짓을 거느리고 돌격해 갔다. 그런데 함성이 일어나며 사람과 말이 바로 구덩이에 빠졌다. 방덕이 몸을 솟구쳐 흙구덩이를 벗어나 평지에 서더니 곧 몇 사람을 죽이며 걸어서 두터운 포위를 뚫었다. 한수도 이미 해심 포위 중심에서 곤란한데 방덕이 걸어가 그를 구하다 바로 조인의 부장 조영(曹永)과 마주쳤지만 방덕이 한칼로 베어 낙마시키고, 그 말을 빼앗아 한줄기 혈로를 뚫어 한수를 구출해 동남쪽으로 달아났다.

조조가 위교(渭橋)에 있을 때 방덕의 용맹스러움에 감탄하였다. 나중에 방덕은 연이어 장합·하후연·서황·허저 등 네 명의 장수들과 붙었지만 전혀 두려워하는 기색이 없었다. 네 명의 장수들은 모두 조조 앞에서 그의 무예를 칭찬하였다. 조조는 재주를 지닌 자를 좋아하여 그 소리를 듣자 기뻐하며 말했다.

"어떻게 이자를 투항하게 할 수 있겠는가?"

그 후, 장로(張魯)의 부하인 '장송(張松)'이라는 모사를 뇌물로 이간하고 또 장로를 기만하여 방덕이 조조의 뇌물을 받았다고 말하여 장로가 방덕을 죽이도록 만들었다. 하지만 다행히 염포(閻圃)가 간곡히 간언하여 면하게 된다.

그러나 "다음에 출전을 하여, 이기지 못하면 참수를 당할 것이다."라고 하여 결과는 하늘이 무너져 내리는 듯 사람과 말이 모두 구덩이에 빠지고 사로잡히게 되었다. 조조가 말에서 내려 군사들에게 호통치며 친히 그의 결박을 풀어주었다. 방덕은 장로가 어진 자가 아님을 생각하여 조조에게 의탁할 것을 원하게 된다. 조조는 몸소 그를 부축하여 말에 오르게 하며 서로 나란히 말을 몰아 영채로 돌아왔다.

동오의 진무가 방덕과 크게 전투를 벌였으나 역시 방덕에게 죽임을 당했다.

제74회에는 관운장이 양양(襄陽)을 격파하고 대군이 번성(樊城)을 포위하여 급한 시기가 도래하는데, 조조가 우금(于禁)을 가리키며 말하였다.

“그대가 번성의 위기를 풀어보게나.”

그러나 우금이 선봉장 한 사람을 정해줄 것을 부탁하자 조조가 사람들에게 물어보니 방덕이 분연히 나선 것이다. 조조는 기뻐하였다.

“관모(關某, 관운장을 낮춰 부르는 말)의 위세가 중원을 뒤흔드나 아직 맞수를 만나지 못했소. 이제 영명(令名, 방덕의 자)을 만나니 참으로 강한 적수를 만난 것이오.”

곧 우금에게 정남 장군의 작위를 더하고, 방덕에게 정서도선봉의 작위를 내려, 크게 7군을 일으켜 번성으로 전진하였다. 이들 군사를 이끄는 두 사람 가운데 한 사람은 동형(董衡), 또 한 사람은 동초(董超) 형제였는데, 우금에게 물었다.

“방덕은 원래 마초 밑의 부장으로 있었으나 어쩔 수 없어 위나라에 투항한 것입니다. 이제 그 옛 주인이 촉나라에 있으며 그 지위가 오호상장(五虎上將)입니다. 하물며 그 친형 방유(龐柔)도 서천에서 벼슬을 하고 있습니다. 이제 그를 선봉으로 삼으니 이것은 기름을 끼얹어 불을 끄겠다는 것입니다. 장군께서 어찌 위왕께 아뢰어 다른 사람을 불러 쓰지 않으십니까?”

우금은 원래 방덕이 공을 세워 자신을 압도할 것을 두려워하였기에 밤을 새워 조조를 찾아가 그를 설득시켰다. 조조는 당시 잠깐 어리석어 방덕을 섬돌 아래로 불렀다. 이랬다저랬다 그의 선봉 인장을 반납하도록 한 것이다.

“제가 마침 대왕을 위해서 온 힘을 다하려 하거늘, 무슨 까닭에 저를 쓰려고 하지 않으십니까?”

방덕이 물으니 조조가 말했다.

“고에게 본래 시기하고 의심함이 없소만 이제 마초가 서천에 있고 그대의 친형 방유도 서천에 있으며 모두 유비를 보좌하니, 내 비록 의심하지 않더라도 사람들의 입을 어찌하겠소?”

이 소리에 방덕이 갓을 벗고 머리를 바닥에 찧어 피가 얼굴 가득 흐르니 조조가 얼른 그를 부축하며 달랬다.

“고는 평소 경의 충의를 알고 있었소. 앞의 말들은 일부러 사람들의 마음을 가라앉히려 한 것이오. 경은 공을 세우는 데 노력하여 고의 기대를 저버리지 마시오. 고 역시 경을 저버리지 않을 것이오.”

방덕이 고개 숙여 사례하고 집으로 돌아가 장인들에게 명하여 나무 관을 하나 짜게 하였다. 다음 날 벗들을 불러 모으고, 당 위에 나무 관을 갖다 놓게 하였다. 친우들이 그것을 보더니 모두 놀라서 묻는다.

“장군께서 출사하시는데 하필 이런 상서롭지 못한 물건을 쓰십니까?”

방덕이 술잔을 들며 친우들에게 말한다.

"내가 위왕의 두터운 은혜를 받아 맹세코 죽을 각오로 보답하겠소. 이제 번성으로 가서 관모와 결전하니, 내가 그를 죽이지 못하면 그에게 죽게 될 것이오. 곧 그가 죽이지 않더라도 내 스스로 죽어 마땅하오. 그러므로 먼저 이 관을 준비해 헛되이 돌아올 뜻이 없음을 보이는 것이오."

이 말에 누구도 눈물을 흘리지 않는 사람이 없었다.

그 후, 관공이 영채로 돌아와 아들 관평에게 말했다.

"방덕의 검술이 현란하니 내가 적수를 만났구나!"

방덕은 먼저 관평과 30여 합을 싸웠으나 승부가 나지 않았다. 이어 관공과 100여 합을 싸웠지만 두 사람은 싸워도 정신은 오히려 갑절로 늘어나니, 양쪽 군사들이 넋을 잃고 바라보았다. 나중에는 관공과 싸우며 일부러 타도계(칼을 끌며 달아나는 척하다가 돌아서서 갑자기 반격하는 계책)를 사용하여 칼은 말안장에 걸어놓고, 몰래 활을 당겨서 화살을 쏘아 관공의 왼쪽 팔에 명중시켰다.

당시 우금은 그가 큰 공을 거두어 자신의 위풍을 덮을까 두려워하여 고의로 징을 쳐서 군사를 철수시켰다. 우금은 또 방덕이 성공할 것이 두려워 오로지 위왕의 경계하라는 지시를 핑계로 출병을 거부하였다. 방덕이 거듭 출병하려 하지만 우금은 응낙하지 않았다. 그리고 7군을 옮겨 산 입구를 돌아 지나 번성 북쪽 10리 지점의 산세에 의지해 영채를 세웠다. 우금이 스스로 병력을 거느려 대로를 막아서고, 방덕에게는 골짜기 뒤쪽에 주둔하도록 하여 그가 진군하여 성공할 것을 막은 것이다. 만약 방덕이 선봉이 되었다면 어찌 이렇게 피동적으로 적의 제압을 당하기만 하였겠는가! 아, 정말 훌륭한 방덕이었지만 우금의 속셈에 말려들었고, 더욱이 누차 조조의 의심도 받았으니 정말 독자들로 하여금 억울한 마음을 갖게 만든다.

우금의 7군은 거의 물에 떠내려가 좌우에는 겨우 5, 60명뿐이었고 모두 항복을 원했다. 관공이 명령해 모두 갑옷을 벗겨 배 안으로 잡아들였다.

사실 독전관 성하(成何)가 일찍이 우금을 찾아와 말한 적이 있었다.

"만약 강물이 범람하면, 아군이 위태롭습니다. 마땅히 어서 계책을 세우십시오."

그러나 우금은 이를 질타하였다.

"필부놈이 우리 군심을 어지럽히는구나! 또다시 여러 말 하는 자는 참하겠다!"

성하가 처참히 물러나 방덕을 만나서 이것을 다시 이야기하니 방덕은 말했다.

"그대의 말씀이 심히 옳소. 우 장군께서 병력을 옮기지 않더라도 내 스스로 명일(내일) 군사를 다른 곳으로 옮기겠소."

그러나 이미 때는 늦었다.

그 후, 관공이 오는 것을 보고도 방덕은 전혀 겁내지 않고 분연히 접전하러 나갔다. 관공이 선박들로 사면을 둘러싸서 일제히 화살을 쏘니, 위병들 태반이 화살을 맞아 죽었다. 동형과 동초가 이미 형세가 위급한 것을 보고 방덕에게 말한다.

"군사들 태반이 죽고 다친 데다 사방에 길이 없으니 아무래도 투항하는 것만 못하겠소."

방덕이 크게 노해 말한다.

"우리가 위왕의 두터운 은혜를 입고서 어찌 남에게 절개를 꺾겠냐!"

곧 친히 바로 앞에서 동형과 동초를 참하며 외친다.

"또 투항을 이야기하는 자, 이 두 놈처럼 될 것이다!"

이에 모두 힘껏 적병을 막으며 해 뜰 무렵부터 정오까지 열심히 싸웠지만 사실 방덕 한 사람만 고군분투한 것이다. 결국 군사들 모두 항복하고 방덕 홀로 힘껏 싸웠다.

형주병 수십 명이 작은 배를 타고 둑으로 다가오니, 방덕이 칼을 들고 재빨리 뛰어올라 소선에 올라탔다. 바로 10여 명을 죽이자 나머지는 모두 배를 버리고 물에 뛰어들어 달아났다. 그런데 상류 쪽에서 어느 장수가 큰 뗏목을 저어 와, 소선을 들이박아 뒤집으니 방덕은 물에 빠졌다. 결국 그는 물을 잘 아는 주창(周倉)에 의해 사로잡히게 된다.

관공이 그에게 말했다.

"네 형이 지금 한중에 있고, 네 옛 주인 마초도 역시 촉 땅에서 대장이 되었다. 너는 어찌 어서 항복하지 않았냐?"

방덕이 크게 노해 말한다.

"내 비록 칼날 아래 죽을지언정, 어찌 너에게 항복하겠느냐!"

욕을 그치지 않으니 관공이 크게 노해 도부수들에게 소리쳐 참하게 하였다. 천지간에 억울한 일이 어찌 이렇게 많을 수가 있겠는가! 끝내 방덕은 조맹덕을 저버리지 않았으나, 조맹덕은 확실히 그를 저버린 것이다. 나중에 조조가 그 소식을 듣고 크게 놀라 문무백관을 불러다 놓고 상의하였다.

"내 평소 운장의 지혜와 용맹이 세상을 뒤덮음을 알았소만, 이제 형주와 양양 땅을 점거하니 마치 호랑이가 날개를 단 듯하오. 우금은 잡히고 방덕은 참수를 당하니, 우리 위병은 예기가 꺾였소. 만약 그가 병력을 거느려 곧장 허도로 온다면, 어찌하겠소? 고는 도읍을 옮겨서 피할까 하오."

만약 방덕의 혼백이 이 말을 들었다면 어떻게 하였을까? 사실 조조는 할 말이 없을 것이다. 당시 조조가 방덕의 선봉장 인을 환수하여 그에게 모욕을 주는 일을 해서는 절대 안 되었다. 만약 조조가 방덕을 생각하는 것과는 달리 그의 죽음을 한갓 일개 장수를 잃은 것으로만 본다면 필자는 결코 조조를 용서하지 않을 것이다.

"조조 영감, 어찌 그리 박정하시오! 당신의 휘하에 방덕만한 사람이 또 어디에 있겠소! 천지에 양심이 있고, 만물에도 감정이 있소. 하늘에 있는 방덕의 혼령에 미안하지도 않소?"

将軍雄武，且戰且苦，車棟一死，寂報青心，雖忠足取安

14 주방(周魴)이 머리털을 잘라 기만하다

제96회 전반부에는 공명이 눈물을 머금고 마속을 참하는 부분이 있는데, 그 후반부에 대해 얘기해 보자. 필자는 어릴 때부터 『삼국연의』를 좋아했지만 마속을 참하는 부분은 기억을 해도 조휴와 주방의 일은 전혀 기억하지 못한다. 지금까지도 도대체 무슨 일이 생긴 것인지 기억이 나질 않는다. 여기서 그 이야기를 풀어보고자 한다.

위주 조예와 사마의가 서천을 칠 계략을 꾸미고 있는데, 홀연 양주 사마대도독 조휴의 표문이 왔다. 그 표문은 동오의 파양(鄱陽) 태수 주방이 자기가 다스리는 고을을 바치고 항복하겠다면서 밀사를 보내왔는데, 일곱 가지 이해 관계를 말하고 동오를 가히 격파할 수 있다고 하니, 바라건대 속히 군사를 보내주면 좋겠다고 하는 내용이었다. 조예는 사마의와 함께 그 표문을 보는데, 사마의가 아뢰었다.

“매우 일리가 있는 말입니다. 그대로 하면 오를 전멸시킬 수가 있습니다. 바라건대 신이 군사를 거느리고 가서 조휴를 돕겠습니다.”

조휴가 친히 환성(睆城)에 오니, 주방이 조휴의 영채 휘장 안으로 들어와 영접하였다. 조휴가 급히 물었다.

“전번에 귀공의 서신을 받아본즉, 이해득실에 관한 일곱 가지 조목이 다 이치에 합당한지라 그래서 천자께 아뢰고 대군을 일으켜 세 방면으로 오는 중이니, 만일 강동 땅을 얻는 날이면 귀공의 공로가 적지 않을 것이오. 그런데 어떤 사람은 말하길, 귀공이 원래 꾀가 많아 말과 행동이 다를지 모른다고 걱정하지만, 나는 귀공이 나를 속이지 않으리라고 믿소이다.”

주방은 이 말을 듣자 억울해하며 칼을 들어 자살하려 하며 말했다.

“내가 말한 그 일곱 가지 조목은 지금까지 아무에게도 털어놓지를 못해서 한이었는데 도리어 의심을 받게 됐으니, 이는 반드시 동오 사람이 우리를 이간시키려는 수작이로다. 장군이 그 말을 곧이듣는 날이면 나는 죽은 사람이로다. 나의 충성은 오직 하늘만이 아시리라.”

말을 마치고 다시 자결하려 하였다. 조휴는 급히 그를 말리며 놀라면서 말했다.

“내가 장난으로 한 말인데, 어찌 그러시오!”

주방은 칼로 ‘쓰윽’ 하고 머리털을 잘라 땅바닥에 던지며 말했다.

“나는 진정으로 귀공을 대했거늘 그래 귀공은 나를 놀리기요? 자 보시오! 나는 부모에게서 받은 모발을 끊어 이 진정을 표시하오.”

조휴는 그제야 깊이 믿고 잔치를 베풀어 대접하고, 잔치가 끝나자 주방은 하직하며 돌아갔다.

그런데 홀연 건위장군 가규(賈逵)가 왔다고 보고하는지라, 조휴는 즉시 불러들이고 물었다.

"그대가 여기로 온 것은 무슨 일이오?"

가규가 대답한다.

"동오의 군사가 모두 환성에 와서 주둔하고 있는 것으로 짐작되니, 장군은 이 이상 경솔히 나아가지 마십시오. 제가 먼저 군사를 두 방면으로 나누어 거느리고 가서 협공할 테니, 그 결과를 기다려 공격하면 적군을 가히 격파할 수 있습니다."

그 말에 조휴는 화를 내며 말했다.

"너는 내가 세우려는 공을 가로챌 생각이구나!"

가규가 계속 충고했다.

"들으니 주방이 모발을 자르고 맹세했다지만 그것 또한 속임수입니다. 옛날 요리(要離)는 자기 팔을 끊고 경기(慶忌)를 찔러 죽인 적도 있었습니다(요리는 춘추시대 오나라 사람으로, 공자광(公子光)으로부터 경기를 죽이라는 부탁을 받고 자기 팔을 끊고 가서 공자광이 자기 팔을 끊었다고 속여 경기를 안심시키고 마침내 경기를 죽였다.). 너무 믿지 마십시오."

"내 바로 적군을 치려는데, 네 어찌 이런 말을 하여 우리의 사기를 꺾느냐?"

조휴가 크게 노하여 말하고는 무사를 시켜 가규를 참수토록 하였다. 그러나 다행히 여러 장수들이 말려 죽음은 면하고, 그를 영채에 두어 다른 일을 맡아보게 하고는 친히 군사를 거느리고 동오를 치러 갔다.

이에 조휴가 주방에게 명해 병사를 이끌고 진격하게 하다가 물었다.

"이 앞이 어딘가?"

주방이 답했다.

"저기가 석정이니, 그 곳에 군사를 주둔하십시오."

조휴는 그 말을 따라 대군과 무기들을 모두 다 석정에 주둔시켰다. 이튿날, 척후병이 돌아와 보고하였다.

"전방 산 입구에 오군이 몰려와 있는데, 그 수가 얼마나 되는지 모르겠습니다."

"주방은 군사가 없다고 했는데, 이게 웬일이냐?"

조휴는 크게 놀라며 급히 주방을 불러오게 했다. 그러자 수하 사람이 말했다.

"주방은 수십 명을 거느리고 어디론지 가버렸습니다."

조휴는 크게 후회했다.

"내가 적의 계책에 말렸구나!"

조휴는 대장 장보(張普)로 하여금 선봉으로 삼아 수천 명을 거느리고 가서 오군과 싸우게 했다. 그러나 결과는 오나라 장수 서성이 너무 용맹하여 당하지를 못했다. 조휴는 또 영채에서 육손(陸遜)에 의해 보내진 주환(朱桓)과 전종(全琮) 두 장수들에 의해 협공을 당하였으나 다행히 가규가 그를 구해 주었다. 이때, 조휴는 크게 패하여 포로와 투항한 군사들이 수만 명이었으며 빼앗긴 우마와 군수품들도 그 숫자를 헤아리기가 어려웠다.

오주 손권은 문무관원들을 거느리고 무창을 나와 육손을 영접하였다. 여러 장수들도 상을 받았다. 손권은 주방이 머리카락이 없는 것을 보고 위로하며 말했다.

"경은 모발을 끊고 큰일을 성공시켰으니, 그 공명을 마땅히 죽백(竹帛, 역사)에 기록할지라."

그리하여 그를 관내후로 봉하였다.

원래 사마의와 조예가 주방이 제기한 일곱 가지 조목이 적힌 밀서를 보고 있을 때, 가규가 먼저 의문을 제시한 적이 있다.

"원래 오나라 사람의 말은 반복이 심해서 깊이 믿을 수가 없습니다. 더구나 주방은 뛰어난 모사라 우리에게 항복할 리가 없습니다. 이는 우리 군사를 유인하려는 속임수입니다."

그러나 사마의가 이를 반박했다.

"이 말은 듣지 않을 수가 없습니다. 기회는 놓쳐선 안 됩니다."

이에 조예가 명하였다.

"중달은 가규와 함께 조휴를 도와주시오."

그러나 가규가 조휴에게 병권을 박탈당했을 때, 주방은 속으로 너무 기뻐하며 말했다.

"조휴가 가규의 말을 들었다면 동오는 패했을 것이다."

그리고 바로 사람을 몰래 환성으로 보내 육손에게 보고하여 석정의 작은 길에서 매복하게 만들어 서성이 선봉이 되어서 그들을 공격한 것이었다.

모종강이 평했다.

"황개(黃蓋) · 감녕(甘寧) · 감택(闞澤) 이후에 주방이 있었다. 어찌 남방인이라고 기만이 능하겠는가! 이는 남방인의 기만이 아니라 남방인의 충성심으로 보아야 되지 않을까? 적을 기만함은 속임수이나 그로써 주상에게 보답함은 충성인 것이다. 남방인이 재상이 되어서는 안 된다는 말은 송대(宋代) 우매한 유생들의 논조이다. 동오의 당시를 한번 보더라도 어찌 다른 나라에서 재사들을 빌리려고 하겠는가?"

모종강의 이 말은 다른 사람들이 지금까지 거론하지 않은 실로 탁월한 견해이므로 필자가 여기서 한 단락을 소개하였다.

위주 조예는 주방의 기만을 알지 못하였고, 사마의조차도 이를 알아채지 못했으며, 조휴는 말할 필요도 없었다. 주방의 밀서에 속고, 머리털을 자르는 것에 기만당하였으며, 오직 가규만이 이를 안 것이다. 여기서의 중심인물은 주방과 가규의 지략 싸움이다. 허나 가규는 필히 상급자에 복종해야 하므로 자신의 입장을 펼치지 못해 참으로 유감스러운 일이었다. 그리고 가규는 하마터면 조휴에게 참수될 뻔하였고, 병권도 빼앗겼다. 그러나 그는 여전히 위나라에 대한 충성을 저버리지 않았으니 실로 그 정성이 가상하였다. 그는 원한을 품지도 않아 조휴가 위급한 상황을 맞이하자 병사를 이끌고 그를 구원하기도 하였다. 위주와 사마의는 실로 그에게 큰 상을 내려야 할 것이다. 가규는 이 소설에서 겨우 단 한 번만 출현하는 인물이다. 하지만 독자들은 이 인물을 꼭 기억해야 할 것이다. 마치 주방을 꼭 기억해야 하는 것처럼.

역사는 위대한 인물들의 역사이자 주방이나 가규와 같은 충성스럽고 훌륭한 인물들의 역사이다. 그들은 공훈을 세웠으니 응당 역사에 기록되어야 한다. 나관중이 이 회목의 마지막 부분에서 이 두 사람을 애기하였으니, 비록 그 분량은 적으나 주의를 기울어야 할 것이다. 유감스러운 것은 모종강이 주방만 평을 하였지 가규에 대해선 일언반구도 평하지 않은 점이다. 그런 까닭에 필자는 주방을 칭송하는 자리에서 동시에 가규도 칭찬한 것이다.

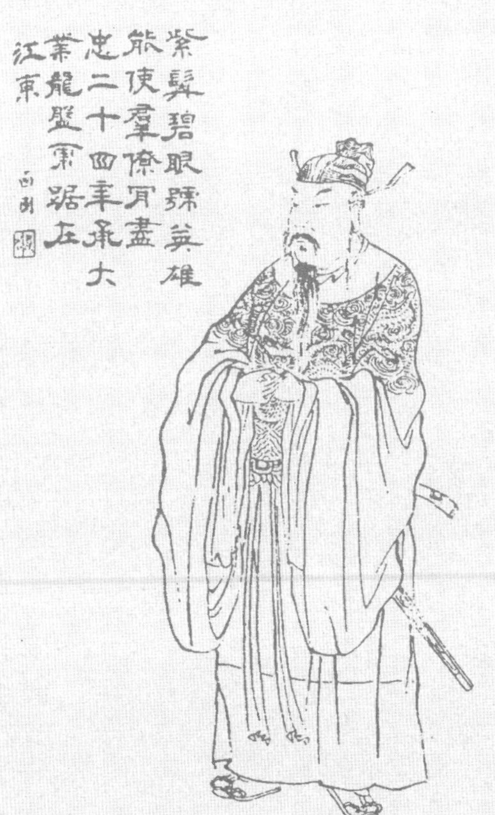

紫髯碧眼號英雄
能使羣僚肯盡忠
二十四年興大業
龍盤虎踞在江東

孫仲謀大戰張文遠

손중모(孫仲謀)의 **15**
비상한 점

신기질(辛棄疾)은 사(詞)에서 "천하의 영웅 가운데 누가 서로 필적할 만한가? 조조와 유비라네. 아들을 낳으면 응당 손중모만 해야 한다네." 라고 읊었다.

필자는 『삼국연의』를 읽으면서 그 가운데 가장 수긍이 가는 인물은 제갈량이 아니고 조맹덕이었다. 만약 그 다음으로는 어떤 인물이냐고 묻는다면 손중모라고 할 것이다. 비록 그는 정치가라고 족히 말할 순 없지만 그래도 확실히 정치가의 요소를 지녔다. 특히 큰 일을 앞에 두고서는 두뇌가 명석하여 절대 흔들리지 않았다. 일본에서는 제갈량을 아홉 번째의 인물로 꼽는다는데, 손권은 몇 번째 인물로 지목되는지는 알 수 없다.

신기질이 조조와 유비를 지목한 점은 개인적인 생각으로는 유비가 파촉 지역을 점령하여 조조와 함께 삼국 정립의 세력을 이룬 것일 따름이라고 추측된다. 조조는 확실히 비상한 인물이다. 그러나 유비는 격이 떨어져 그 아들인 아두(阿斗)만 봐도 그러하다. 유비는 그저 호인일 따름이다. 그가 남을 월등히 능가하는 점은 찾아보기 어렵다. 좀 심하게 말해 유비는 그저 조조나 손권의 작은 부하가 되더라도 두 사람이 그를 탐탁치 않게 여겼을 것이다. 다만 그가 유황숙이라 당시 얼마나 이익을 챙겼는지 모른다. 삼국을 논할 때, 많은 사람들이 부지불식간에 유비를 정통시하게 되어 그에게로 넘어가지만 이는 실로 이해할 수가 없는 무지의 편견일 따름이다. 실로 유비는 그 이름값을 못하는 인물이다.

제61회에는 조조의 대군이 유수(濡水)에 이르러 100여 명을 이끌고 산비탈을 올라 전함을 바라보는데, 대오가 정렬하며 깃발도 오색이 펄럭이고 병기들도 선명하였다. 중앙의 큰 배 위 청라(靑羅) 일산 밑에 손권이 앉아 있었다. 그 좌우에 문무관리들이 양옆으로 시립해 있었다. 조조가 채찍으로 가리켜 말했다.

"아들을 낳는다면 손중모 같아야 할 것이오! 유경승(유표)의 자식 같다면 개돼지일 뿐이오!"

이는 조공의 입에서 나온 손권에 대한 제일 처음의 평이었다. 신기질은 당연히 이를 잘 기억하였기에 특별히 사를 통해 이를 표현한 것이다. 이번의 유수에서 조조는 두 번이나 서서 손권을 바라보았는데, 처음에는 "파란 눈에 자줏빛 수염"이라고 형용하였고, 그 다음에는 꿈에서 깨어난 후에 그를 본 "금빛의 투구에 금빛의 갑옷"으로 묘사하였다. 그 다음에도 또 손권에 대해 계속하여 묘사하길, "그대가 죽지 않는다면 고는 편안함을 얻을 수가 없을 것이리라." 라고 하였다. 모종강은 이에 대해 다음과 같이 평했다.

"조조가 손권을 영웅으로 보았듯이 손권도 그를 영웅으로 보았다. 바로 두 사람의 마음이 서로 통한 것이다."

정말 일리가 있는 말이다. 또 비평하길, "조조가 손권을 두려워하니, 손권도 조조를 두려워하였다. 만약 두려워하지 않는다면 그건 거짓말이다." 라고 하였다.

손권의 비상한 점은 두 가지이다. 그것은 바로 주관이 뚜렷한 점과 행동거지의 비범함이다.

우선, 손권이 주유로부터 유비의 손을 묶어 형주를 얻으려고 하여 그 누이를 이용하여 유비를 데릴사위로 삼으려는 계획을 보자. 나중에 유비는 손부인을 대동하여 손권을 속이고 달아났다. 이튿날, 손권이 이를 알고 손무와 반장에게 명하여 500정병을 거느리고 주야를 가리지 않고 그를 잡도록 하였다. 그는 현덕을 너무 미워하여 책상 위의 옥벼루를 던져 깨버렸다. 또 정보(程普)와 한바탕 논쟁을 벌이다 크게 노해 차고 있던 칼을 쥐고 장흠(張欽)과 주태(周泰)에게 명했다.

"너희 둘은 이 칼을 가지고 내 누이와 유비의 목을 가지고 오거라! 영을 거역하면 바로 참수한다."

비록 그 사이에 진정과 열성을 지닌 손부인과 화가 나 고리눈을 부릅뜬 조자룡이 있어 그의 결의는 결과를 보지는 못했지만, 천하를 중히 여기며 동포 형제를 가볍게 여기는 이런 행동은 조조가 아니면 다시는 찾을 수 없는 일이다.

현대인들이 옛 사람들의 책을 읽으면 언제나 큰 차이를 느껴 걸핏하면 좋다거나 걸핏하면 나쁘다고 마음대로 자신의 말을 펼친다. 사실 만약 책을 덮고 깊은 생각을 하면서 사람과 세상에 대해 깊이 논하지 않는다면 자신의 생각으로 남을 판단하게 되어 대개 과장적이거나 천박한 견해를 드러내게 된다. 이는 격화소양과 같이 가려움을 해소하지 못하며, 심지어는 자신의 개인적인 마음으로 영웅이나 위인들의 마음을 헤아리는 꼴이 된다. 왕국유(王國維)도 말했다. "시인의 인생관은 모름지기 그 당면한 상황 속에 들어가야 깊이 깨달을 수가 있고, 또 거기서 벗어나 방관자의 입장에서 바라볼 때 더욱 투철하게 사물을 알 수가 있다."

역사를 조망하고, 문학을 감상하고, 현실을 애기함에 인생과 우주, 그리고 만사만물에 대해 명확하고 투철한 안목으로 바라보아야 하며, 그렇지 않고 만약 겉으로만 대충 쳐다보면 분명 본말이 전도되고 오리무중으로 빠져 스스로 총명하다고 해도 오히려 자신의 총명함에 당하기 십상이다.

다음으로 손중모의 위대한 점은 관우를 죽인 점이다.

관우 부자는 맥성에서 패해 달아나다 복병이 튀어나와 긴 갈고리와 올가미를 일제히 들어 관공이 타고 있는 말을 얽어매어 넘어뜨리고, 관공이 낙마하자 반장의 부장 마충이 그를 사로잡게 된다. 손권은 그에게 투항을 권했으나 관공은 그를 욕하며 꾸짖었다.

"새파란 눈 어린 놈, 푸른 수염 쥐새끼야! 나는 유황숙과 더불어 도원에서 결의형제하며 한실(한나라 황실)을 바로잡을 것을 맹세했거늘 어찌 너 같은 한나라 역적과 섞이겠느냐! 내 이제 간계에 빠져 죽음이 있을 뿐이니 어찌 여러 말 하겠느냐!"

손권은 오랫 동안 생각하다가 주부 좌함(左咸)의 말에 따라 그를 끌어내어 참하라고 명했다. 그리하여 관우 부자는 모두 죽음을 맞게 된다. "지금 제거하지 않는다면 후환이 있을 겁니다."라는 좌함의 말은 실로 지당한 말이다. 모종강이 말하길, "조조가 관공을 해치지 않았고, 손권이 그를 해쳤으니 그는 조조만 못한 것이다."라고 하였지만 필자는 이 말에 공감하지 못한다. 두 군대가 서로 싸우는데 네가 죽지 않으면 내가 죽는다. 어찌 조조를 손권보다 낫다고 할 수 있겠는가! 만약 조조가 화룡도에서 관우에게 한 번 은혜를 입지 않았다면 그가 관우를 잡았을 때, 반드시 투항을 권하였을 것이라고 볼 수도 없고, 또 화가 나서 그를 죽이는 일이 발생하지 않았을 것이라고 볼 수도 없다. 때에 따라 상황은 다르기 때문이다. 또 화룡도 사건 후에 조조가 절대 관우를 죽이지 않을 것이라고 누구도 장담할 수가 없다. 관우가 죽임을 당한 것은 정말 통쾌한 일이고, 마땅히 죽었어야 할 인물이다.

공자도 "태이불교(泰而不驕, 지위와 권세를 누린 후에 교만해서는 안 된다.)"라고 하였다. 관우는 교만함이 심했고, 뭘 믿는지 두려움이 없었다. 더욱이 맥성에서 패하기 전후의 사정을 보면 더욱 그러하다. 그는 왕보(王甫)의 말을 전혀 듣지 않았다. 왕보가 "작은 길에는 매복이 있을 겁니다. 큰 길로 가야 합니다."라고 했을 때, 관우는 "매복이 있어도 난 두렵지 않다."고 하였다. 그리하여 포로가 되어 잡히니 생사의 열쇠는 당연히 손권의 손아귀에 달렸던 것이다. 아마도 관우는 속마음으로 자신이 죽임을 당하지 않을 것이라는 생각을 지니고 있었을지도 모른다. 왜냐하면 그는 오직 자신이 관운장이라는 생각에만 사로잡혀 있었고, 상대가 손중모임을 깨닫지 못한 것이다. 만약 손중모가 아니라 유비였다면 상황이 달랐을 것이지만 손중모는 역시 과감히 일을 처리한 것이다.

사자(使者)는 나무 상자에 관공의 머리를 넣어 그날 밤 조조에게 가져다 바쳤다. 조조는 기뻐하며 말했다.

"관운장이 죽었으니, 내가 베개를 높이 베고 편히 자겠구나."

16

사람들이 환범을 '지낭(智囊)'이라 칭하네

사마의와 조상이 태자 조방을 황제로 즉위시키니, 조방의 문하에는 500여 명의 문객이 있었다. 그 가운데 대사농 환범은 자가 '원칙(元則)'이었는데, 매우 지모가 뛰어났다. 사람들은 그를 '지낭(智囊, 지혜의 주머니)'이라 불렀다.

조상은 사마의가 침상에 기대어 병으로 귀가 먹고 침까지 흘리는 것을 알고 대소 관원들을 거느려 어가(御駕)를 따라 성을 나섰다. 또 세 형제와 심복들도 대동하는데, 환범이 그때 간언하였다.

"주공이 어림군을 모조리 거느리고 동생들과 함께 떠나는 것은 마땅치 못합니다. 만일 성안에서 뜻밖의 변이라도 일어나면 어쩔 요량이십니까?"

조상은 사마의가 일부러 기만술을 부리는 것을 예상하지 못하고, 말

채찍을 들이대며 그를 꾸짖었다.

"누가 감히 변을 일으킨단 말인가? 함부로 말하지 말라!"

그날, 사마의는 조상이 성을 나서는 것을 알고는 옛 부하들을 인솔하여 거사를 치렀다. 이에 대해선 제107회 초반부에 매우 소상히 기록하였으니, 검은 구름이 성을 뒤덮어 성이 위태로운 형세였다. 사마의는 환범이 상대하기 어려운 것을 깊이 알고 있었기에 그가 달아날 것을 염려해 급히 사람을 보내 그를 소환했다.

이때, 환범은 아들과 앞일을 상의중이었다. 아들이 말했다.

"천자가 외방에 가 계시니, 남쪽으로 나가는 것이 좋겠습니다."

환범이 아들 말대로 말을 달려 평창문에 이르니, 성문은 이미 닫혀 있었다. 수문장은 바로 지난날 그의 부하였던 사번(司蕃)이었다.

환범은 소매 속에서 죽판(竹版, 조령을 쓴 대나무 판)을 썩 내보이며 분부하였다.

"황태후의 조서가 여기 있으니 속히 성문을 열어라!"

사번이 반문하였다.

"청컨대 그 조서를 확인해야겠습니다."

환범이 꾸짖었다.

"너는 지난날 나의 부하였거늘, 어찌 이리도 무례하냐?"

사번은 그만 기가 질려 성문을 열어줬다. 환범은 일단 성 밖으로 나서서 사번을 돌아보며 말했다.

"사마의가 반역했으니, 너는 속히 나를 따라오너라."

사번은 크게 놀라 환범을 잡으려고 뒤쫓았지만 결국 놓치고 말았다.

환범을 데리러 갔던 사람이 돌아와서 이 사실을 사마의에게 알렸다. 사마의가 크게 놀랐다.

"꾀주머니가 달아났으니 이 일을 어찌할까?"

그리하여 장제(蔣濟)에게 글을 쓰게 하였다. 조방은 사마의가 조상을 토벌한다는 말을 듣고 바로 어찌할 바를 몰라했다. 성안은 사마의에 의해 철통같이 봉쇄되어 옛날의 모습이 아니었다. 한창 상의하는 중에 환범이 급히 찾아와 조상에게 말했다.

"사마의가 이미 변란을 일으켰는데, 장군은 왜 천자께 허도로 돌아가시라고 청한 뒤에 외방 군사를 소집하여 사마의를 토벌하지 않습니까?"

조상은 대답했다.

"우리의 온 가족이 성안에 있는데, 어찌 지방에 가서 군사 원조를 청하리요?"

"보통 사람이 위기에 몰려도 오히려 살기를 바라거늘, 이제 주공은 천자를 모시고 천하를 호령하는 판인데, 그 누가 감히 호응하지 않겠습니까? 그런데도 주공은 왜 스스로 죽음의 땅으로 들어가려 합니까?"

환범의 주장에 조상은 아무 결정도 짓지 못하고 울기만 하였다. 환범이 다시 권했다.

"여기서 허도까지는 이틀이면 갈 수 있고, 허도성 안에는 곡식과 마초가 몇 해고 버틸 만큼 쌓여 있습니다. 더구나 주공의 별영(別營)은 성 남쪽 가까이 있으니, 부르기만 하면 군사들이 즉시 달려올 것입니다. 대사마의 인(印)은 내가 이번에 가지고 왔으니, 주공은 속히 갑시다. 늦으면 만사는 끝납니다.”

환범은 사마의의 간교를 누구보다도 잘 알고 있었다. 이 중요한 시기에 내린 결정은 매우 훌륭한 대책이었다. 그러나 조상은 말했다.

“너무 재촉하지 말라. 내가 좀 더 자세히 생각할 때까지 기다리라.”

조금 지나자, 이번엔 시중 허윤(許允)과 진태(陳泰)가 낙양에서 와 아뢰었다.

“사마의는 장군의 위신을 존중하여 병권만 삭탈할 생각이지 딴 뜻은 없으니, 장군은 속히 낙양의 댁으로 돌아가십시오.”

조상은 이 말을 곧이들었다. 그러나 환범이 만류했다.

“사태가 급합니다. 그런 쓸데없는 말은 듣지 마시오. 그건 죽으러 가는 길입니다.”

이날 밤에 조상은 결정을 짓지 못하다가 칼을 뽑아 들고 길이 탄식하더니, 이리저리 생각하느라 새벽까지 울기만 하고 그러고도 아무 결정을 내리지 못했다.

환범이 장막에 들어와서 재촉하였다.

“주공은 하루 낮과 밤을 생각하고도 어찌 아직 결심을 못했습니까?”

조상은 칼을 던지며 탄식하였다.

“난 군사를 일으키지 못하겠다. 모든 벼슬을 버리고 부잣집 늙은이로 편안히 살면 족하다.”

환범은 대성통곡하며 장막에서 나와 말했다.

“조자단(조상의 아버지 조진)은 평생 지혜와 작전을 자랑하더니, 이제 그 아들 삼형제는 참 개자식이로다.”

허윤과 진태는 조상에게 먼저 인수를 사마의에게 보내도록 타일렀다. 이에 조상은 인을 꺼내어 보내 주려는데, 주부 양종(楊綜)이 앞을 막고 통곡하였다.

"주공이 오늘날에 병권을 버리고 자신을 결박하고 가서 항복하면, 동시(東市)에서 죽음을 면치 못할 것입니다."

그러나 조상은 너무나 멍청하였다.

"태부(사마의)는 반드시 나에게 신용을 잃지 않을 것이다."

그리하여 조상은 마침내 허윤과 진태에게 인수를 내어주었다. 모든 군사들은 인이 떠나가고 없자 모두 사방으로 흩어져 가버리고, 조상의 수하에는 관료 몇 사람만이 남았다. 조상의 형제 세 사람은 그 관료들과 함께 떠나 낙수의 부교까지 돌아갔다. 사마의는 일단 조상 삼 형제만 그들 집으로 돌아가게 한 뒤에, 나머지는 감금시키고 천자의 칙명이 내릴 때까지 기다리게 했다.

환범이 부교에 당도하였을 때, 사마의는 말 위에서 채찍을 들어 말했다.

"환대부는 어째서 그 모양인가?"

환범은 머리를 푹 숙이고 아무 소리도 못하고 성안으로 들어갔다. 환범이 이때 무슨 말을 할 수 있었겠는가! 정말 유감스럽다! 주공인 조상이 이다지도 무능하였으니 그런 대단한 지낭을 저버린 것이다. 그가 어찌 이런 바보같이 멍청한 조상을 알아보지 못했단 말인가! 사람을 알아보는 일은 실로 중요한 일이다. 아무리 총명하고 훌륭한 수재라고 할지라도 조상과 같은 이런 인물을 만난다면 아무리 뛰어난 지모와 천하의 재주를 지녔어도 자신의 능력을 펼칠 수가 없다. 소의 귀에다 거문고를 타는 것과 다르지 않으니 어찌 대사를 그르치지 않겠는가! 따라서 지낭이라는 환범은 진정한 지낭이 아닌 듯하다.

모종강이 평했다.

"조상이 설령 환범의 말을 들어 천자를 허도로 옮기고 외부의 병력을 모은다고 해도 그 세력은 결코 사마의를 이길 수가 없고, 결국은 사마의에게 정복될 것이다."

이는 왜일까? 그것은 조상이 영웅이 아니므로 사마의의 적수가 되지 못하기 때문이다. 모종강의 평에는 다음과 같은 말도 있다.

"취생몽사와 같은 어리석은 조상은 설령 사마의가 정말 병이 나 죽었다고 하더라도 그 나라는 필히 촉과 오에게 합병될 것이리라."

그러나 모종강은 환범의 생각이 탁월하지 못하다고 말하진 않았다. 그러므로 필자는 여기서 자신의 생각을 펼쳐보기로 한다.

제106회와 107회는 사마의의 기만술과 거사에 대해 논하지만 환범이 이를 알아차리고 그에 대처하고자 하는 것도 보여줌으로써 두 사람이 바로 여기서의 중심인물인 것이다. 더욱이 후자를 더 강조하고 있음을 독자들은 인식하여야 한다.

사마의가 당시 크게 놀라 "지낭이 달아났으니 이를 어찌할까?"라고 말했을 때, 장제는 "못난 말(조상)은 잔두(棧豆) 콩을 좋아하니, 반드시 그를 쓰지 않을 것입니다."라고 대답했다. 그 의미는 못난 말은 말구유 속의 사료만 생각하니, 즉 무능한 자가 안일함만 도모하여 원대한 뜻과 계략이 없어서 환범의 계책을 받아들이지 않을 것이라는 말이다. 조상은 바로 이런 못난 말에 해당한다. 환범이 아무리 지혜주머니라고 한들 중용되지 않아 그 재능을 펼치지 못하게 된다는 것이다.

사마의는 천자의 어가를 모시고 영채를 뽑아 군사를 거느리고 낙양으로 돌아간 후에 조상 삼 형제의 집 바깥 대문에 큰 자물쇠를 채운 후, 백성들 800여 명을 시켜 포위하고 지키게 했다. 그리고 먼저 고자대감 장당을 잡아 옥에 가두고 문죄했다. 사마의는 장당이 자백한 공사(供詞) 문서를 취해 하안(何晏)·등양(鄧颺)·이승(李勝)·필궤(畢軌)·정밀(丁謐) 등 다섯 사람을 동모자로 잡아들였다. 그리고 그들에게 큰 칼을 씌우고 옥에 감금시켰다. 그렇다면 환범은 어찌 되었는가? 성문의 수장 사번이 말하길, "환범이 거짓 조서로 성문을 나서면서 태부께서 모반했다고 말했습니다."하니, 사마의는 크게 노해 "멀쩡한 사람을 역적으로 몰면 그 죄는 스스로가 받는 법이다."라고 말했다. 사마의는 환범도 옥에 가두었다. 이리하여 사마의는 마침내 조상 삼 형제와 그 일당 1000여 명을 시정으로 끌어내어 다 참하고, 그들 삼족을 멸하였다.

정말 똑똑한 자는 필히 그 주인을 잘 선택해야 할 것이다. 그렇지 않으면 그 재능만 헛되이 낭비하는 것이 되고 만다. 책을 덮고 생각하면 중국 5000년의 역사 속에서 환범과 같은 자가 얼마나 많았던가! 만약 자신의 나이가 이미 늙었다면 자손들에게 환범의 이야기를 명심하도록 해야 할 것이다.

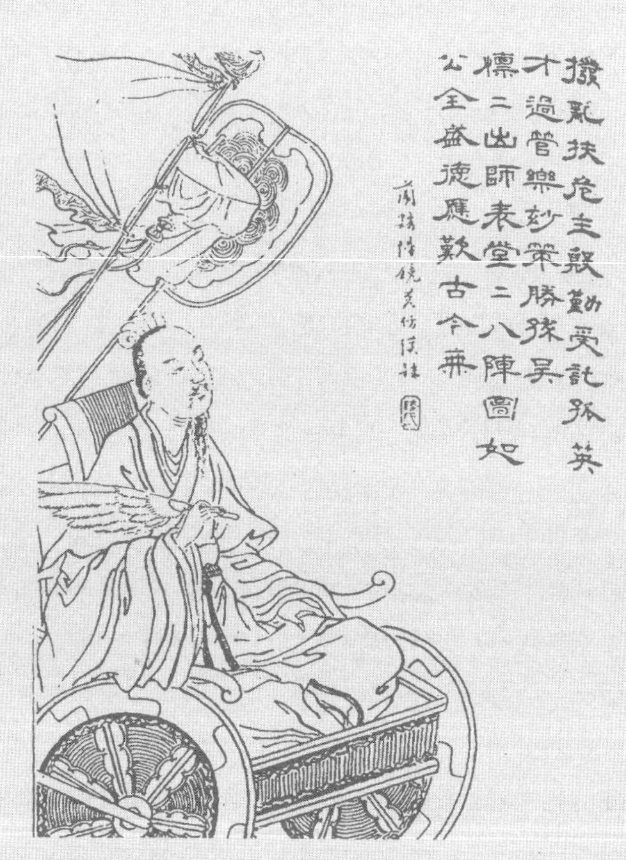

撥亂扶危主殷勤受託孤英
才過管樂妙策勝孫吳
標二出師表堂二八陣圖如
公全盛德應歎古今兼
蘭陵陸鏡若倣陳注

17 서로 탐색하면서 모두 거짓말로 상대를 기만함에 그 묘미가 있다

'적벽대전'은 공명과 주유 간의 허허실실의 추격을 얘기하고 있다. 그 누구도 겉으로는 조조와 먼저 결전하고자 하지 않으면서 속으로는 갖은 수단을 동원해 상대를 자극하여 결국은 우연히 연맹을 맺게 되는 것이다. 그러므로 매사는 먼저 솔직하게 자신을 표현하거나 자신의 장점을 모두 드러내서는 안 되며, 반드시 침착하고 냉정하게 차근차근 진행시켜 귀신도 모르고 신도 느끼지 못하게 일을 도모해야 하는 것이다. 그러므로 우리는 "제각기 마음속의 일을 지니고, 각자가 진담을 드러내지 않는다."는 말을 하는 것이다. 성질이 조급한 자들은 왕왕 지나치게 서둘러 일을 성사시키지 못하고, 또 원만하게 일을 끝맺지 못하게 된다.

제갈량이 관역에서 동오의 유생과 모사들을 하나하나 상견한 것은 본래 예의상 필요에 의해서였다. 그런데 장소(張昭)가 먼저 말로써 도전을 하니 이어 우익(虞翊)·보즐(步騭)·설종(薛琮)·육적(陸績)·엄준(嚴畯)·정덕추(程德樞) 등이 모두 제갈량에게 어려운 질문을 퍼부었다. 그러나 모두 제갈량에게 하나하나 반박당했다. 그리고 장온(張溫)과 낙통(駱統)이 다시 힐문하려고 하였을 때, 문득 황개(黃蓋)가 밖에서 들어와 성난 목소리로 말했다.

"공명은 당세의 기재이거늘 여러분이 순설(脣舌, 입술과 혀, 언어)로써 그를 난처하게 하다니 손님을 공경하는 예의가 아니오. 조조 대군이 국경에 임박했는데 적을 물리칠 계책은 생각하지 못할망정 헛되이 말다툼이나 하는 것이오!"

그리고 또 공명에게 말했다.

"제가 듣건대 말을 많이 해서 이익을 얻는 것은 차라리 입을 다물고 말하지 않느니만 못하다 했습니다. 어찌해서 금석 같은 이야기를 저희 주공께 말씀드리지 않으시고, 뭇 사람들과 변론하십니까?"

황개의 이 말은 정말 멋진 말이다. 모종강도 이에 대해 평한 적이 있다.

"황개의 이 몇 마디가 공명을 능가하고, 여러 모사들도 그를 따라오지 못하게 한 말이다."

그들과 비교하면 늙은 장수 황개의 이 말은 확실히 비범한 언사였다. 또 공명을 데리고 손권을 만나게 한 것도 바로 그였다. 이번의 그의 출현은 나중에 그가 일부러 조조에게 투항하는 사건으로 연결되는 전초 사건이기도 하다.

공명은 들어와 손권을 보고 먼저 그를 자극시켜 그가 발끈하여 돌아서버리게 하였다. 그리고 다시 노숙을 통해 화를 거두고 웃으며 좋은 계책에 대해 서로 상의하게 된다. 그러나 손권의 생각은 이미 결정되었지만 장소와 고옹의 말에 의해 그가 다시 머뭇거리게 되었다가 주유를 통해 다시 일이 결정된다.

주유는 황개 · 정보 · 한당(韓當) 등의 장수들에게 말했다.

"나는 막 조조와 결전을 벌일 작정을 하고 있었소."

주유는 노숙에게 말했다.

"싸우면 반드시 패하고, 투항하면 쉽고 편합니다."

노숙은 아연실색하며 주유와 서로 논쟁을 벌이는데, 공명이 옆에서 웃기만 하였다. 그리고 공명은 노숙이 시국을 모르고 주유가 말하는 투항함이 합당한 것임을 말했다. 특히 조조의 세력은 성대하여 천하무적이라고 하며 노숙을 크게 노하게 만들었다. 주유는 옆에서 화를 가라앉히지 못하고 들으니 공명이 노숙의 부화를 올리는 것이라고 느꼈다. 공명은 홀연히 계책을 내는데, 두 사람을 조조에게만 보내면 그의 백만 대군을 퇴각시킬 수 있다고 했다. 주유와 노숙 두 사람은 그 내용을 자세히 듣고자 했다. 왜냐하면 주유는 이미 뜻이 결정되어 먼저 물었던 것이다. 공명이 이교(二喬)를 조조에게 바치자는 말을 듣고 주유는 조조가 두 미인을 얻고자 함을 믿지 않고 공명에게 그 근거를 대라고 하였다. 이에 공명은 동작대부(銅雀臺賦)를 낭송하게 된다. 주유는 그 낭송을 듣고 나서 발끈 화를 내며 조조의 욕을 해댔다.

"늙은 도적놈이 나를 너무 모욕하는구나!"

공명은 고의로 말했다.

"지금 어찌 백성 집 두 여인을 아까워하시오?"

여기서 '백성'이라는 두 글자는 매우 중요한 의미를 지닌다. 공명은 고의로 이교가 각각 손책과 주유의 처임을 모르는 척하였다. 주유가 그 사실을 얘기하자 공명은 깜짝 놀라 두려워하는 시늉을 하였다. 그리하여 주유로 하여금 솔직히 마음을 열어 놓게 만들었다.

"내가 어찌 조조에게 항복할 리가 있겠소? 아까 한 말들은 다만 시험해 본 것뿐이오."

주유는 자신이 거짓말을 하여 공명으로 하여금 그에게 부탁하고자 한 것만 알았지만 결국 그가 공명에게 부탁하는 것이 되었다. 주유는 공명의 입장으로 돌아가 일을 생각하지 못하였기에 공명이 완전히 거짓말로 그를 속인 사실을 알지 못했다. 이는 '적벽대전' 전에 조조가 동오를 속일 줄만 알았지 동오의 속임수에 대해서는 생각은 했지만 자신만 알고 상대를 몰랐던 까닭에 참패를 당한 것과 흡사하다. 그러므로 자신을 알기는 어렵지 않아도 상대를 알기란 정말 어렵다. 그러기에 '지피지기면 백전백승'이라고 한 것이다.

주유는 조조를 속일 수 있어도 제갈량은 속이지 못했다. 조조는 여러 차례 그에 의해 당했지만 주유는 제갈량 앞에선 언제나 한수 아래였다. 누차 그를 죽이려고 하지만 언제나 제갈량은 그를 피해 가버렸다.

모종강은 말했다.

"주유가 조조를 부수는 계략은 공명이 그를 자극한 것을 통하였던 것인데, 이는 공명으로 그를 자극한 것이 아니라 이교로써 그를 자극한 것이다. 그러한즉, 주유가 조조를 격파한 것은 사실상 대교와 소교가 조조를 격파할 수 있었기 때문이다.”

허나 모종강의 이 말은 잘못된 것이다. 주유는 본래 자신의 계략이 이미 정해진 것이었기에 설령 공명의 자극이 없었다고 해도 주유의 생각은 변하지 않았을 것이다. 공명이 주유를 자극한 것은 동오를 빌어 조조를 토벌하려는 것이었다. 왜냐하면 당시 조조의 세력이 가장 강했기 때문이다. 공명은 오직 동오가 조조에게 항복하면 유비에게 크게 불리할 것을 두려워하였다. 공명이 주유를 자극한 목적은 주유가 주동적으로 힘을 다해 조조를 격파하려고 하게 만들어 촉의 도움을 구하게 만들고, 촉은 이에 동조하고자 하는 것이다. 그 후, 공명이 화살을 빌리고, 바람을 빌려 적벽에 불이 붙은 후에 촉도 출병하여 협공하고자 한 것이다.

모종강은 말했다.

“주유가 조조를 거부하고자 한 뜻은 이미 가슴속에 있었다.”

이는 정확한 말이다. 주유는 이교를 보호하기 위해 비로소 적을 쳐부수려고 한 것은 아니다. 비록 당시 공명의 말에 매우 화가 났다고 하더라도 말이다.

“적벽대전의 큰 공은 부인의 힘을 빌은 점이 실로 크다. 아녀자는 정말 무서운 것이다.”

모종강이 한 이 말은 과장된 표현이다.

공명은 맹획을 일곱 번이나 잡았다 놓아주었지만 어찌 주유에 대해서는 이런 아량이 없었을까? 주유는 여러 번이나 공명을 죽이려고 하였고, 공명은 '적벽대전'의 전술 때문에 그를 해치지 않았다. 그러나 적벽전투가 끝난 후, 공명은 동오의 형세가 더 이상 발전도록 두어서는 안 됨을 느끼고 필히 주유를 죽여야 함을 알았다. 그리하여 몰래 심리전을 통해 세 번이나 주유를 화나게 만들고, 세 번째 화를 돋우기 전에 노숙은 공명의 음모를 알지 못하고 속으로 기뻐하며 그와 하직했다. 현덕은 영문을 전혀 몰라 공명에게 그 뜻을 물으니, 공명은 가슴을 열고 크게 웃으며 말했다.

"주유의 죽는 날이 가까워졌사옵니다."

과연 주유는 노한 기운이 가슴을 막아 말 아래로 떨어져 죽었다. 주유가 파구(巴丘)에 이르렀을 때, 공명은 사람을 보내 주유를 괴롭히며 조롱하는 서신을 보내었다. 주유가 그것을 읽고는 길게 탄식하면서 좌우에 명해 손권에게 전하는 서신을 쓰게 하고, 여러 장수들을 불러 몇 마디 한 다음에 혼절해버렸다. 그리고 천천히 깨어난 후, 하늘을 향해 탄식하며 말했다.

"주유를 태어나게 하셨거늘, 어찌하여 제갈량도 태어나게 하셨습니까?"

그는 이렇게 몇 번 외친 다음 죽었다.

공명이 형주에서 밤에 천문을 보니 장성(將星)이 땅으로 떨어졌다.

"주유가 죽었군."

공명이 웃으며 말했다. 그리고 또 현덕에게 말했다.

"주유가 살았을 때에도 두려워하지 않았거늘, 오늘 그가 죽었으니 무슨 근심이 있겠사옵니까?"

게다가 이 공명이란 자는 자신의 마음을 속이고 거짓으로 조운과 더불어 군사 500명을 데리고 파구로 주유의 조상을 가기도 했다. 그는 땅에 꿇어앉아 제문을 읽으며 거기다 엎드려 통곡을 하기도 했다. 눈물이 샘솟듯 하며 애통해 마지않으니 동오의 장수들조차도 이를 진정으로 믿으며 말했다.

"사람들이 모두 공근(주유)과 공명이 서로 반목한다 하더니 오늘 공명의 태도를 보니 사람들의 말이 모두 근거가 없음을 알겠소."

사실 공명은 주유를 죽이지 않으면 아니 된 것이다. 더욱이 노숙은 더욱 멍청하기 짝이 없었다. 공명이 비통해하는 것을 보고는 마음 아파하면서 혼자 생각하였다.

'공명이 원래 이렇게도 다정한 사람이거늘 공근이 속이 좁아 스스로 죽음을 자초하였구나.'

실로 공근은 속이 다소 좁았지만 공명은 절대 다정한 사람이 아니었다. 그는 이제 더 이상 주유를 이용할 가치가 없었던 것이다. 왜냐하면 '적벽대전'이 이미 성공으로 끝나 다시 동오와 촉이 연맹할 필요가 없다고 여긴 것이다.

필자가 어렸을 때, 『삼국연의』를 읽으면서 주유를 세 번이나 노하게 만드는 장면을 읽노라면 공명이 정말 대단하다고 생각했다. 그러나 지금은 주유 때문에 마음이 아프다. '공명이 그렇게까지 매정하게 할 필요가 있을까?' 라고 느낀다. 조조는 재주를 중히 여기고 재사(才士)들을 아꼈다. 그러나 공명은 그와 정반대였다. 조조는 관우와 조운 등에 대해 차마 죽이지 못하거나 해코지하기를 망설였다. 이에 비해 공명은 전혀 정을 두지 않았다. 그는 잔혹한 통치자였던 것이다.

제63회에는 이렇게 얘기하고 있다.

방통이 가만히 생각했다.

'공명이, 내가 서천을 취하여 공을 이룰까 두려워, 고의로 이 서신으로써 가로막는구나.'

나중에 방통이 껄껄 웃으며 현덕에게 말했다.

"주공께서 공명 때문에 주저하시는군요. 그는 저 홀로 공을 크게 이루게 만들고 싶지 않아 이런 말을 지어내 주공의 마음을 미혹하는 것입니다. 의심이 생기니, 그런 꿈을 꾼 것이지 무슨 흉사가 있겠습니까? 저는 간뇌도지(肝腦塗地, 싸우다 간과 뇌가 터져 땅을 뒤덮음.)하더라도 참으로 흡족할 것이옵니다. 주공께서 더 이상 말씀하시지 마시옵소서. 내일 아침 어김없이 떠나겠습니다."

나중에 방통은 후군을 퇴각하게 하지만 산비탈 앞에서 포격 소리가 나며 화살이 메뚜기같이 날리면서 흰 말을 탄 한 사람에게로만 날아왔다. 가련하게도 방통은 그 화살에 맞아 죽게 되었다. 당시 서른여섯 살이었고, 앞의 주유도 서른여섯이었다.

공명은 형주에서 얼굴을 가리며 울었다.

"슬프고 원통하도다!"

여러 장수들이 황급히 원인을 물었다.

"내 지난번에 헤아리니, 금년에 강성이 서쪽에 있어 방 군사께 불리하다 여겼소."

공명은 이렇게 운운하면서 기만을 부리며 또 통곡을 하였다.

"우리 주상께서 한 팔을 잃으신 것이오!"

공명은 촉 땅에서 오직 혼자만의 군사(軍師)로 존재하면서 현덕 일인 아래에서 만인의 위에 군림하기를 바랐던 것이다. 그는 시기 질투가 강한 자였다.

위나라에는 모사가 많았고, 오 땅에도 모사가 많았지만 유독 촉에는 공명 한 사람뿐이었다. 후세 사람들은 촉나라가 인화(人和)를 얻었다고 하지만 사실은 그게 아니었다.

18

제갈량의 그 훌륭한 점은 다 어디로 갔는가!

『삼국연의』를 얘기하는 사람들은 거의 90% 이상이 먼저 제갈량에 대해 칭찬한다. 왜냐하면 제갈량은 정치가이자 군사가이며 충성심이 강하고 나라를 위해 죽을 때까지 힘을 다하는 등 가장 훌륭한 인물이라고 생각하기 때문이다. 하지만 실로 제갈량의 훌륭한 점이 도대체 어디에 있느냐고 묻고 싶다. 그는 다른 재상들에 비해 결코 뛰어난 점이 없다.

만약 그의 훌륭한 면을 찾아낼 수 있다면 필자는 오체투지하며 감복할텐데, 정말이지 그에겐 그런 면이 없다. 물론 제갈량의 면전에 놓인 문제들은 당시 가장 첨예한 사안들이었기 때문에 그를 검증하는 좋은 잣대가 된 것이었다.

예의상 유비와 관우와 장비가 정식으로 도원결의를 맺은 것에 대해 모르는 사람이 없다. 유 · 관 · 장이 삼고초려한 것은 사실 예의상으로 네 사람이 결의한 것이 아니었다면 제갈량이 산을 내려가지도 않았을 것이다. 이 의미에 대해 유비와 제갈량은 속으로는 알고 있었지만 표현하지는 않았다. 그러나 관우와 장비는 이를 알지 못했다.

현덕이 한중왕으로 불리고, 이튿날 조서를 내렸다.

"짐이 도원에서 관우와 장비와 더불어 의형제를 맺고 생사를 맹서하였는데, 불행히 둘째 운장이 동오의 손권에게 목숨을 잃었으니 이를 복수하지 못하면 맹서를 저버리는 것이다. 짐은 온 나라의 병사들을 모아 동오를 토벌하여 역적들을 사로잡아서 이 원한을 갚으리라."

필자는 이때가 바로 촉나라의 가장 중요한 시기라고 생각한다. 유비가 '온나라의 병사들을 동원하여 동오를 토벌함'은 사실 나라를 전복시키는 큰 위험과 재난을 예고하는 결말을 가져오기 십상인지라 스스로 재정비하는 기회를 잃은 것과 같다.

유비가 말을 마치자 반 내에서 먼저 한 사람이 나와 간언했다.

"아니 되옵니다!"

이는 바로 호위장군 조운이었다.

"적은 조조이지 손권이 아니옵니다. 지금 조비가 한을 찬탈하여 귀신과 사람이 모두 분노하고 있습니다. 폐하께선 어서 관중을 도모하여 위하의 상류에 둔병시켜 적을 토벌하셔야 합니다. 그러하면 관동의 의로운 선비들이 모두 양식과 말을 몰아 맞이할 것이옵니다. 만약 위를 제쳐두고 동오를 토벌하려 하신다면 만약 병세가 한번 뒤집어지면 어찌 급히 해결하겠습니까? 바라건대 폐하께서 살펴주소서."

선주가 말한다.

"손권이 짐의 아우를 해쳤소. 더욱이 부사인(傅士仁), 미방(糜芳), 반장(潘璋), 마충(馬忠)은 모두 절치부심의 원수들이오. 그 고기를 씹고 그 혈족을 멸해야 짐의 원한을 씻겠는데, 경이 어찌 가로막소?"

"한적(漢賊)의 복수는 공사(公事)요, 형제의 복수는 사사(私事)입니다. 바라건대 폐하께선 천하를 우선으로 여기소서."

이에 선주가 답했다.

"짐이 아우의 복수를 못하면 비록 만리강산을 가진들 어찌 족히 귀하겠소?"

나중에 유비는 매일 교장으로 나가 군마를 조련시키고 날을 잡아 군사를 일으키고자 했다. 이에 공경대신 모두 승상의 부중으로 와 공명을 만나 말했다.

"이제 천자께서 대위에 오르시자마자 친히 군대를 통솔하니 사직을 중히 여기지 않아서입니다. 승상께서 국가의 중대직무를 맡고 어찌 옳은 도리를 간언하지 않으십니까?"

명백히 여러 공경대부들은 오를 정벌하는 일을 간하지 않았는데, 모두가 조운만 못한 것이었다. 공명은 그들에게 답했다.

"내 수차례 애써 간언했으나 듣지 않으실 뿐이오. 오늘 공경들은 나를 따라 교장으로 간언하러 갑시다."

당장 공명이 백관을 인솔해 선주를 만나 주청하였다.

"폐하께서 보위에 오르자마자 북쪽으로 한적을 토벌해 대의를 천하에 펴신다면 친히 육사(六師, 천자의 군대)를 통솔하셔도 됩니다. 그러나 오로지 오를 정벌하실 것이면, 상장(上將, 고위장군) 한 사람에게 명령해

군사를 이끌고 정벌하면 되는데, 하필 친히 어가를 수고롭게 하시겠습
니까?"

이 역시 옳은 말이다. 공명의 생각이 여러 공경들과 다른 것은 위를
토벌하려면 친정을 하여야 하지만 오를 토벌하는 데에는 친정이 필요
없다는 점이다. 이렇게 공명은 다른 관리들보다는 나아도 조운만은 못
하였다.

이리하여 선주가 공명의 고간(苦諫)을 듣고 마음이 점차 돌아서게 되
는데, 여기서 만약 제갈량이 조운의 간언과 함께 납작 엎드려서 보다
강하게 성패 득실과 대의명분을 내세우며 고간하였더라면 선주의 마
음이 돌아섰을 것이라고 본다.

그때, 장비가 와서 바닥에 엎드려 절하고 선주의 발을 껴안고 곡하
였다. 이에 선주도 따라서 곡하는데, 장비가 말했다.

"폐하 오늘날 임금이 되더니 벌써 도원의 맹서를 잊으셨소! 둘째 형
의 원수를 어째서 갚지 않으시오?"

"많은 관리가 간언해 말리니 아직 감히 함부로 하지 못했소."

선주의 이 말을 보면 그가 출정을 하게 되어 닥쳐올 미래의 심각한
결과를 예상하지 못한 것이 아님을 알 수가 있다. 그러나 장비는 계속
해서 말했다.

"남들이 어찌 지난날의 맹서를 알겠소? 폐하께서 못 가시겠다면 신
은 이 한 몸 버려서라도 둘째 형의 복수를 할 것이오! 복수할 수 없다면
신은 차라리 죽을지언정 폐하를 다시는 안 볼 것이오!"

장비의 이런 복수에 불타는 마음을 이해할 수 없는 것은 아니다. 장

비는 결코 정치적 머리가 전혀 없는 무뇌충이 아니지만, 당시 감정적으
로 헤어날 수가 없는 심정이었을 것이다. 그런데 만약 누군가가 선주에
게 지난날의 맹서가 도대체 무엇을 위한 맹서인지, 즉 오직 맹서를 위
한 맹서인지 아니면 천하와 나라를 위한 것인지를 강하게 계속해서 간
언하며 그를 설득하였다면 그의 마음도 동요되었을지도 모른다. 감정
으로 대처함에 앞서 이성적으로 판단했어야 한다. 더욱이 현재 한중왕
으로 칭해지는 유현덕의 입장을 고려하며 일을 도모했어야 할 것이다.

군자의 복수는 10년도 늦지 않다고 하지만 목적은 결코 오를 정벌함
에 있는 것이 아니라 위를 토벌하는 것이다. 사리 판단과 임기응변에
있어 종종 관우보다도 명석한 장비가 동오를 징벌해야 함을 계속 주장
할 때 이에 맞서서 그를 설득한 사람은 오직 제갈량뿐이다. 득실과 절
제, 그리고 정과 의리를 얘기하면서 강한 설득력과 사유체계를 지닌 자
라면 공명 외에는 없다. 더욱이 그는 오직 선주 일인의 아래에서 만인
을 호령하는 군사이자 승상으로 장비가 가장 두려워하는 자가 아닌가!
정말 유감스럽지 않을 수가 없다. 공명이 오를 정벌하는 것에 대해 간
언을 하지 않고 친정에 대해서만 간언하였다니, 이는 실로 조운보다도
못한 것이다. 공명의 위대한 점은 대체 어디로 갔단 말인가! 그가 나서
서 일을 해결하여야 할 가장 중요한 시기에 그가 책임감을 잃고 나서지
않았음은 정말 유감스럽고도 애석한 일이다.

모종강은 제81회 전면의 평에서 유비에 대해선 평을 하지 않았고, 공
명에 대해서도 물론 평하지 않았지만 오직 장비에 대해서만 평을 하고
있다. 장비를 찬(贊)한 것은 유비와 공명을 무언(無言) 중에 찬한 것이다.

여기서 필자는 모종강의 의견을 받아들일 수가 없다. 그는 말했다.

"익덕이 위를 먼저 공격하지 않고 오를 토벌함을 간청한 것은 형제만 알고 군신의 의리를 모르는 것이 아니다. 고성의 전투를 보더라도 관공이 조조에게 투항한 것으로 잘못 오해하여 그를 받아들이지 않으려고 하였으니, 이는 어찌 형제의 정이 중요하고 군신의 의리가 가볍다는 것이겠는가! 그가 오를 토벌하고자 함은, 위는 실로 한의 적이지만 오 또한 위에게는 한의 적이라고 여겼기 때문이다. 잔폭한 무리들을 토벌함에는 언제나 그 당(黨)을 필히 먼저 잘라버려야 하는 것이다. 이를테면 은(殷)나라가 장차 걸(桀)나라를 토벌하려고 함에 먼저 위(韋)·고(顧)·곤(昆)을 벌한 일이나 주(周)나라가 주(紂)나라를 정벌하기에 앞서 먼저 숭(崇)·밀(密)을 토벌한 것이 모두 그러하다. 비단 형제의 의리에서만이 아니라 오를 먼저 정벌함이 당연한 것이다. 군신의 의리로 볼 때에도 오를 먼저 정벌함이 당연한 것이다."

또 평하였다.

"익덕의 죽음을 보더라도 선주가 오를 토벌하고자 하는 계획을 서두르지 않으면 안 되었다. 익덕의 죽음은 관공을 위해 죽은 것이다. 관공을 위해 죽은 것은 익덕이 손권에게 죽은 것이나 다를 바가 없다. 아우 한 명을 죽인 원수를 용인해서도 안 되지만 아우 두 명을 죽인 원수를 어찌 용납할 수가 있겠는가! 자신의 사사로운 은혜로 조조를 석방시킨 것은 사람들이 이로 인해 관우를 비방하지 않지만 세 사람의 의리 때문에 손권을 토벌함은 어찌 이로 인해 선주를 비방할 수 있겠는가!"

필자는 이 부분들이 모종강의 『삼국연의』 평 가운데 가장 큰 오점이라고 생각한다. 조운은 실로 탁월한 견해를 지녔지만 아깝게도 받아들여지지 않았다. 더욱이 공명의 태도는 너무나 어리석었다. 유비의 의리에 뇌동하여 자신의 총명함과 원견(遠見)을 발휘하지 못하고 만 것이었다. 그리하여 사실상 그도 또 다른 형식의 정에 의해 기만당한 것이었다. 방관자는 깨어 있기 마련이다. 그러므로 조운은 사건의 진상, 즉 여산진면목을 파악한 것이었다.

유비는 빨리 복수를 못해 안달이 나서 이튿날에 병사들을 정리하여 출행하려고 하였는데, 또 한 명의 학사 진복(秦宓)이 주청하였다.

"폐하께서는 만승의 옥체를 버리시고 작은 의리를 따르시니, 이는 옛 사람들이 좇는 바가 아닙니다. 청컨대 폐하께선 고려하시기 바랍니다."

그 역시 오를 정발함과 친정을 반대하였다. 그러나 유비의 대답은 여전히 같은 식이었다.

"운장은 짐과 한 몸이라, 대의를 생각하면 어찌 잊을 수가 있겠는가!"

진복이 엎드려 일어나지 않으며 말했다.

"폐하께서 신의 말을 듣지 않으니, 실로 잃는 것이 많을까 두렵습니다."

유비는 크게 노해 무사들에게 그를 참수할 것을 명했지만 진복은 얼굴빛이 변하지 않고, 주위를 돌아보며 말했다.

"신이 죽는 것은 한스럽지 않으나 이 나라의 대업이 전복될까 두렵습니다."

공명은 진복의 간언을 듣고 깨달은 바가 있어 표를 올려 진복을 구하고자 하였다. 그러나 진복을 통해 간언하고자 함도 이미 때가 늦어버렸다. 유비는 공명이 올린 표를 보고는 그것을 땅바닥에 던져 버렸다.

"짐의 뜻이 이미 결정되었으니, 다시는 간언하지 말라!"

여기서 모종강은 평하길, "선주는 공명으로 물을 삼았으니, 지금 오를 정벌하고자 하는 마음은 그 급함이 불과 같아 물로는 불을 제어할 수가 없었다."라고 하였다. 그리하여 승상 제갈량으로 하여금 태자를 지키며 양천을 수비토록 하고 자신은 떠나게 되었다. 여기서 모종강은 말했다.

"당시 법정(法正)은 이미 죽고 공명도 그와 함께 출행하지 않았으니, 나중의 패배는 불 보듯 뻔하였다."

장비가 오에 의해 음해를 입은 후, 손권이 제갈근을 멀리 유비에게 보내 건넨 그 말이 정확하였다. 독자들은 제82회에 시작되는 부분을 읽어보길 바란다. 결국 제85회에는 "유선주는 조서를 남겨 고아를 부탁하고" 운운하는 결말로 치닫게 된다. 그리하여 촉나라는 바로 사양 길로 접어들면서 예전의 강성함을 모두 잃게 된다. 실로 후세는 앞날의 가르침을 잊어서는 안 되는 것이다.

19

유비의 기만은 사람들이 잘 알아채기 어렵다

『삼국연의』가 일본에서 번역되어 출판된 것은 이미 300여 년의 역사가 있다. 그 가운데 가장 널리 전해진 판본은 1939년 일본의 저명 작가 요시가와 에이지(吉川英治)가 번역한 『삼국지』이다. 그 시작 부분은 이러하다.

한 여행자가 있는데, 허리에 검을 한 자루 꼽은 것을 제외하면 온몸이 남루하기가 그지없다. 허나 입술이 붉고 눈썹이 맑으며, 게다가 두 눈이 총명함을 드러내었고, 두 볼이 통통한 가운데 언제나 미소를 띠고 있었다. 그는 바로 '유비'라는 자였다.

그러나 중국인들이 기억하는 『삼국연의』 속 그의 묘사는 다음과 같다.

그는 품성이 너그럽고 말수가 적었으며, 즐겁거나 노엽거나 얼굴에 드러나지 않는다. 평소 큰 뜻을 품고 오로지 천하호걸들과 사귀었다. 생김새는 키가 일곱 척 다섯 촌이요, 두 귀가 어깨에 닿고 두 손이 무릎을 지나고 눈을 돌리면 자기 귀를 볼 수 있고 얼굴은 옥돌 같고 입술은 연지를 바른 듯하다.

앞에서도 언급하였듯이 이 유 선생은 어릴 적에 고을의 어린애들과 나무 아래 놀면서도 "나는 천자가 돼서 이런 덮개를 한 수레를 탈 테다!"라고 하였다니, 사실상 아이들을 장난으로 속이며 그들을 압도하고자 한 것이다.

어릴 적부터 시작하여 어른이 될 때까지 그는 마음속에 남을 대하는 계교가 넘쳤다. 우리가 만약 그가 언제나 입에 담고 다니는 충후(忠厚)함이나 겸허(謙虛)함 등의 말에 미혹된다면 너무 피상적으로 그를 판단하는 것이다. 속임수에 있어서도 그는 상당히 능숙하지만 사람들은 그것을 잘 알아채질 못한다.

유비가 제일 처음 장비를 만났을 때, 장비가 말했다.

"제 성은 장(張)이요, 이름은 비(飛), 자(字)는 익덕(翼德)이오. 탁군에 대대로 살아 장전(庄田)이 제법 많고 술 팔고 돼지 잡지만 오로지 천하호걸들과 사귀기 좋아하오……."

그러자 유비가 스스로 자신을 이렇게 소개했다.

"저는 본래 한실종친(漢室宗親)으로 성은 유(劉), 이름은 비(備)요……."

'집이 빈한하여 신발을 팔고 자리를 삼는 것을 업으로 삼고 있소.'

라는 말은 하지 않았다.

한편 관우가 유비와 장비를 보았을 때 그는 자신을 다음과 같이 솔직하게 소개했다.

"저는 성이 관(關), 이름이 우(羽), 자는 장생(長生)이었는데 운장(雲長)으로 고쳤소. …세력 있는 토호(土豪)가 세력을 믿고 사람을 능멸하므로 죽이고 강호(江湖)로 피해 다니기 대여섯 해였소……."

그러므로 관우와 장비가 가장 먼저 유비를 기억한 것은 바로 그가 한실종친이라는 사실이었다. 유비는 이 네 글자가 가장 중요함을 안 것이고, 그것이 사람들의 마음을 가장 잘 끌어들임을 안 것이다. 그리하여 장비도 "제게 재물이 제법 있으니 향용(鄕勇, 지방 민병)을 모집해서 그대와 더불어 대사를 일으키고 싶은데, 어떠시오?"라고 하였으며, 관우도 "지금 여기 군사들을 모아 도적을 친다기에 응모하러 왔소."라고 하면서 응하였으니, 이는 바로 '한실종친'이라는 사실 때문인 것이다. 따라서 장비가 먼저 건의하고 관우도 이에 흔쾌히 응하면서 도원결의가 성립된 것이다. 여기서 관우와 장비가 약고 실리적이어서가 아니라 유비에 대한 믿음으로 충만한 까닭이었다. 다른 말로 하면 유비에 대한 관심과 흥미가 넘쳤기 때문이었다.

세 사람이 결의를 맺는 날 말이 없어 궁리하고 있는데, 두 나그네가 무리를 이끌고 말 떼가 뒤따라 장비의 장원으로 오고 있다고 알린다.

"이것은 하늘이 나를 도우는 것이리라!"

현덕이 이처럼 말하며 '하늘'과 '나'를 강조하였으니, 여기서도 그런 낌새를 느낄 수가 있다. 그러나 사람들은 이 구절을 읽고도 그냥 쉽게 지나쳐버린다. 허나 이 말을 한 자는 결코 가볍게 한 말이 아니라 특별한 의미를 지니고 있는 것이다. 독자들이 조금 더 세밀하다면 그 속의 함의를 간파할 수 있을 것이다.

동탁이 장각에게 패하였을 때, 다행이 유비와 관우, 장비가 그를 구해주자 동탁은 유비에게 그가 현재 맡고 있는 직책을 물었다. 그리고 유비가 백수라고 하자 동탁은 그를 멸시하였고, 이에 장비가 노해 그를 죽이고자 하였다.

"조정이 명한 관리를 어찌 마음대로 죽이겠는가!"

유비와 관우는 급히 말리며 이렇게 말했다. 이에 장비는 다음과 같이 말했다.

"저 종놈을 못 죽이면 도리어 저놈 밑에서 명령을 받들 텐데 정말 그런 짓은 싫소! 형들께서 여기 머무시면 저는 다른 데 가겠소!"

이에 유비는 '결의'란 말을 사용하며 다음과 같이 말했다.

"우리 세 사람이 결의하여 생사를 같이하자 했는데, 어찌 헤어지겠느냐? 차라리 모두 다른 데 가느니만 못하겠다."

이 말 가운데 기만이 없다고 할 수 있겠는가! 그 후로부터 이 '결의'란 말은 관우와 장비의 몸과 마음을 옭아매게 된다.

황건 잔당 한충(韓忠)이 포위되어 양식이 끊어지자 사람을 성 밖으로 보내어 투항하려고 하였다. 주준(朱儁)이 허락치 않으니 현덕이 묻는다.

"옛날 고조께서 천하를 얻으신 건 항복을 권하시고 귀순을 받아서인데, 공께서 어찌 한충을 거절하십니까?"

그러므로 유비는 어릴 때에는 '천자'로, 그 후에는 '한실종친'으로,

그 후에는 또 '하늘이 나를 돕는구나' 하였으며, 여기서는 또 '옛날 고조'를 운운하며 언제나 교묘히 자신의 신분을 강조하지 않은 적이 없다. 유비가 스스로 속인 것이 아니라 당시 천하의 사람들이 모두 여론을 조성하여 그의 속임을 방조하였다. 만약 당초 누군가가 "한실종친은 무슨 한실종친"이냐며 콧방귀를 꼈다면 얼마나 많은 사람들이 이를 무식하고 예의가 없는 행동으로 간주하였겠는가! 오늘날에 이르기까지 누군가가 이런 말을 한다면 여전히 많은 사람들로부터 무식하고 역사를 모른다고 손가락질을 당할 것이다. 그런데 사실 삼국이 정립할 당시 모두 제각기 주인을 섬기면서 모두가 천하를 통일하여 전란기를 마감시키고자 하였다. 그들은 모두 진정한 정통이었으며, 유비의 입장만 고려하여 그를 정통시하는 것은 옳지 못하다.

사람들은 언제나 조조를 탐탁치 않게 여기고, 제갈량은 항상 빛을 발하며, 손권 또한 떳떳하지 않은 사람으로 본다. 게다가 장료와 전위는 관우나 장비보다 못하며, 사마의가 진을 세운 것은 다 익은 열매를 훔친 것이며, 유비가 응당 승리하여야만 비로소 즐거워해야만 하는가, 아니면 능력 있는 자가 천하를 얻는 것이 당연하다고 보아야 하는가? 그러므로 이 '기만'이라는 것은 정말 신통하고 끝이 없는 무한한 힘으로 얼마나 많은 사람들이 기만으로 인해 신세를 망쳤는지 모른다. 삼국시대 이후로 인인지사들이 또 얼마나 많이 기만으로 희생당했는지 모른다.

황건적의 반란을 평정한 공으로 유비는 정주(定州) 중산부(中山府)의 안희(安喜) 현위를 제수받게 된다. 부임한 후, 넉 달째에 독우(督郵)가 유비의 현으로 와 유비를 극히 무시하여 관우와 장비가 모두 분노하게 된다. 당시 독우가 유비에게 물었다.

"유 현위는 출신이 어떠하오?"

"저는 중산정왕 후예입니다. 탁군에서부터 황건적을 무찔러 크고 작은 30여 싸움에서 작은 공을 세워 벼슬을 제수받았습니다."

이에 독우가 크게 꾸짖었다.

"네가 황손을 사칭하고 공적을 거짓 보고했구나! 바로 지금 조정에서 조서를 내려 너 같은 탐관오리를 내쫓으려 한다!"

여기에 대한 필자들의 평은 어떠할지 궁금하다. 모종강은 여기서 평하길, "정말 가증스러운 작자다. 맞아도 싸다."라고 말하고 있다. 그러나 필자가 보기엔 여기서 유현덕의 말 속에 속임수가 녹아 있다. 비록 그가 사실대로 자신의 신분을 말하는 것 같지만 의식적으로 독우를 협박하며 자신은 일반 현위와 다름을 과시하고 있는 것이다. 그러나 이 독우는 먹혀들지 않아 그의 협박을 받아들이지 않았다. 위 모종강의 평은 정말 아니라고 본다. 모종강이 살아 있다면 독우가 그를 아마도 다음과 같이 질책할 것이다.

"네놈이 뭘 알겠어!"

독우는 보통 인물이 아님은 확실하다. 물론, 장비가 노기충천하여 그를 한바탕 매질한 것은 또 별도의 문제이며 장비의 이유가 있는 것이다.

제11회, 황건적 잔당인 관해(管亥)가 수만 명의 도적을 이끌고 공융을 치러 오자 태사자가 유현덕을 찾아와 원조를 청한다. 유현덕은 물었다.

"그대가 누구시오?"

태사자가 자신을 소개하자 유현덕이 정색을 하며 답하였다.

"공북해께서 세간에 유비 따위가 있다는 걸 아시오?"

나중에 공융이 유현덕을 보며 말했다.

"공께선 절대 실언하지 마시오."

현덕이 이에 말했다.

"공께서 저를 어떤 사람이라 보십니까? 성인께서 '예로부터 사람이란 모두 죽게 마련이니 사람이 믿음이 없으면 존립할 수 없다.' 하셨습니다……."

유비의 이런 말 속에는 모두 기만이 숨어 있다. 다만 사람들이 그 속의 의미를 잘 알아채지 못할 따름이다.

제13회, 여포가 현덕에게 말했다.

"이제 사군께 몸을 맡기고 함께 대사를 도모하고자 하는데, 뜻이 어떠하신지요?"

다음 날, 여포가 회석(回席, 답례로 연회에 초청하는 것)으로 현덕과 관우, 장비를 청하고 서주목을 받길 청했지만 현덕은 재삼 겸손히 사양하였다. 이에 여포가 말했다.

"아우님 사양하실 필요 없소."

이 말은 응당 친하게 보아 한 것이다. 여포의 이 말을 듣고 장비가 두 눈을 부릅뜨며 크게 소리 질렀다.

"금지옥엽 같은 우리 형에게 네가 뭐라고 감히 우리 형을 아우님이라고 부르냐! 이리 와라! 나랑 너랑 300번이고 싸워보자!"

이는 장비가 '아우님'이라는 말을 듣기 싫어한 것이 아니라 유현덕이 아마 가장 듣기 싫어하였을 것이다. 다만 그는 표현을 하지 않았고, 장비가 그를 대신해 나섰을 뿐이다. 유현덕이 출현한 지가 얼마 되지도 않았지만 그 신성함은 이미 도를 넘어선 것이다. 이 모두가 유현덕 자신의 계략으로 얻어진 것이다.

모종강은 말했다.

"…황제가 그를 황숙으로 부르는데, 여포가 그를 아우라고 부르는 것은 정말 무례한 것이다."

허나 필자의 생각은 다르다. 여포가 설령 급한 성격에 말을 잘 골라 사용하지 못해 실례를 범한 것은 사실이나 그 역시 정상적인 상태에 속하며 책망할 것이 아니라 이해할 수도 있는 경우다. 그러나 이런 상황에서 유비는 기어코 장비가 화를 내도록 말없이 용인하고 비록 관우에게 명해 장비를 말리라고 하였지만 장비에게 실수를 따지거나 그 어떤 책망도 하지 않았다. 이를테면 앞으론 걸핏하면 황숙이라는 말을 좀 자제하라든지 형, 동생이란 칭호가 뭐가 그리 나쁘냐는 등의 말을 할 수 있는데도 말이다. 그는 언제나 '황숙'이라는 말을 가장 좋아했고, 장비가 그렇게 그를 떠받들며 부르는 것을 은근히 좋아한 것이다. 그러므로 관우는 교만방자하고, 장비는 천성이 거칠고 화를 잘 냈지만 나중에 그들의 그런 성격이 더욱 굳어진 것은 유비의 '은밀히' 진행되는 '사상정치공작'의 영향을 받은 때문일 것이다.

관우와 장비는 결의 맺은 유비를 큰형으로 생각하면서 그가 기만술을 부린다는 것을 평생 전혀 느끼지 못했으니, 물론 다른 사람들은 더

욱 알아채기 어려웠다. 그리하여 후세 사람들은 그의 진면목을 알지 못
하였으니 이는 어쩌면 당연한 것인지도 모른다.

　기만은 필요한 것이다. 필자는 이 문장을 통해 유비가 기만을 부려
서는 안 됨을 말하는 것은 절대 아니다. 기만은 계략이자 지모이다. 진
실함도 필요하지만 기만도 필요한 것이다.

關雲長義釋曹操

절대 실망하지 않는 **20**
낙천주의자 조조

임어당(林語堂)은 소동파전(蘇東坡傳)의 서문에서 다음과 같이 말했다.
"세상에 소동파는 하나뿐이며, 두 번째의 소동파가 있을 수 없다. …
나는 소동파야말로 구제불능의 낙천주의자라고 생각한다."

그는 소동파에게 19가지 이름을 붙였다. 필자는 소동파를 매우 좋아
하고, 그가 조맹덕을 매우 좋아한 것도 알고 있다. 그러므로 나도 조맹
덕을 매우 좋아한다.

소동파는 구제불능의 낙천주의자이고, 조맹덕은 절대 실망하지 않
는 낙천주의자이다.

조조의 성격은 다면적이라 똑똑하면서도 유머가 넘치며, 낙관적이
면서 호방하여 소동파가 추종하는 도연명보다도 더욱 인정미가 넘치
고 개성이 풍부하다. 적벽전의 패배는 조공의 인생에서 가장 실의적인

시기였다. 그러나 그것도 그를 넘어뜨리지 못했다. 소동파의 오대시안 (烏臺詩案, 북송 연간의 문자옥 사건. 시가 작품들을 통해 신정(新政)에 반대한 소식은 이 사건으로 오대(烏臺, 즉 어사대)에 잡혀 들어가 4개월간 감금되었다.)은 평생 그의 가장 큰 좌절이었다. 그는 분명히 여러 번 조공의 적벽전을 생각하였을 것이다. 동병상련의 조공을 생각하며 그는 스스로 위로하였을 것이다. 당시 조공은 적벽에서 곤궁에 처했고, 그 후 소동파도 역시 적벽에서 곤궁에 처함에 두 사람이 서로 마주보고 웃었을 것이며, 이것이 바로 고국을 정신적으로 노니는 신유(神遊)의 경지일 것이다.

역사는 확실히 서로 유사한 점이 발견된다. 조공은 66세까지 살았는데, 소동파도 그러하다. 두 사람은 모두 정과 의리의 사나이였다. 만약 소동파가 조공에 대해 그 어떤 편견이 있었다면 천고절창의 전적벽부를 지어 조조를 생각하지 않았을 것이다. 여기서 우리는 소동파의 조조에 대한 평가를 짐작할 수가 있다. 소동파의 마음속에 조공은 영웅이자 시인이며, 결코 후세인들이 생각하는 희곡 속의 흰 얼굴을 칠한 간웅이 아니었다. 그러므로 소동파는 매우 통달한 사람이자 조공으로 자신을 비유한, 감정이 풍부한 사람이었다고 할 수가 있다.

조공을 언제나 기가 죽지 않았던 낙천주의자로 보는 가장 대표적인 사건은 적벽전에서의 실패에서 보인 그의 독특한 모습이다. 누구나 겪을 수 있는 자신의 불행 앞에서 적벽전 당시의 조조 처지를 떠올려 본다면 결코 절망하여 기가 죽는 일은 없을 것이다.

주유의 연이은 기만책과 제갈량의 도움으로 조공은 적벽전에서 참패를 맞이한다. 그러나 조공은 완강하여 결코 이로 인해 꺾이지 않았다. 역시 소동파도 오대시안의 피해자로 거의 목이 달아날 지경에 이르렀고, 100여 일의 고된 세월은 견디기 어려운 것이었을 것이다. 허나 그는 강하게 견뎌 냈다. 그리고 나중엔 음습하고 황폐한 황주(黃州)로 좌천되었으며, 그는 "조물주가 깊은 뜻을 알아 일부러 미인을 깊은 골짜기로 보냈구나!"라며 스스로 촉 땅 고향의 해당화로 간주하였다. 그리하여 "토인(土人)들이 귀함을 모르도다."라고 읊었으니, 그 뜻은 조정의 사람들이 모두 토인과 같아 그 천연의 부귀한 자태를 알아보지 못함을 말한다.

비록 황주로 좌천을 당하였지만 천성적으로 낙천적인 그를 꺾을 수는 없었다. 그는 시, 산문, 사, 회화, 양생에 이르기까지 탁월한 업적으로 전방위적안 수확을 거둔 문화기인(文化奇人)으로 발전한 것이다. 조공은 그의 거울이었으니, 위대한 정치가로서 북방을 점령하여 유비, 손권과 더불어 삼국으로 정립함은 물론, 위대한 시인으로서 창량하고 비장한 작품세계로 건안칠자의 영도자가 되기도 하였다.

소동파는 송 신종(神宗)에게 만언서(萬言書)를 올린 적이 있는데, 개혁과 인사를 중시할 것을 주장하였다. 허나 왕안석이 변법으로 먼저 그를 압도하니 그도 왕안석의 계략에 굴복하지 않고 노신인 사마광과 더불어 단호하게 그와 맞서게 된다. 소동파의 개혁은 상당 부분 당시 역사적 조건과 부합되는 것이라고 할 수 있으며 왕안석의 급진적이고 현실을 무시한 주장에 반대한 것이다. 정치적인 업적으로 보아도 그는 왕안석을 훨씬 능가하였다. 왕안석은 변법의 실패로 그냥 끝나버렸지만

소동파는 평생 동안 왕안석보다 훨씬 완강하게 자신을 표현하였다고
할 수가 있다. 그것은 바로 그가 타고난 낙천주의자였기 때문이다. 조
공도 절대 기가 꺾이지 않는 낙천주의자였다. 그로 인해 그는 삼국시대
때에 유비와 손권을 훨씬 능가하였으며, 그가 세운 공도 제갈량을 훨씬
능가하였다. 따라서 사마의가 진을 세운 것도 조공이 이룩한 경제와 군
사적 기초 위에서 이룩된 것이라고 할 수가 있다.

조공은 크게 웃는 것을 가장 좋아했다. 특히 위난 속에서 언제나 껄
껄 크게 웃으며 조금도 쓴웃음이 아닌, 가슴을 활짝 열고 크게 웃는다.
'적벽전' 의 상황을 보자.

손권이 합비(合淝)의 길목에서 육손에게 불을 들어 신호를 보내게
하고, 태사자와 육손의 병사들이 모두 한 곳에 모여 조조를 향해 돌격
해 들어왔다. 조조는 말을 채찍질하며 오경까지 달아났다. 막 오림(烏
林)의 서쪽과 의도(宜都)의 북을 지나는데, 도처에 수목이 무성하고 산
천이 험준하였다. 그는 말 위에서 얼굴을 들어 크게 웃으며 말했다.

"정말 주유는 지모가 없고, 제갈량은 현명하지가 못하군. 만약 내가
용병을 한다면 먼저 여기에다 군사를 매복하였을 텐데, 하하하!"

그런데 그의 말이 끝나기도 전에 조자룡이 나타나 놀란 조조는 거의
말 아래로 떨어질 뻔하였다.

결국 서황과 장합의 두 군사들이 그를 막아 겨우 달아날 수 있었다.
그런데 갑자기 또 폭우가 쏟아져 갑옷이 다 젖어 남이릉호로(南彝陵葫
蘆)의 입구까지 내달은 후, 젖은 옷을 모두 벗고 바람에 말렸다. 그가
숲에 앉아 있다가 다시 고개를 들어 크게 웃으며 말했다.

"제갈량과 주유가 아무래도 지모가 부족해 내가 웃는 것이오. 만약 내가 여기서 용병한다면, 한 무리 군마를 매복하여 편히 앉은 채 피곤한 적들을 맞이했을 것이오. 설령 우리가 목숨을 건져 달아나더라도 중상을 면하지 못했을 테니, 저들이 여기를 오지 않은 것을 내가 비웃을 뿐이오."

이런 말을 하고 있는데 또 장익덕이 나타났고, 조조는 양쪽 군마들이 혼전을 치루고 있을 때 말을 몰아 급히 달아났다.

화용도에 이르렀을 때, 조조는 다만 300여 기수들만 데리고 있었고, 게다가 갑옷을 제대로 갖춘 자들도 거의 없었다. 몇 리를 가지도 않아 그는 또 말 위에서 크게 웃었다.

"사람들 모두 주유와 제갈량이 지혜롭기 그지없고 꾀가 많다 말하지만, 내가 보건대 아무래도 무능한 무리요. 여기다 한 무리의 군사를 매복했으면, 우리는 속수무책으로 포박당했을 것이오."

그런데 이번에도 말이 채 끝나기도 전에 관운장이 양옆으로 교도수(校刀手, 칼을 든 군사) 500명과 함께 길을 막고 있었다. 그러나 결국 관운장에 의해 석방되었다.

이상 세 번의 큰 웃음은 정말 기분 좋아 웃은 것이다. 그러나 모두 예상을 벗어났고, 또 큰 위험도 벗어나게 된다. 그런데 여기서도 우리는 조공이 뛰어난 견해를 지녔음을 알 수 있다. 그가 예상한 지역들이 모두 제갈량이 사전에 군사를 매복한 곳이었다.

나중에 그는 남군에서 휴식을 취하다 갑자기 하늘을 우러러보며 크게 통곡하였다. 곽가(郭嘉)가 생각난 것이다. 여러 모사들이 물었다.

"승상께서 호랑이 굴에서 어려움을 헤쳐 나오실 때도 전혀 겁내지 않으셨습니다. 이제 성중에 이르러 사람들은 밥을 얻고, 말들은 먹이를 얻어 바로 군마들을 정돈해 복수해야 할 때이거늘, 어찌 도리어 통곡하십니까?"

이 때, 조공은 가슴 아파하며 말했다.

"만약 봉효가 살아 있었다면, 결코 나로 하여금 이렇게 크게 실패하도록 만들지 않았을 것이오!"

이 장면은 세 번이나 크게 웃은 후에 한 번 하늘을 향해 통곡하는 당시 조공의 독특한 심정을 매우 생동감 있게 묘사한 부분이다. 그 어떤 낙천주의자도 슬픈 때가 없을 수는 없다. 소동파도 전적벽부에서 옷깃을 바로 하고 단정히 앉아 슬픔이 가슴 속에서 밀려옴을 느끼지 않았던가! 그러나 또 오래지 않아 스스로 자위하며 호방하고 낙관적으로 변하지 않았던가! 비교컨대, 조조와 소동파는 모두 강한 성격의 소유자로 굴원처럼 포부를 지니고서도 언제나 우울해하면서 결국 멱라강(미뤄강)에 투신한 위인과는 근본적으로 다르다.

굴원은 매우 고독한 자로 스스로 성현으로 자처하면서도 시종일관 혼자였다. 그를 진정한 능력을 지닌 정치가로 부를 수 있을까? 만약 조조가 아니라 주유였다면 아마도 세 번의 위험한 지경에 이르렀을 때, 화를 삭이지 못해 죽었을 것이다. 이태백의 시에도 "머리 들어 크게 웃으며 문을 나서네, 우리가 어찌 평범한 보통 사람이겠는가!(仰天大笑出門去, 我輩豈是蓬蒿人)"라고 하였다. 이는 사람으로 하여금 모름지기 곤경에 굴하지 않고 자신의 기질과 개성을 펼쳐야 함을 말하는 것이다.

소동파도 평생 여러 차례에 걸쳐 억울함과 좌천의 비극을 맞았지만 만년에 해남(海南)에서 돌아오며 다음과 같이 읊었다.

"남쪽 황무지에서 구사일생을 겪었지만 나는 한스럽지 않네, 기괴한 곳을 떠돌아다녔음은 내 평생 최고의 여행이었노라."

이처럼 그는 최후의 승리자였던 것이다. 공자도 당시 진국(陳國)과 채국(蔡國)에서 곤궁에 처할 때, 마치 상갓 집의 개와 같은 처지였으나 언제나 군자는 환하게 밝아야 함을 주장하였으며, 결코 소인과 같은 우울한 모습을 지니진 않았다. 따라서 그의 한평생을 보면 그는 승리한 자였다.

조공도 위인이었다. 필자는 그의 큰 웃음도 좋아하고, 그의 통곡도 좋아한다. 크게 웃고 다시 통곡할 수 있음은 보통 사람들이 할 수 있는 것이 아니다. 중대한 좌절을 맞이하면 스스로 위안하면서 다른 사람을 향해 크게 웃으며 자신의 심정을 한번 조절함도 좋을 것이다. 설령 큰 화가 연이어 닥쳐올지라도 말이다. 어차피 인생은 변화무쌍하기 때문이다. 낙관적 태도는 정말 필요한 것이다. 언제나 즐거워하는 마음을 지니고, 언제나 정각심(正覺心)을 지니고, 언제나 천하심(天下心)을 지니면 양생에도 도움이 될 뿐 아니라 자신이 추구하는 사업에도 도움이 될 것이다.

21 화용도(華容道)의
새로운 해석

제50회의 회목은 "제갈량은 화용도를 내다보고, 관운장은 의롭게 조조를 풀어주다"이다. 이 장은 표면적으로는 적벽전의 끝머리 같지만 사실상 적벽전의 클라이맥스에 해당한다. 왜냐하면 조맹덕의 목숨이 이 장에 달려 있고, 삼국 정립 이후의 정세와 발전에 관계되는 중요한 장이기 때문이다. 게다가 여기서는 오와 위의 결전이 아니라 촉이 오를 대신하고 있어 당시 정세 흐름에 신중하지 못해 그릇된 책략을 취하다 간 그 결과는 결코 무시할 수 없게 될 것이다. 이에 대해 모종강은 다음과 같이 평했다.

"공명은 관공이 조조를 죽이지 않을 것이라고 미리 알았지만 화용도 전투에 왜 장익덕과 조자룡을 대신 보내지 않았을까? 공명은 하늘을 아는 자이다. 하늘이 조조를 죽이지 않으려고 한다면 설령 익덕과

자룡을 보낸다고 하더라도 반드시 성공하지 못할 것이다. 그러므로 공명이 관공을 보낸 것은 관공의 의리를 이뤄주고자 한 것이다. 그리고 그가 익덕과 자룡을 보내지 않은 것도 그들의 결점을 감추어 주기 위함이었다. 그러나 관공이 조조를 석방한 것은 공적으로 그를 석방한 것이 아니며, 공명이 관우를 석방한 것도 공명이 석방시킨 것이 아니라 하늘이 그를 석방시킨 것이다."

이 단락은 모종강이 공명을 너무나 모르고 하는 말이다. 이 또한 공명에 의해 기만을 당한 것이라고 할 수 있다.

제49회에는 유현덕이 하구(夏口)에서 공명이 돌아오기만을 기다리는 장면이 있다. 그를 보자 이렇게 말한다.

"수습한 지 오랩니다. 오로지 군사께서 배치해 쓰시기를 기다리고 있었습니다."

공명은 먼저 조자룡으로 하여금 3000군마를 거느리고 강을 건너 바로 오림의 작은 길을 막을 것을 명했다.

"조조가 필시 그 길로 달아날 것이오. 그들 군마가 지나기를 기다려, 반쯤 지나거든 불을 놓으시오. 모조리 다 죽일 것은 없고, 절반만 죽이면 되오."

그리고 다시 장비에게는 삼천 병사를 데리고 강을 건너 조조가 지나는 북이릉에서 기다렸다가 주변에 불을 피울 것을 명했다.

"비록 조조를 사로잡지 못하더라도, 익덕은 거기서 공을 세움이 적지 않을 것이오."

그리고 세 번째는 공자 유기(劉琦)에게 무창은 일망지지(一望之地, 눈으로 살필 수 있는 가까운 거리의 땅)라 가장 중요하다며 말했다.

"조조가 한바탕 패해 도망쳐 오거든, 곧 사로잡을 수 있을 것이나 성곽을 함부로 떠나서는 안 됩니다."

관우는 공명이 자신에게는 일을 맡기지 않자 마음 조급해하다가 공명과 더불어 한바탕 의논한 후, 결국 군령장을 써서 조조를 놓아주지 않을 것임을 약속했다. 공명도 역시 군령장을 써서 조조가 반드시 화용도를 지날 것이라고 했다. 이 때, 유비가 입을 열었다.

"내 아우는 의리가 있어 아무래도 그를 놓아 줄까 걱정입니다."

이에 공명은 크게 웃으며 말했다.

"제가 밤에 천문 현상을 관찰하니 조조 도적은 아직 죽을 때가 아닙니다. 저렇게 인정을 베풀어 운장더러 놓아 주게 하는 것도, 역시 아름다운 일이겠습니다."

이에 현덕이 감탄하며 말했다.

"선생의 신묘한 지략은 세상 그 누구와도 견주기 어려울 것이오!"

여기서 모종강은 "공명은 사람을 알 뿐만 아니라 하늘도 알고 있다."고 평하였다.

사실, 공명은 사람은커녕 정세(情勢)를 모르며, 하늘을 아는 것이 아니라 건상(乾象), 즉 천문현상을 이용해 유비를 속이고 있다. 너무도 명백한 것은 공명은 조조를 한 번 놓아 주고자 하지만 그는 유비가 조조를 당장 죽이려고 함을 알고 있었다. 당시 조조와 유비가 술을 데워 마시며 영웅을 논할 때, 유비의 젓가락이 땅에 떨어져 주우려고 할 때 마침 하늘에 천둥이 쳐 다행히 그는 위기를 기지로써 모면한 적이 있다. 그

때를 생각하면 그는 여전히 가슴이 두근거릴 것이다. 더욱이 그 이전에는 유비가 동승(董承)·왕자복(王子服)·종집(鍾輯)·오석(吳碩)·오자란(吳子蘭)·마등(馬騰) 등과 함께 헌제의 밀서를 띠 속에 감춰서 조조를 죽이고자 하는 모의에 가담하지 않았던가! 그 때, 만약 조조가 아니고 손권이 화용도에서 만나는 운명이었다면 유비는 십중팔구 그를 살려주었을 것이다. 왜냐하면 그래도 손부인과의 관계가 있기 때문이다.

따라서 공명은 이를 너무도 잘 알고 있었다. 그는 전후 장수들에게 출전을 명하면서도 사실 조조를 잡아 죽일 의도를 보이지 않았다. 그러나 유비는 참으며 말이 없었다. 이윽고 운장에게 일을 시킬 때, 그는 매우 조급해하며 "내 아우가 의리가 있어 아무래도 그를 놓아줄까 걱정이오."라고 말했다. 그는 분명히 공명이 운장을 용병한 것이 부당함을 안 것이다. 그러자 공명은 마침 천문을 운운하면서 신비스러운 말을 하는데, 그렇게 하지 않으면 유비를 속일 수 없었던 것이다. 과연 유비는 그 말의 진의를 알지 못하고 그의 묘책을 칭찬하게 된다. 사실 공명은 유비에게 자신의 생각을 설명해도 그가 꼭 자신에게 동의할 것이라는 보장이 없음을 알고 있었다. 이에 공명은 그가 동의하지 않는다면 스스로 무덤을 팔 필요가 없다고 생각하여 그를 한 번 속이는 것만 못하다고 판단한 것이다. 그럼 이제 공명의 생각을 짚어보기로 하자.

'적벽전'으로 조조는 상당히 큰 손실을 입게 된다. 비록 원기를 모두 잃었다고는 할 수 없어도 한동안 와해되었다고 볼 수 있다. 그러나 동오는 대승을 거두어 군사적인 우세를 차지하고 있었으며, 이는 서촉에 대한 심각한 위협이 되었다. 비록 이번의 대전으로 서촉이 입은 손실은 전혀 없었지만 교전 중에 그냥 앉아서 보고만 있었던 것은 아니다. 그들도 나름대로 힘을 쓴 것이었고, 따라서 당시 군사동맹국이었던 동오에게 결코 부끄럽지 않은 떳떳한 입장이었다. 이런 상황에서 굳이 칼날을 세워 위나라의 수뇌인 조조를 죽일 필요가 없었던 것이다. 만약 그를 죽였다면 동오라는 호랑이에게 두 날개를 달아준 것이나 다름이 없으며, 이는 상대적으로 자신들의 입지를 약화시키는 것이다. 그리하여 위로 하여금 오랫동안 동오를 견제하게 하여 세 나라의 균형을 노린 것이다. 공명이 보기엔 위나라가 천하를 통일해서는 안 되며, 동오도 마찬가지로 절대 천하통일의 기회를 주어서는 안 된다고 생각하였다. 그렇다면 서촉은 반드시 천하통일을 이룰 수 있다는 것인가? 제갈량은 그것도 미지수라고 본 것이다. 그는 띠집에서 살다가 유관장 세 사람의 삼고초려의 극진한 예우를 받아 부득이하게 촉을 위해 죽을 때까지 힘을 다하고자 한 것이다.

만약 동오가 이때 군사적으로 열세에 놓였다면 쉽게 서촉에 의해 먹혔을 것이고, 공명도 분명히 먼저 동오를 집어삼켰을 것이다. 그리고 반드시 조위(曹魏)도 열세에 놓였어야 비로소 서촉에 의해 먹혔을 것이다. 그러나 문제는 삼국의 형세가 완전 대등한 국면을 유지하였다는 것이다. 조조를 죽이게 되면 동오가 필히 먼저 세력을 모아 유비를 공략할 것이고, 설령 공략은 하지 못한다고 해도 그들을 강하게 만들었을 것이다. 그러면 조위의 세력은 약해지면서 서촉은 동오의 다음 가는 세력으로 전락하는 것이다.

사실 공명은 동오와의 연합이 조건적이고 일시적인 것임을 알고 있었으며, 절대 두 나라가 동시에 강국이 되어 조위를 함께 토벌해서는 안 됨을 알고 있었다. 만약 정말 이렇게 연합하여 위를 멸망시키면 오와 촉은 일대일 대항 국면이 되어 더욱 복잡하고 첨예한 대립 구조가 된다. 그러므로 각자 자신들의 주판을 굴리며 상대국들을 모해하면서 연합 행동으로 인해 오히려 상대방에게 먹힐 것을 두려워한 것이었다.

그러나 삼국이 서로 대치하는 대국면에서 각자가 제각기 문을 닫아 전쟁을 치르지 않고 발전만을 도모할 수도 없다. 전쟁을 하지 않으려고 해도 마음대로 되는 것이 아니다. 어느 한 쪽이 치지 않으면 또 다른 한 쪽이 공격할 것이기 때문이다. 삼국의 수뇌들은 어찌 일찍이 상상이나 했겠는가! 그들이 이렇게 오랫동안 상호 교전을 치렀건만 결과적으로 천하는 사마씨의 손아귀로 돌아가게 됨을. 허나 그들은 그것도 모르고 시끌벅적하고 야심만만하게 그들의 무대에서 북치고 장구치며 떠들어 댔다.

공명의 화용도 전략은 정확한 것이었다. 절대 고작 관우로 하여금 조조에게 의리로써 다시 되갚는 기회만은 아니었던 것이다.

22 진짜 강유(姜維)가
가짜 강유에게 기만을 당하다

강유가 『삼국연의』에서 가장 먼저 등장한 것은 제92회이다. 때는 천수(天水)군의 태수 마준(馬遵)이 하후무(夏侯楙)가 남안성(南安城)에서 곤궁에 처했다는 소식을 듣고 막 걱정하고 있을 때, 갑자기 보마(報馬, 소식을 알려 주는 사람)가 도달해 말했다.

"안정성 병력이 먼저 떠났으니 태수께서도 화급히 회합하러 오라고 합니다."

마준이 막 병력을 일으키려는데 갑자기 한 사람이 밖에서 들어오며 말했다.

"태수께서 제갈량의 계책에 빠진 것입니다!"

그는 바로 천수군 기(冀) 땅 출신으로 성은 '강', 이름은 '유', 자는 '백약'이라는 사람이었다. 강유는 어려서부터 여러 가지 책을 널리 읽고, 병법과 무예 등 통달하지 않은 것이 없고, 모친을 모시며 효성이 지극해 고을 사람들이 존경했다. 그 뒤 중랑장이 되어, 본부의 군사 업무에 참여하기도 했다. 마준이 그 이유를 물으니 그는 다음과 같이 대답했다.

"요새 듣자니, 제갈량이 하후무를 크게 이겨 남안성에서 포위해 물샐 틈도 없거늘, 그 누가 어찌 두터운 포위를 뚫고 나오겠습니까? 게다가 배서(裵緖)는 이름 없는 하급 장수, 이제껏 본 적이 없습니다. 하물며 안정성의 보마라고 왔지만, 아무 공문도 안 가져왔습니다. 이것들을 살펴보건대, 그는 촉나라 장수가 위나라 장수로 위장한 것입니다. 태수를 성 밖으로 꾀어내어 성안에 아무 방비가 없을 때, 반드시 한 무리 군사를 부근에 매복해, 그 틈을 타서 이 곳 천수를 빼앗으려는 것입니다!"

마준이 크게 깨닫고 말한다.

"백약의 말이 아니었으면, 간사한 계책에 빠질 뻔했소!"

이에 강유가 마준에게 계책을 말했다.

"제갈량은 반드시 우리 군(郡) 뒤에다 군사를 매복하고 속임수를 써서 우리 군사를 성에서 떠나도록 한 뒤에, 그 빈틈을 타서 쳐들어올 것입니다. 그러니 저에게 씩씩한 군사 3000명만 주시면 요긴한 곳에 가서 매복할 테니, 태수는 군사를 거느리고 성을 떠나되 멀리 가지 말고 한 30리쯤 가는 체하다가 되돌아오십시오. 그리고 불이 오르거든 신호로 알고 서로 앞뒤에서 적을 협공하면 크게 이길 수가 있습니다. 그러고도 제갈량이 몸소 온다면 그때는 제가 반드시 사로잡겠습니다."

태수는 크게 기뻐하면서 그의 계책을 따랐다.

조운은 강유와 천수성 아래에서 한바탕 대전을 벌이는데, 조운이 깜짝 놀라 생각했다.

"이런 곳에 이런 인물이 있을 줄이야 누가 알았으리요."

다행히 장익(張翼)과 고상(高翔)이 양쪽에서 내달아와 천수의 군사를 무찌르고 조자룡을 도와 돌아갔다. 조운은 돌아가 공명에게 적의 계략에 말려들었음을 알리니 공명도 매우 놀랐다.

"그 사람이 누구기에 나의 심오한 계책을 알았을까?"

"내 이번에 천수성을 점령하려 했는데, 그런 인물이 군사를 지휘할 줄은 몰랐다."

어느덧 밤중이 되자 제갈량은 갑자기 사방에서 불빛이 충천하며 촉군이 놀라 어지러이 달아나는 것을 알게 된다. 다행히 관흥과 장포가 그를 호위하며 적의 포위를 뚫고 나아갔다. 돌아보니 정동쪽 일대는 불빛이 하늘을 덮었고, 그 세력이 마치 긴 뱀의 형태였다. 염탐군이 보고했다.

"그들은 모두 강유가 거느린 군사들입니다."

공명은 감탄하였다.

"필요한 것은 많은 군사가 아니라 군사를 쓸 줄 아는 인물이다. 강유는 참으로 훌륭한 인물이도다."

공명은 오랫동안 생각에 빠졌다. 강유를 잡고 싶었지만 계략이 떠오르질 않았다. 그리하여 안정 사람 한 명을 불러 강유의 모친이 어디에 있는지를 물어보았다. 그리고는 위연을 불러 군사를 데리고 허장성세로 강유의 어머니가 있는 기현을 일부러 취할 것처럼 공격하도록 하였다. 강유는 촉병이 세 길로 나뉘어져 그 중 한 길이 기현을 공격함을 알고 마준에게 애원하며 고했다.

"바라건대 일지군을 거느리고 가서 기성을 구하고 겸하여 늙은 어머님을 보호하겠습니다."

강유와 위연은 기성에서 맞붙어 수합을 싸우는데, 위연이 거짓으로 패해 달아났다. 강유는 성으로 들어가 문을 닫고 노모를 찾아뵈었다. 그리고는 나와서 싸우려고 하지 않았다. 공명은 포로로 잡힌 하후무를 이용해 강유가 항복하도록 타이르게 했다. 하후무는 천수성에 들어가 마준을 보고 말했다.

"강유가 기현을 바치고, 제갈량에게 항복했습니다."

마준은 그 말을 곧이듣고 탄식하였다. 초경에 이르렀을 때 촉군이 또 천수성을 공격하였는데, 화광 속에 강유가 성 아래에서 창을 들고 말을 세우며 크게 소리쳤다.

"청컨대 하후 도독은 대답을 하시오!"

하후무와 마준 등은 모두 성 위로 와서 강유가 크게 고함치는 소리를 들었다.

"나는 도독을 위해 항복을 했는데 도독은 어찌하여 앞의 약속을 어기시오?"

하후무가 답했다.

"너는 위나라의 은혜를 입었건만 무슨 연고로 촉에 투항하려느냐?"

그러자 그 강유가 답했다.

"당신이 나에게 서신을 보내 촉에 투항하도록 해놓고, 무슨 그런 말을 하시오! …내가 지금 촉에 투항하여 상장군이 되었으니 어찌 다시 위로 돌아가겠소?"

강유는 말을 마치자 군사를 휘몰아 성을 공격하다가 새벽녘에야 돌아갔다. 물론 그는 가짜 강유다.

공명은 병사를 이끌고 기성을 공격하였다. 당시 강유는 성 위에서 촉군이 크고 작은 마차로 양초를 운반하는 것을 보고 위연의 영채로 들어갔다. 강유는 3000명을 이끌고 성을 나와 양초를 약탈하고 다시 성으로 들어가려는데, 장익의 군사들이 그를 막았다. 또 왕평(王平)이 일군을 거느리고 와서 둘이 협공하였다. 강유는 그들을 막기 어려워 길을 빼앗아 성으로 달아났다. 그런데 성 위에는 어느 새 촉군의 기가 꽂혀 펄펄 나부끼고 있었다. 알고 보니 위연이 이미 성을 습격하여 점령한 것이다. 강유는 하는 수 없이 혈전을 벌이며 다시 천수성으로 내달렸다. 성 아래에 당도했을 때에는 다만 단창필마에 불과했다. 성 위에서는 또 마준이 화살을 일제히 사격할 것을 명하였다. 그 가운데 촉병은 다가오니 부득이 규성(邽城)으로 달아났다. 그런데 성을 지키던 양건(梁虔)이 크게 꾸짖었다.

"나라를 배반한 놈아! 나는 네가 촉군에게 항복한 것을 알고 있다."

그리고 화살이 빗발치니 강유는 도무지 영문을 알 수 없었다. 오직 하늘을 보며 장탄식을 하며 눈물을 흘렸다. 급히 말을 몰아 장안(長安)으로 들어가니 수천 명의 촉군이 또 몰려왔다. 홀연 공명이 작은 수레를 타고 산성으로부터 돌아나오며 말했다.

"백약은 왜 항복하지 않는가?"

강유는 도저히 방도가 없어 말에서 내려 투항을 하였다.

원래 천수성을 공격한 그 강유는 공명의 속임수였다. 밤에 강유와 닮은 병사를 택해 그와 같이 분장시켜 불빛 속에서 실체를 구별하지 못하게 하였다. 그리고 고의로 하후무를 속여 이간책을 사용해 성공을 거둔 것이었다. 허나 강유는 기만을 당해 경악을 금치 못했으며, 끝내 그 사연을 이해하지 못했다.

일찍이 조조가 서원직(徐元直)을 속이기 위해 먼저 그의 모친을 잡아 그녀의 글씨체를 얻어 거짓 편지를 써서 서원직이 조조의 영채로 오게 만들었다. 그때 사용한 것이 바로 기만술이다. 여기서도 공명이 그의 모친을 이용하여 강유를 속였지만 정세 변화에 따라 가짜 강유를 이용하여 하후무를 속였으니, 사실 강유를 속이기 위함이었다. 그리하여 강유로 하여금 오갈 데 없는 상황에서 부득이하게 투항하게 만든 것이다.

공명은 강유를 얻은 다음 황망히 수레에서 내려와 영접하고 그 손을 잡으며 말했다.

"내가 초려에서 나온 후로 널리 어진 사람을 구하여 내 평생 배운 바를 전하고자 했으나 그런 사람이 없어 한이더니, 이제야 백약을 만났은 즉, 나는 소원을 이룬 셈이오."

강유는 크게 감동하여 절하고 감사하였다. 이에 공명은 강유와 함께 영채로 돌아와서 장상에 올라 천수군과 상규군을 함락시킬 계책을 상의하였다.

강유는 기만책을 올리는데, 그것은 천수성의 윤상(尹賞)과 양서의 친분을 이용하여 그들에게 서신을 보내 내란을 일으키게 하려는 것이다.

과연 두 통의 밀서를 화살에 꽂아 성안으로 날려 보내니 병사가 그것을 주워 마준에게 인도하였다. 마준은 크게 의심하여 하후무와 상의해 강유와 모의한 양서와 윤상을 죽이려고 하였다. 그러나 양서와 윤상 두 사람은 이미 이 소식을 알고 먼저 내란을 일으키게 된다. 이날 밤, 두 사람은 급히 투구와 갑옷을 입고 말에 올라 본부의 군사들을 거느려 성문을 활짝 열어 촉군을 맞이하였다. 그리하여 공명은 천수군을 얻는다. 그때 양서가 말했다.

"상규성은 저의 친동생 양건이 지키고 있으니 가서 항복하도록 타이르겠습니다."

그리하여 상규성도 얻었다.

공명은 강유를 극히 중시하였기에 속임수 전략을 통해 목적을 달성했다. 강유가 귀순한 후에도 그의 기만책을 받아들여 연거푸 효과를 거두었다. 이 강유란 자는 비범한 사람이다. 그로 인해 연이어 손쉽게 두 성을 얻은 것이다. 이 '기만'이라는 것은 실로 『봉신연의』 중 '번천인(翻天印)' 법보와도 같아 어디서든 영험을 드러내지 않는 곳이 없다.

대승을 거둔 후에 공명은 병사들을 정돈하여 계속 전진하였으며, 하후무를 석방시켜 거들떠보지도 않았다. 여러 장수들이 의문을 표했다.

"승상께서는 어찌 하후무를 잡지 않으십니까?"

공명은 말했다.

"내가 하후무를 놓아준 것은 오리 한 마리를 놓아준 정도요. 이번에 백약을 얻은 것은 봉황을 한 마리 얻은 것이요."

그 후에도 강유는 매우 쓸모가 많았다. 제90회 하반부의 "조조의 군사를 부수고 강유가 거짓으로 서신을 올리다", 제105회 "공명의 임종 금낭지계로 위연을 죽이다", 제109회의 "활로 위장 곽준을 죽이다", 제 110회 하반부의 "강유가 물을 등지고 적을 크게 무찌르다", 제112회 하 반부의 "백약이 장성을 포위하다", 제113회 후반부의 "강유가 진을 벌 여 등애를 격파하다", 제114회 후반부의 "강유가 양식을 버리고 위군을 이기다", 마지막으로 제119회에서도 강유에 대한 묘사는 매우 비장하 다. 물론 전쟁에서 지는 것도 병가의 상사이거늘 강유 역시 몇 차례 패 한 적도 있었다. 그러나 전체적으로 그의 일생을 보면 그는 역시 공명 이 얻은 봉황이었다.

武侯彈琴退仲達
侶高散人恭繪

曹孟德移駕幸許都
愷子

23 제갈량이 마속(馬謖)에게
속임을 당하다

마속은 자가 '유상(幼常)'이다. 형양(荊襄) 마씨 형제 다섯 중 막내다.
한중왕 유비가 병이 위독하자 공명이 울며 말했다.

"원컨대 폐하께서는 용체를 잘 보존하시어 천하 사람들의 바람을
저버리지 마시옵소서."

그때, 유비는 눈을 들어 주위를 살피더니 마속이 옆에 있자 그를 나
가게 하였다. 그리고 공명에게 말했다.

"승상이 보기엔 마속의 인재가 어떠하다고 보시오?"

제85회에는 군신 간의 의견이 일치하지 않았다. 이에 대해서는 본
문 가운데 적당한 곳에서 다시 논하기로 하자.

제87회, 공명이 대군을 이끌고 남만의 경지로 깊이 들어가는데 행
군 가운데 홀연 '천자의 사자가 당도했다'고 한다. 공명이 군중으로 불

러들이니, 한 사람이 하얀 도포를 입고 오는데, 바로 마속이다. 그의 형 마량이 얼마 전에 죽어 상복을 입었다. 마속이 말한다.

"주상의 칙명을 받들어, 군사들에게 술과 비단을 내립니다."

공명이 천자의 조서를 읽고 나서 명령에 따라 하나하나 나눠주고 마속을 군막 안에 붙잡고 이야기한다. 공명이 묻는다.

"천자의 조서를 받들어 남만을 평정하려 하오. 유상에게 고견이 있다고 들은 지 오래인데, 가르쳐 주기 바라오."

"한말씀 드리오니, 승상께서 살펴주시기 바랍니다. 남만은 땅이 멀고 산이 험하다 하여 복속하지 않은 지 오래입니다. 비록 오늘 그들을 격파하더라도 내일은 다시 반란합니다. 승상의 대군이 그곳에 이르면 반드시 평정해 복속시키겠으나 군사를 거두어 북쪽으로 조비를 토벌하는 날이 오면 남만이 우리의 빈틈을 알고 재빨리 반란할 것입니다. 무릇 용병의 도는, '마음을 침이 상책이요, 성을 침은 하책이다. 마음으로 싸움이 상책이요, 군사로 싸움은 하책이다.' 라고 했습니다. 바라옵건대 승상께서 그들의 마음을 복종시킨다면 더할 나위 없겠습니다."

마속의 말에 공명이 탄복한다.

"유상이 내 폐부 깊숙이 알고 있구려!"

이 대목이 바로 마속이 처음 공명을 뵙고 말한 용병술이었다. 확실히 훌륭한 계책이었다. 왜냐하면 이는 바로 공명 마음속의 생각과 같았기 때문이다. 그리하여 공명은 그를 참모로 삼고, 대군을 통솔하여 전진하였다.

공명이 맹획을 칠종칠금하는 과정에서는 마속에 대한 얘기는 없다.

제91회의 내용을 보자. 공명이 크게 놀라 말한다.

"조비가 죽고 애송이 조예가 즉위했으니, 나머지는 걱정할 게 없소. 다만 사마의가 지략이 뛰어난데, 그가 이제 옹주(雍州)와 양주(凉州)의 병마를 이끈다니, 그가 훈련을 마치면 반드시 촉중(촉나라)에 큰 환란이 생길 것이오. 먼저 병력을 일으켜 토벌하는 것만 못하겠소."

이에 군사 참모 마속이 말한다.

"이제 승상께서 남방을 평정해 막 돌아오셔서 군마들이 피폐하니 다만 보살핌이 마땅한데, 어찌 다시 원정을 떠나겠습니까? 제게 계책이 하나 있사오니 사마의로 하여금 스스로 조예의 손에 죽게 만들 수 있는데, 승상의 고견은 어떤지 모르겠습니다."

공명이 무슨 계책인지 묻자 마속이 말한다.

"사마의가 비록 위나라의 대신이지만 조예가 평소 그를 의심하고 시기하고 있습니다. 몰래 사람을 낙양과 업군 등으로 보내어 유언비어를 퍼뜨려 그가 반역을 꾀한다고 말하는 것이 어떻겠습니까? 아울러 사마의의 이름으로 방문(榜文)을 천하에 고시해 곳곳에 붙인다면 조예가 의심해서 반드시 그를 죽일 것입니다."

공명은 마속의 이 책략을 매우 중시하여 바로 시행했다. 결과는 사마의로 하여금 대경실색하게 만들어 온몸에 진땀이 나게 만들었다.

"이것은 오나라와 촉나라의 간사한 간첩들이 행하는 반간지계이니, 우리 군신들 사이를 갈라 서로 해치게 만들고, 그 빈틈을 타서 습격하려는 것이오. 제가 마땅히 직접 천자를 뵙고 말씀드리겠소."

그리고 그는 곧 조예의 어가 앞으로 가서 엎드려 눈물 흘리며 아뢰었지만 조예는 결국 화흠의 말을 따라 사마의를 삭탈관직하여 고향으로 돌려보내게 된다.

제95회는 가장 중요하다. 왜냐하면 제94회에서 종요(鍾繇)의 계획 아래 위주 조예는 다시금 사마의를 기용하게 된다. 공명은 이 소식을 듣고 크게 놀란다. 사마의는 단순히 복직된 것이 아니라 평서(平西) 도독으로 승진되어 본래의 병사들을 이끌고 장안에 집결하게 된다. 바로 이때, 참군(군사참모) 마속이 공명에게 진언하였다.

"그까짓 조예 따위를 걱정할 건 없습니다. 그들이 장안 땅으로 모여들면 곧 쳐들어가서 사로잡을 수 있는데, 승상은 왜 놀라고 의심합니까?"

공명이 대답하였다.

"내가 어찌 조예를 두려워하겠는가! 걱정인 것은 사마의뿐이다. 이제 맹달이 큰일을 일으키다가 사마의와 서로 대결하는 날에는 반드시 실패하고 만다. 맹달은 결코 사마의의 적수가 못 되니 반드시 사로잡힐 것이며, 맹달이 죽으면 중원을 얻기는 어려운 노릇이다."

마속이 물었다.

"그렇다면 속히 서신을 써서 맹달에게 보내어 미리 주의를 시키면 되지 않습니까?"

이에 공명은 그의 계책을 따랐다. 그러나 맹달이 신중치 못해 결국 사마의의 용병술에 당해 살해되고 만다. 사마의는 평소 진령(秦嶺)의 서쪽에 '가정(街亭)'이라는 길이 하나 있고 그 옆에 류성(柳城)이 있어 이 모두가 한중의 중요 길목임을 잘 알고 있었기에, 가정에서 일전을 치를 준비를 하고 있던 것이었다. 공명은 사마의가 출관한다는 소식을 듣고 이는 필히 가정을 취해 촉군의 목줄을 끊을 것임을 알고 있었다. 그 판단은 완전 정확한 것이었다. 그는 부하들에게 물었다.

"누가 병사를 이끌고 가정을 지킬 용기가 있소?"

이에 참군 마속이 자청해 가기를 원했다. 전에도 여러 차례 계략을 올린 마속이라 공명도 그의 지모를 어느 정도 인정하고 있었다. 그러나 이번에는 너무 중요한 지역이라 공명은 이를 강조하며 말했다.

"가정은 비록 조그만 곳이나 매우 중요한 지점이다. 가정을 잃으면 우리 대군은 다 무너지고 만다. 네 비록 꾀와 지략이 출중하나 그 곳에는 성도 없고 적을 막는 데 이용할 만한 험한 것도 없으니 지키기가 매우 어렵네."

이에 마속이 자못 자부심을 갖고 답했다.

"저는 어려서부터 병서를 숙독하여 자못 병법을 압니다. 어찌 한낱 가정을 지키지 못하겠습니까?"

공명은 다시 걱정하며 말했다.

"사마의는 보통 무리와 다르고 또 선봉 장합은 위의 유명한 장수다. 자네가 그들을 대적하지 못할까 걱정이야."

공명은 강한 의구심을 보였다. 그러나 마속은 다시 광언(狂言)을 내뱉었다.

"사마의와 장합 따위에 너무 신경 쓰지 마십시오. 위주 조예가 친히 와도 두려울 것이 없습니다. 만일 이번에 가서 실수하는 일이 있거든 바라건대 우리 집 가족을 다 참하십시오."

이때 마속은 미친 듯이 오만하여 눈에 보이는 것이 없었다. 당시 제갈량은 그가 완전 해낼 수 있을 것이라는 자신감을 보면서 그가 역시 비범한 인물임을 느꼈고, 특히 마지막으로 그가 말한 "실수하는 일이 있거든 바라건대 우리 집 가족을 다 참하십시오."라는 말에 기만을 당한 것이다. 물론 마속이 고의로 속이고자 한 것은 아니다. 허나 그는 자신을 너무 높이 평가하며 눈에 보이는 것이 없었던 것이다. 공명은 마속이 그리도 자신감이 넘치고 그가 전에 올린 지모를 생각하면서 아무리 신중한 공명이라고 할지라도 약간 방심한 것이다. 공명은 응당 마속이 아무리 그렇게 자신감이 넘쳐도 선왕 유비가 임종 전에 부탁한 그 충고를 민감하게 받아들여 이 오만방자한 참모를 경계하여야 했음에도 그는 마속의 경솔함을 알아채지 못한 것이다. 마속이 아무리 병법을 숙독했다며 자화자찬을 하더라도 공명 앞에서 그 누군들 자기 자랑을 하지 않았던가! 그가 가족의 목숨을 담보로 맹서를 하였지만 어떻게 그가 반드시 승리하리라 보증하겠는가! 세상에 자신이 완전히 책임질 수 있단 말이 얼마나 가능할까? 가족의 목숨이 얼마이기에 그가 완전히 책임질 수 있단 말인가! 공명은 결국 그에게 기만당해 정신을 놓아버린 것이다. 그는 장수를 자극하는 방식으로 "군법에는 농담이 있을 수 없느니라."고 하였고, 마속은 이에 맞서 "군령장을 쓰겠습니다."라고 답했다. 공명은 결국에는 그에게 군령장을 쓰게 하면서도 동시에 왕평(王平)에게도 재삼 신중할 것을 당부하였다. 또한 실책에 대비하여 고상(高翔)으로 하여금 위급시에 도울 것을 명했다. 동시에 장합을 고려하여 고상이 그의 적수가 되지 못함을 염려해 위연(魏延)으로 하여금 가정의 뒤쪽에 주둔시키기도 하였다.

그런데 마속은 가정에 도착한 후 공명이 쓸데없이 걱정을 많이 한다고 비웃었고, 왕평이 네 번이나 그에게 충고를 하였지만 그는 병법을 운운하며 그를 속이거나 "승상께서도 나에게 모든 일을 물으시는 터인데, 네가 뭘 안다고 나서느냐?"라며 그를 기만했다. 심지어는 "내 명령을 듣지 않겠다면 너에게 군사 5000명을 줄 테니 맘대로 가서 영채를 세워라. 그러나 내가 위군을 격파하고 승상께 돌아가는 날에는 결코 너와 공훈을 나누지 않을 테니 그리 알아라!"라고 말하기도 했다. 그가 가정을 지키고자 한 것도 큰 공을 차지하고자 함이었다.

사마의는 웃으며 말했다.

"그는 헛된 이름만 있는 용속한 인물일 따름이다. 공명이 그자를 기용했다니 어찌 일을 그르치지 않겠는가!"

과연 마속은 가정을 잃고 말았다.

제95회 중간에는 매우 구체적으로 그 과정을 기술하고 있으니 독자들은 참고 바란다.

마속이 가정을 잃은 까닭에 공명은 공성계(空城計)라는 위험천만의 일을 진행하였으며, 마속 사건이 아니었으면 공명이 자칫 자신의 목숨을 잃을 행동을 하지도 않았을 것이다.

제96회에는 "공명이 눈물을 흘리며 마속을 참수하다"는 대목이 있는데, 당시 공명의 마음속은 상당히 복잡하여 말로 형용하기 어려울 것이다. 관건은 공명이 그를 기용한 것이 큰 실책이었으며, 그에 의해 속임을 당한 것이었다. 공명은 그때서야 비로소 선제의 당시 충고를 기억하게 된 것이다. 당시 공명은 "이 인물(마속)은 보기 드문 인재이옵니다."라고 하였지만 선제는 "그렇지 않소. 짐이 이 인물을 보기엔 말이 앞서고 크게 기용할 인물이 아닙니다. 승상은 깊이 생각하시오."라고 했던 것이다.

모종강은 평했다.

"마속의 사건을 보건대 용병자들은 거울로 삼아야 할 것이며, 사람을 기용하는 자들도 이를 거울로 삼아야 한다."

마속이 가정을 잃은 것은 그 책임이 모두 공명에게 있다. 사마의도 그렇게 본 것이다. 공명도 스스로 다음과 같이 말하지 않았던가!

"나는 마속 때문에 우는 것이 아니라 선제께서 백제성에서 위독하실 때 내게 부탁하시길, '마속은 말이 행동보다 앞서니 크게 기용해선 안 되오.' 란 말을 생각하니, 그 말이 과연 옳았음을 알고 우는 것이오."

자신이 밝았지 못함을 깊이 한스러워하고 선제의 유언을 회상하니 어찌 통곡하지 않겠는가! 그리고 다시 표를 지어 장완(蔣琬)으로 하여금 후주에게 주청하게 하고 스스로 승상의 자리를 사직하길 청하였다.

만약 마속이 가정을 얻고자 하기 전 몇 차례 올린 계략이 없었다면 그는 공명으로부터 가정을 지키는 임무를 얻지 못했을 것이다. 과거의 그는 이렇게 오만하고 광망(狂妄)스럽지 않았기에 공명은 그의 이런 면을 홀시한 것이다. 신중하기 그지없는 공명이 이런 큰 속임수를 당한 것이다. 마속은 스스로를 너무 몰랐고, 공명은 사람을 잘못 쓴 것이었다.

天生郭奉孝豪氣
冠羣英腹內藏經史胸中隱甲
兵運謀如范蠡決策似陳平可惜
身先喪中原梁棟傾
鄴下居士

老將推丁奉　奇勳建吳
中短兵相接處血染戰
袍紅　西園

 조맹덕의 비범함은
대개 남이 생각하지 못한 곳에서
돌발적 행동을 취함에 있었다

조조는 생각이 참신하고 매우 민감하여 사람들이 무슨 일을 결정하지 못해 머뭇거리거나 핵심을 잡아내지 못하고 있을 때, 갑자기 문제의 정곡을 찌르는 말을 하거나 문제의 핵심을 집어내는 말을 하여 주위 사람들의 감탄과 찬사를 받곤 하였다. 유비는 그에 비해 많이 부족하였다.

제1회, 동틀 녘까지 무찌르자 장량, 장보가 패잔병들을 이끌고 길을 뚫고 달아난다. 문득 한 무리 군마들이 붉은 깃발을 나부끼며 나타나 앞에서 퇴로를 끊는다. 맨 앞에 번쩍 나타난 장수는 키가 일곱 척, 눈이 가늘고 구레나룻이 길었는데, 그가 바로 조조였다. 당시 교현(喬玄)이란 사람이 조조에게 말했다.

"천하가 어지러워지면 명세지재(命世之才, 세상을 구원할 인재)가 아니면 구원할 수가 없소. 천하를 편안케 할 재주, 그대에게 있겠소?"

남양(南陽) 사람 하옹(何顒)이 조조를 보고 말했다.

"한나라가 망하면 천하를 안정시킬 사람은 이 사람뿐이다."

여남(汝南) 사람 허초(許劭)가 사람의 운명을 내다볼 줄 알았다. 조조가 찾아가서 물었다.

"저는 어떤 사람입니까?"

허초가 답하지 않아 다시 묻자 그가 답했다.

"자네는 치세(治世, 평화 시기)의 능신(能臣, 유능한 신하)이요, 난세(亂世)의 간웅(奸雄, 간사한 영웅)일세."

조조가 그 말을 듣고 매우 기뻐했다.

스무 살에 효렴(당시 한대(漢代)의 과거제도로, 효(孝)와 청렴함(廉)을 내세워 관리를 뽑고자 함.)으로 천거되어 낭관(郎官)이 되고 낙양 북도위(北都尉) 벼슬을 했으니, 젊은 시절부터 출세를 한 셈이다. 그는 처음 부임하자마자 오색봉(五色棒) 10여 개를 네 성문에 두고 법을 어기면 부자나 호족 안 가리고 모두 다스렸으니, 매우 예사롭지 않은 인물이었다. 한번은 중상시(中常侍) 건석(蹇碩)의 숙부가 칼을 차고 밤에 돌아다니다 조조가 순찰할 때 걸려 조조가 바로 오색봉으로 벌을 줬다. 당시 중상시 건석이라면 대단한 인물이었지만 그는 두려워하지 않은 것이다. 그래서 안팎으로 법을 어기는 사람이 없었고, 위세와 이름을 제법 떨치게 되었다.

제2회, 하진이 크게 놀라 급히 귀가해서 환관을 모조리 죽일 것을 여러 대신과 모의하니 좌중에서 한 사람이 일어나 말한다.

"환관 세력은 이미 중제(仲帝)와 질제(質帝)의 시대부터입니다. 조정에서 점점 불어 지극히 강대한데, 어찌 모조리 죽일 수 있겠습니까? 만약 기밀이 새면 반드시 멸족의 화를 입을 것입니다. 부디 만전을 기하십시오."

하진이 바라보니 전군교위(典軍校尉) 조조다. 하진이 꾸짖었다.

"너 같은 보잘것없는 자가 어찌 조정 대사를 알겠느냐!"

얼마 지나지 않아 이 '보잘것없는' 자가 다시 말했다.

"오늘의 계책은 먼저 황제 자리를 바르게 하고, 나중에 도적을 도모하는 것입니다."

조조의 정치적 용기와 담력, 개성은 여러 대신들과 확실히 달랐다. 조조가 앞에서 한 말에 대해 모종강은 "문제의 핵심을 찌르는 한마디였다."라고 했으며, 그 다음의 발언에 대해선 "중요한 말이다."라고 평하였다.

나중에 하진과 원소, 진림 등은 십상시를 죽이길 모의하였다. 진림이 원소에 이어 말했다.

"…이른바, 도지간과(倒持干戈, 무기를 거꾸로 잡음.)요 수인이병(授人以柄, 칼자루를 넘겨 줌.)이니, 공은 이루지 못하고 도리어 난리가 날 겁니다."

이에 결단력이 없는 하진이 웃으며 말했다.

"그것은 겁쟁이나 하는 말이오."

그는 좋은 말을 알아듣지 못하고 소견이 천박하기 짝이 없었다. 바로 이때 옆에서 한 사람이 손뼉을 치며 크게 웃는데 보니, 바로 그 보잘

것없는 조조였다. 그는 다음과 같이 열변을 토했다.

"이 일은 손바닥을 뒤집는 것만큼 쉽습니다. 더 이상 상의할 필요가 없습니다. 환관이 부른 화는 예나 지금이나 같은데, 황제께서 부당하게 권력과 총애를 주셔서 지금처럼 됐습니다. 죄를 다스린다면 그 원흉을 제거하는 데 옥리 한 명으로 충분한데, 하필 외병(外兵, 지방군대)을 부르십니까? 모조리 죽이려 하다가는 일이 틀림없이 새어나가 반드시 실패하리라 생각합니다."

이 말은 원소보다도 훨씬 훌륭한 견해였다. 허나 애석하게도 하진은 이를 알지 못하고 그에게 화를 내었다.

"맹덕도 딴 마음을 품는가?"

조조가 물러나며 말했다.

"천하를 어지럽힐 자는 반드시 하진일 것이다."

과연 그러했다. 하진은 은밀히 사자에게 밀조(密詔, 비밀 조서)를 주어 밤새 쉬지 않고 각지로 보냈다. 그러나 그 모의가 오래지 않아 바로 누설되고 하진은 입궁하려고 했다. 진림과 원소 등이 그에게 절대 가선 안 된다고 권고하지만 유독 조조만 다음과 같이 말했다.

"먼저 십상시를 나오게 한 뒤 입궁하십시오."

허나 하늘 높고 땅 두터운 줄 모르는 하진은 또 웃으며 말했다.

"다 어린아이와 같은 소리요. 내가 천하 권력을 쥐고 있는데, 십상시가 감히 어찌하겠소?"

원소와 조조가 칼을 차고 하진을 호위해 장락궁 앞에 당도하자 황문 전의가 알렸다.

"태후께서 대장군만 들라 하시니 다른 사람들은 들어올 수 없소."

그리하여 원소, 조조가 모두 궁문 밖에 멈추고, 하진이 저벅저벅 혼자 들어가자 장양(張讓)과 단규(段珪)가 튀어나와 좌우에서 둘러쌌다. 장양이 한번 호되게 꾸짖으니 하진이 깜작 놀라 나가려는데 궁문은 이미 잠겼고, 복병들이 일제히 나타나 즉시 하진을 두 토막 냈다. '보잘 것없는' 조조의 말을 한 마디만 들었어도 이런 일은 없었을 것이다.

원소 등이 십상시의 가속들을 모두 주살할 때에도 조조는 한편으로는 궁 안의 화재를 진압하고 또 한편으로는 하태후를 청해 대사를 관장하게 하면서 병사를 보내 장양 등을 체포하고자 하였다. 그리고 어린 황제를 찾고자 하였다. 이 가운데 그 누가 조조와 비교될 수 있겠는가! 모종강의 평이 맞았다.

"맹덕의 행동은 역시 다른 사람들과 달랐다."

제4회는 더욱 놀라웠다. 동탁이 천자를 기만하며 정권을 잡고 있으니 사직이 보전하기 어렵게 되자 여러 신하들이 모두 모여 울고 있는데, 그 가운데 가장 먼저 슬퍼하는 자가 바로 충신이었던 사도 왕윤이었다. 좌중에는 또 효기교위 조조가 손바닥을 슬슬 문지르며 껄껄 웃었다.

"조정의 공경대신들 가득하신데, 밤새 우셔서 아침이 되고 다시 종일 우셔서 밤이 되니, 우시면 동탁이 죽기라도 한답니까?"

왕윤이 크게 노해 말했다.

"너희 조상도 한나라 녹을 먹었는데, 이제 나라에 보답할 생각을 않고 어찌 도리어 웃느냐?"

"제가 다른 일로 웃은 게 아니라 이 많은 사람이 동탁 죽일 아무 계책도 못 내니 웃었습니다. 제 비록 재주는 없으나 동탁의 머리를 잘라 낙양 성문에 달아서 천하에 보답하고 싶습니다."

그리하여 "동탁을 죽이려다가 조조가 칼을 바치다"라는 회목의 말이 생겨난다. 많은 신하 가운데 조조 혼자서 용기와 술책을 지녔으니 그가 아니었다면 모두 목숨이 달아났을 것이다.

먼저 황건역적을 진압하고, 다시 십상시에 항거하면서 이어 동탁을 죽이려 하였으니 모든 대사들을 그는 도맡아 처리하고자 했다. 동탁이 그를 체포하려고 하자 신속히 달아나 고향으로 돌아가서 거짓 조서를 만들어 천하 각 지방으로 보낸 후에 의병을 모집하였다. 게다가 기발한 생각으로 백기를 내세우며 그 기에다 '충의' 라는 글자를 또렷이 적었던 것이다. 그리고 며칠이 지나지도 않아 천하의 영웅들이 그에 호응하여 운집하였으니 정말 대단하였다. 사람을 모으는 그의 능력이 드러났으며 사방으로 양식을 보내는 자들도 그 수를 헤아리기 힘들 정도였다. 원소도 병력 3만 명을 이끌고 발해를 떠나 그와 동맹을 맺었다. 조조는 이때 또 백척간두 더욱 분발하여 신속하게 격문을 적어 알렸다.

여러 진(鎭)에 있던 제후들이 그 격문을 보고는 모두 신속히 그것을 받들었다. 그리하여 16 곳 진의 문무관리와 장수들이 바로 낙양으로 몰려들었다. 인생에서 이런 위풍을 얻었다면 가히 하늘과 땅을 놀라게 한 것이며 인생을 헛살았다고 할 수 없는 것이다. 16진의 수령들이 이렇게 일제히 그와 마음을 함께 하였는데, 그들은 결코 하잘것없는 인물이 아닌데도 모두 조조의 휘하에 모였으니 어찌 조조가 대단한 인물이 아니라고 하겠는가! 이어 공손찬(公孫瓚)이 오고 유현덕도 왔다. 제각기 군영을 지어 주둔하니 그것들이 200여 리나 이어졌다. 맹주를 추천할 적에도 조조는 먼저 원소를 지목했다.

"원소 대감은 조상 때부터 4대를 내려오면서 삼공(三公)의 높은 벼슬을 한 집안이기에, 그 문하에서 나온 관리들이 많을 뿐더러 또한 한조 명상(名相)의 후손이니, 우리의 맹주로 추대합시다."

그 말에 모두가 응해 원소는 맹주의 자리에 오르게 된다. 그 후, 조조가 술이 몇 순배 돈 후에 각자가 맡은 부서에서 책임을 다하여 나라를 구할 것과 서로 권력다툼을 해서는 안 됨을 말하였고, 원소도 맹주로서 제후들에게 신상필벌과 군기를 확실히 할 것 등을 얘기하면서 모든 제후들이 일제히 호응하게 된다.

한편 화웅(華雄)이 두 무장의 목을 베니 이에 관우가 출전을 원하며 화웅의 목을 베겠다고 하자 원술은 공손찬으로부터 관우가 유현덕을 따라다니는 일개 '마궁수'란 말을 듣고 크게 노한다.

"너는 우리 여러 제후들에게 큰 장수가 없다고 능멸하는 것이냐? 일개 마궁수가 어찌 이리 무례한가! 데려가 매를 쳐라!"

이때 또 조조가 급히 말렸다.

"이자가 호언장담을 하니 필히 용맹과 지략이 있는 듯하오. 시험 삼아 출마시켜 이기지 못할 때 그를 꾸짖어도 늦진 않을 것 같소이다."

그리고는 따뜻한 술을 관우에게 부어주도록 명했다. 관공은 이에 보답이라도 하듯 말을 달려 나가 화웅의 목을 베어왔는데, 술은 여전히 따뜻했다고 한다. 당시 장비가 소리 지르며 기뻐하였지만 원술은 또 도리어 화를 냈다. 이때에도 조조가 감히 나서며 말했다.

"공을 세운 자는 상을 줘야 하거늘, 귀천을 따질 필요가 어찌 있겠소이까?"

더욱이 그는 몰래 사람을 시켜 소를 잡고 술을 준비하여 유·관·장 세 사람을 위로하도록 하였다.

이런 여러 정황들을 볼 때 그 누가 과연 이런 식견과 행동을 가질 수 있었겠는가! 누가 감히 맹주를 대신하여 맹주 노릇을 하는 그 자에게 이런 식으로 맞설 수 있었던가! 대소사를 막론하고 그 어느 곳에서도 그의 노련함과 민첩함을 볼 수 있으며 매사를 처리함에 있어서도 매우 적절하여 빈틈이 없었다.

혹 어떤 독자는 "그가 개인적인 목적을 가졌기에 이런 행동들을 한 것이 아닌가!"라고 의문을 제기할지도 모른다. 그러나 인생살이에서 그 누군들 언제 어디고 자신의 개인적인 목적을 지니지 않을 수가 있겠는가! 만약 개인적인 목적이 없다면 전부를 위한 목적도 없을 것이다. 동서고금을 통틀어서 수많은 위인이나 호걸들이 모두 어려서부터 개인적인 목적이라고 할 수 있는 큰 포부를 지닌 자였다. 언제나 자신의 편견으로 남을 판단하는 사람들은 시기하고 질투하지만 그들도 개인적인 목적이 없는 것이 아니다.

언제나 스스로 마음이 올곧다고 여기는 사람들은 조조가 나서기를 좋아하고 야심으로 가득찬 인물이라고 혹평할 것이다. 왜냐하면 그들은 언제나 색안경을 끼고 조조를 보기 때문이다. 그러나 그들 역시 다른 사람들이 색안경을 끼고 그들 자신을 보는 것을 좋아하지 않을 것이다.

사람, 사람! 자신이 하기 싫은 일을 남에게 시켜서는 안 되는 것이다. 항상 남을 이해하려 하고 관용을 베풀어야 할 것이다. 말로는 거인이지만 행동으로는 난쟁이가 되어서는 안 된다.

제갈량이 농상(隴上)에 나와 신으로 가장하다

귀신이 있는지 없는지는 여기서는 논하지 않지만 사람들은 대개 신이나 귀신인 척하면서 남을 속이는 수단으로 삼는데, 여기에는 연막작전에 그 중요성이 있다. 군사상 '하늘이 내린 신의 병사' 란 말은 바로 남이 생각하지도 않은 예기치 못한 돌발적인 병사를 의미한다.

제101회에는 노련하고 교활하기 이를 데 없는 사마의가 마음속에서 의심을 크게 품으며 여러 장수들을 돌아보면서 크게 놀라며 말하는 부분이 있다.

"정말 이상하도다! 이는 분명히 신이 내린 신병이로다!"

군사정치상의 각축을 지나치게 신성하게 보아 현묘한 그 어떤 불가사의한 것으로 여긴다면 그것은 전혀 군사정치상의 일을 겪은 적이 없는 평범한 백성들을 쓸데없이 우롱하는 것과 같다. 사실 평범한 백성들도 고금을 논하고 세상을 바라보면서 이런 저런 얘기를 나누다 보니 나름대로 높은 식견을 지닐 수도 있다. 군사와 정치에 관한 일들은 너무 중요하여 그들도 많은 지식을 갖고 있는 것이다. 그것은 유희와도 같다고 하겠다. 만약 정치와 군사가 유희와 같지 않다면 어린아이들이 어떻게 텔레비전에 나오는 그런 일들을 이해하겠는가? 게다가 그들은 그것에 대해 관심이 대단하다. 정치와 군사가 유희와 같다고 정치를 경시하고 군사를 필요 없는 것으로 여기지 않을까 걱정할 필요는 없다. 그러므로 좀 대범하고, 쉽게 말하여 세상의 모든 사람들이 모두 이해할 수 있도록 "그 유희는 정말 재미나다."라고 말하는 편이 낫다.

공명이 출사하여 중원을 토벌하는데, 위주 조예가 사마의에게 명해 적을 맞이하라고 하면서 친히 어가를 타고 성 밖에까지 전송한다. 사마의가 선본장인 장합에게 말했다.

"이제 공명이 급히 오는 것은 반드시 농서 지방의 보리를 베어 군량으로 삼으려는 수작이다. 그대는 가서 영채를 세우고 기산을 지켜라. 나는 곽회와 함께 천수 방면의 모든 고을을 둘러보고, 촉군이 보리를 베지 못하도록 하리라."

정탐꾼은 분명히 보았다. 24명의 씩씩한 장정들이 각기 검은 옷을 입고 머리를 푼 채 맨발로 칼을 들고 사륜거를 호위하여 밀고 오는데, 공명이 그 위에 단정히 앉아 있었다. 더욱이 사륜거 앞에는 천봉신(天蓬神)의 모양으로 분장한 인물이 손에는 칠성(七星)을 그린 검은 기를 들고 걸어오고 있었다. 위군이 크게 놀라 급히 사마의에게 보고하였다. 사마의는 영채에서 나와 바라보고 말했다.

"저것 또한 공명이 변괴를 부림이로다."

드디어 기병 2000명에게 분부하였다.

"너희들은 속히 가서 수레와 사람들을 몽땅 다 잡아오너라."

명령을 받은 위군이 일제히 쫓아가니, 공명은 곧 사륜거를 돌리라 하고 아득히 촉의 진영 쪽으로 천천히 물러갔다.

위군이 말을 달려 뒤쫓는데, 음습한 바람만 일어나고 싸늘한 안개만 모여들 뿐, 30리를 힘껏 달려도 도무지 잡히지가 않았다.

그들은 매우 놀라 말을 멈추며 서로 말했다.

"괴상한 일이다. 우리가 급히 30리를 뒤쫓았는데도 그들은 앞에 있고 잡히지 않으니 어찌할까!"

공명은 위군이 오지 않는 걸 보자, 다시 사륜거를 돌려 세우고 위군을 향해 쉬었다. 위군은 한동안 주저하더니 다시 말을 달려가니, 공명은 다시 사륜거를 돌려 천천히 갔다. 위군은 다시 20리를 뒤쫓았으나 사륜거는 여전히 앞에 있는데, 그 이상 거리가 좁혀지지 않았다. 그들은 그만 맥이 풀려 죽을상을 하고 있었다.

공명은 다시 수레를 돌려 위군 쪽으로 다가가니 위군은 또 쫓아오려 하는데, 그 뒤에서 사마의가 친히 1군을 거느리고 달려와서 명령했다.

"공명은 팔문둔갑술(八門遁甲術)을 잘하고 능히 육정육갑신(六丁六甲神)을 부리니, 이는 육갑천서(六甲天書)에 있는 축지법이다. 너희들은 뒤쫓아가지 말라."

모든 군사는 그제야 말을 돌리는데, 왼쪽에서 갑자기 북소리가 크게 진동하며 한 무리의 군사가 쳐들어온다. 사마의는 급히 군사를 그쪽으로 돌려 막는데, 보라! 촉군 속에서 24명이 머리를 푼 채 칼을 들고 검은 옷에 맨발로 사륜거 한 대를 밀고 나오니, 그 사륜거 위에 공명이 단정히 앉아 잠관을 쓰고 학창의를 입고 손으로 깃털 부채를 부치고 있지 않는가.

사마의가 깜짝 놀랐다.

"저기 사륜거 위에 앉아 있는 공명을 50리나 뒤쫓아와서도 잡지 못했는데, 여기에 공명이 또 나타났으니 웬일이냐? 괴상하도다!"

마치 말이 끝나기도 전에 오른쪽에서 또 북소리가 크게 진동하며 한 무리의 군사가 내달아오는데, 사륜거 위에 또 공명이 앉아 있고, 역시 그 좌우로 24명이 검은 옷차림에 맨발로 머리를 산발하고 칼을 들고 호위하여 온다.

사마의는 크게 의심이 나서, 모든 장수들을 돌아보며 말했다.

"이는 신병(神兵)이로다!"

모든 위군은 크게 혼란하여 싸우려고도 하지 않고 제각기 달아나는데, 홀연 북소리가 크게 진동하면서 또 한 무리의 군사가 내달아오니, 또 한 대의 사륜거 위에 공명이 단정히 앉아 있고, 그 좌우 앞뒤를 옹호한 자들도 전과 같았다.

위군은 거듭 놀라며 벌벌 떤다. 사마의는 그들이 사람인지 귀신인지 또 촉군이 얼마나 많은지도 알 수 없어 놀란 나머지 급히 군사를 거느리고 달아나 상규 땅으로 들어가서는 성문을 굳게 닫고 나오지 않았다.

원래 공명의 병사는 기산에 이르러 영채를 다 세우고, 위수 언덕에서 위군이 방비하는 것을 보고 바로 단정하길, '이는 필히 사마의일 것이다.' 라고 생각하였다. 그런데 진영의 양식이 부족하여 이엄(李嚴)에게 독촉했으니 곡식이 오지 않아 하는 수 없이 농상의 익은 보리를 거둘 것을 모의하였다. 그리고는 장익과 마충에게 노성을 지키게 하고 자신은 스스로 여러 장수와 3군을 이끌고 농상으로 온 것이다. 그때, 염탐꾼이 보고하기를 사마의가 병사를 이끌고 그곳에 와 있다고 했다. 공명은 놀라 말했다.

"그 사람은 내가 보리를 베러 올 줄 미리 알았구나."

그리하여 촉에서 미리 만들어온 3대의 같은 사륜거를 가져다 강유와 마대, 그리고 위연 등에게 명하여 각각 군사 1000명을 거느리고 사륜거 한 대마다 24명의 기괴한 차림의 사람들을 앞세워 사륜거를 밀고 가도록 한 것이다. 공명은 또 3만 명의 군사들에게 각기 보리 벨 낫과 새끼줄을 준비하게 하였고, 관흥을 천봉신으로 분장시켰던 것이다.

사마의는 본래 촉군이 농상의 보리 베는 것을 막을 생각이었지만 공명의 사륜거를 보고 붙잡을 생각에 농상의 보리를 놓치고 말았다. 공명은 이미 3만 명의 병사를 시켜 보리를 베어다 노성으로 운반한 것이다. 사마의는 상규성에서 3일 동안 틀어박혀 밖에 나오지 못했다. 그리고 나중에 촉군이 퇴각하는 것을 보고 비로소 군사를 보내어 정탐했다. 정탐하러 간 군사가 길에서 방황하는 촉병 한 명을 사로잡아 돌아와 사마의가 그에게 물었다.

"저는 보리를 베던 군사입니다. 말이 달아나서 길에서 방황하다가 붙들려 왔습니다."

"전번에 그 신병들은 다 어디서 왔느냐?"

“세 방면의 복병은 다 공명이 아니옵고 실은 강유, 마대, 위연이 그처럼 분장한 것입니다. 한 방면마다 군사 1000명이 사륜거를 호위하며 군사 500명이 북을 쳤던 것입니다. 그때 먼저 와서 유인하던 사륜거 위의 사람만이 진짜 공명이었습니다.”

사마의는 하늘을 우러러 길게 탄식했다.

“공명은 과연 신출귀몰하는 재주가 있구나!”

공명이 귀신놀이를 연기하였고, 사마의는 그를 쫓으며 잡으려고 하였다. 한 사람은 속였고, 한 사람은 속임을 당한 것이다.

震亞全忠李東萊太
史慈姓名昭遠塞弓
馬震雄師
玉溪修

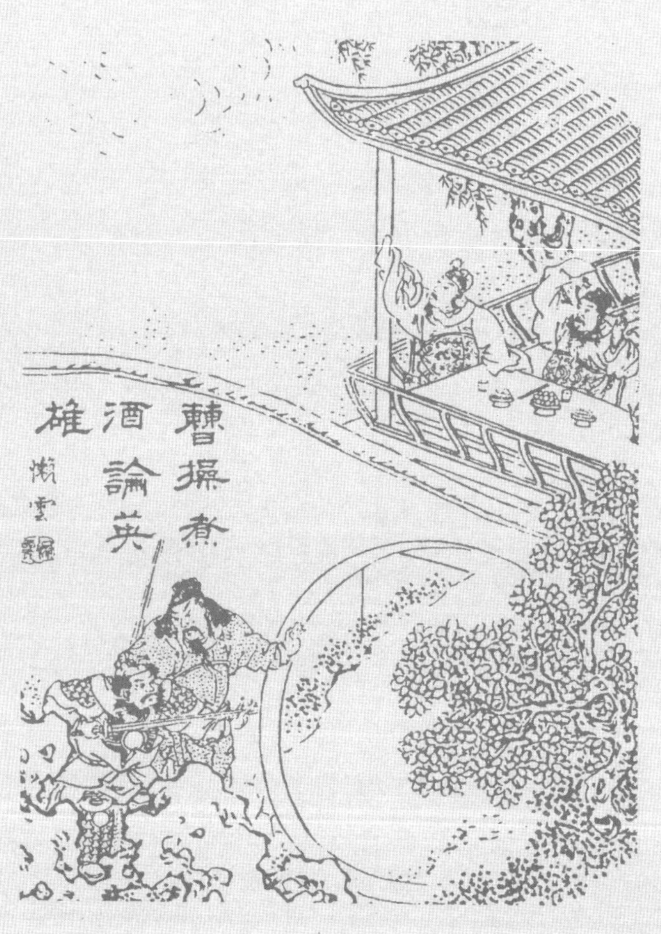

曹操煮酒論英雄
懶雲題

조맹덕이 용을 말하며 **26**
영웅을 논하다

제21회의 내용은 기만술의 묘미를 훌륭히 잘 묘사한 경전과도 같은 단락이다. 룽징차(龍井茶) 한 잔을 놓고 서서히 그 맛을 음미하면서 조공이 용과 영웅에 대해 논하는 부분을 되새겨 보면 탁주에다 돼지머리 안주를 먹는 것보다 훨씬 우아한 정취를 느낄 수가 있다.

유비는 헌제가 종족의 족보를 보여 준 후로 자신이 황숙이라고 여기며 스스로 자신이 마치 조조의 강한 경쟁 상대임을 착각하게 된다. 관우와 장비는 걸핏하면 조조가 헌제를 무시한다는 이유로 그를 죽이고자 하였지만 모두 유비의 눈짓으로 행동을 멈추게 된다. 조조에게는 많은 귀가 있었으니 어찌 그 사실을 몰랐겠는가! 그는 이미 방비하는 마음을 갖췄으니, 자신의 정권에 도전하는 사람들이 있다면 그 가운데 필히 유비가 있음을 알고 있었다.

동승이 천자의 조서를 품에 넣고 유현덕이 거처하는 공관을 찾아가는 단락을 보자.

유현덕이 먼저 묻는다.

"동국구께서 한밤중에 오셨으니, 무슨 일이 있는 것 같소이다."

동승이 말했다.

"전번 사냥터에서 관운장이 조조를 죽이려고 했는데, 귀공은 어째서 눈짓으로 말리셨소?"

유현덕은 크게 놀라며 묻는다.

"귀공이 그것을 어찌 아셨소?"

"다른 사람들은 못 봤지만 나만은 못 속이오."

현덕은 더 감출 수가 없어 대답했다.

"동생이 조조의 외람된 태도를 보자 부지중에 분노한 것뿐이오."

동승은 갑자기 소매로 얼굴을 가리며 운다.

"조정 신하가 다 관운장만 같다면 세상을 근심할 것 없으리다."

현덕은 조조가 동승을 보내어 자기 속뜻을 떠보는 것이 아닌가 의심이 나서 짐짓 놀란 체한다.

"조승상이 나라를 다스리는데, 왜 세상을 근심하시오?"

동승은 얼굴빛이 변하여 일어선다.

"귀공이 한 황실의 아저씨뻘이기에 솔직히 진정을 말씀드렸는데, 어째서 나를 속이려 드시오?"

그제야 유현덕이 말했다.

"동국구께서 나에게 속임수를 쓰는 것이 아닌가 하여 잠깐 시험해 본 것이오.”

이에 동승은 품속에서 천자의 조서를 꺼내어 유현덕에게 보였다. 유현덕은 조서를 보자 비분강개함을 금할 수가 없었다.

유현덕이 말했다.

“귀공이 이미 조서를 받들어 국적(國賊)을 치겠다 하니, 유비는 견마의 수고를 아끼지 않겠소이다.”

유현덕은 일곱 번째로 ‘좌장군 유비’라 서명하고 낙관한 후에 동승에게 돌려주었다.

다시 한 단락을 보자.

유현덕이 혼자서 후원의 채소에 물을 주는데, 허저와 장요가 부하 수십 명을 거느리고 들어온다.

“승상의 분부시니, 청컨대 공은 우리와 함께 갑시다.”

유현덕은 놀라서 묻는다.

“무슨 긴한 일이라도 생겼소?”

그리고 조조가 웃으면서 말했다.

“요즘 집에서 큰일을 하신다지요?”

유현덕은 얼굴빛이 변할 정도로 충격을 받았다. 조조는 유현덕의 손을 덥석 잡고 그를 후원으로 데려가 매실에 관한 이야기들을 들려주었고, 그때서야 현덕은 안심하고 두 사람이 마음껏 통쾌하게 술을 마셨다.

그런데 술기운이 얼큰히 돌았을 때였다. 갑자기 검은 구름이 하늘을 뒤덮더니 댓줄기 같은 빗발이 쏟아진다.

조조는 유현덕과 함께 난간에 기대어 그 일대 장관을 바라보다가 그에게 물었다.

"공은 용의 변화를 아시오?"

현덕은 고의로 멍청한 척하며 말했다.

"아직 자세한 건 모릅니다."

당시 조조는 득의양양하게 용의 신통함에 대해 얘기하지만 사실은 용을 자신에 비유하여 말한 것이다.

"용은 능히 클 수도 작을 수도 있고, 능히 오를 수도 숨을 수도 있으니, 클 때는 구름과 안개를 토하며 작을 때는 티끌 속에 몸을 감추지요. 오르면 우주 사이를 날며 숨으면 파도 속으로 잠복하나니, 바야흐로 이제 봄이 됐은즉, 용이 때를 만나 변화하는 것은 마치 사람이 큰 뜻을 세워 천하를 종횡으로 치닫는 것과 같아서 자고로 용을 영웅에 비교하지요. 현덕은 오랫동안 여러 곳에서 많은 것을 깨달은 바 있으리니, 반드시 당대의 영웅을 알 것이오. 청컨대 누가 당대의 영웅입디까?"

이때 유현덕은 매우 어리석은 모습을 드러내는데, 일부러 범속한 척하며 답했다.

"유비의 속된 눈으로 어찌 영웅을 알아보겠습니까?"

조조가 말했다.

"그대는 과도히 겸사 마오."

"유비는 외람되이 승상의 은혜를 입고 조정의 벼슬을 받았을 뿐, 참으로 천하의 영웅은 모릅니다."

조조가 거듭 물었다.

"그 얼굴이야 못 알아본다 할지라도, 이름만은 들었을 것 아니오?"

그때 현덕은 원술이 황제로 자칭한다는 것을 알고 그를 둘러댔다.

"회남에 있는 원술은 군사와 곡식이 풍족하니 가히 영웅이지요."

이에 조조가 말했다.

"원술은 무덤 속의 마른 뼈나 다름없으니, 내가 조만간에 반드시 사로잡아 보이겠소."

현덕은 또 원소를 얘기하자 조조는 웃으며 말했다.

"영웅이 아니오."

"유경승은 영웅이겠지요?"

"영웅이 아니오."

"손백부는?"

"영웅이 아니오."

"유장은?"

"영웅이 아니오."

"장수, 장로, 한수는?"

조조는 손뼉을 치며 크게 웃으며 말했다.

"그런 것들은 녹록한 소인이라 족히 말할 것도 못 되오."

"유비는 이상 말한 사람 외에는 실로 영웅을 모르겠소이다."

조조는 사실 유현덕이 고의로 바보인 척하는 것을 알았지만 마치 아이를 어르며 장난치듯 인내심을 가지고 화를 내지 않았다. 오히려 정색을 하며 결론을 내리며 말했다.

"대저 영웅이란 가슴에 큰 뜻을 품고 뱃속에 뛰어난 계책을 숨기고, 우주를 포용하는 기틀과 천지를 삼키며 토하는 의지가 있는 자라야만 하오."

그 말에 유현덕은 더욱 명청한 척을 하며 얼굴을 들어 질문을 했다.

"누가 능히 그럴 수가 있나요?"

마치 자신은 여태껏 한 번도 스스로 영웅으로 생각을 한 적이 없다는 듯이, 그리고 천하의 그 누구도 그를 영웅으로 여기는지 아닌지에 전혀 무감한 듯이 보였다. 그가 현재 후원에서 채소를 가꾸는 것은 조조의 모해를 예방하기 위해서였고, 그래서 천하의 영웅을 논함에 일부러 바보명청이 노릇을 한 것이다.

그러나 관우와 장비는 황숙이면서도 큰형인 그가 채소를 가꾸는 것을 보고는 매우 불쾌해하며 말했다.

"형님은 천하의 대사에는 관심이 없고, 소인배들의 일만 배우시오."

유비는 두 형제들에게 그것이 호랑이 굴에서 잠시 몸을 처신하는 법이라고 절대 설명해 주지 않았다. 그런데 생각지도 않게 조조가 돌연히 엄지손가락을 세워 바로 유현덕을 가리킨 후에, 다시 자기 자신을 가리키며 말했다.

"오늘날 천하의 영웅은 그대와 나뿐이오."

조조의 이 술책에 현덕은 놀라 자신도 모르게 들었던 젓가락을 떨어뜨렸다. 유비는 일부러 무능한 척하며 조조를 피하였는데, 조조의 이 말에 그가 어찌 두려워하지 않았겠는가!

조조는 그를 눈 안의 가시와 같은 인물로 여겼다. 따라서 그를 중시하여 기용하고자 하는 인물이 아니라 언제라도 제거시켜야 할 인물로 본 것이다. 유비는 조조가 그를 영웅으로 운운하는 말을 듣고 당연히 기뻐하기보단 반대로 그 말을 듣는 즉시 간담이 서늘하였다. 더욱이 천자의 조서 사건과 거기에다 '좌장군 유비'란 서명도 하였으니 더욱 그러하였다. 다행히도 마침 그때에 뇌성벽력이 한바탕 쳐서 이 속임수에 능한 유비가 그 기회를 틈타 머리를 숙여 천천히 젓가락을 주우며 변명했다.

"뇌성벽력이 한번 위엄을 떨치는 바람에, 그만 실수했습니다."

조조도 과민하게 반응하지 않았다. 그는 웃으며 말했다.

"대장부도 뇌성벽력을 무서워하오?"

"성인도 뇌성벽력 소리를 들으시면 얼굴빛이 변하셨다고 하는데, 어찌 무섭지 않으리까?"

이처럼 유현덕의 연기는 실로 훌륭하기 그지없었다. 조조도 그런 유현덕의 기만술에 깜빡 넘어가 그가 단지 한나라의 황숙일 뿐 대단한 인물이 아니라고 여기게 되었다. 당일 현덕은 관우와 유비 두 사람에게 다음과 같이 말했다.

"내가 요즘 채소를 가꾸는 일은 조조에게 내가 아무런 큰 뜻이 없음을 알려 주기 위함이다. 그런 나를 조조가 뜻밖에 영웅이라고 하니 어찌나 놀랐던지 부지중에 젓가락을 떨어뜨렸다……."

셋째 날, 유현덕은 조조가 그에게 원술을 중도에서 공격하라는 명을 내린 것을 틈타 크게 기뻐하며 관우, 장비와 함께 5만 명의 인마를 통솔하여 서주로 급히 치달렸다. 곽가와 정욱은 그 소식을 듣고 모두 탄식하며 조조에게 물었다.

"승상께선 어찌하여 그를 보내셨습니까?"

조조는 그제서야 용과 영웅을 얘기한 날 유비가 그렇게도 멍청한 짓을 한 연유를 알아차리게 되었다.

그는 유비에 의해 두 번이나 속임수를 당해 자신의 가장 유력한 경쟁자를 평범한 인물로 오인하여 도망가게 함으로써 직접적으로 그를 제어할 기회를 완전히 놓쳐버리게 된 것이다.

그 후, 유현덕은 자신의 세력을 크게 넓혔을 뿐 아니라 황숙이라는 이유로 모사와 장수들을 대거 영입해 점점 대물로 커나가게 되었다.

조조는 유현덕에게 용을 얘기하며 영웅을 물어보면서 그를 기만하려고 했지만 사실 유현덕이 그를 기만한 것이었다. 결과 유현덕은 지피지기와 임기응변으로 조조를 능가하게 되었다. 옛날 구천(勾踐)은 패망하여 몰락한 포로가 되었지만 기꺼이 부차(夫差)를 위해 충성을 다하면서 누차 그를 기만하였다. 먼저 서시(西施)를 이용하였고, 다음에는 자신이 부차의 똥을 먹으며 인욕을 견딘 후에 나중에는 결국 재기하여 부차를 멸망시켰다. 또 역사에는 방연(龐涓)이 손빈(孫臏)을 해친 이야기도 있다. 손빈은 방연을 속여 언제나 자신의 약함을 드러냈고, 결국에는 복수하여 방연을 죽였다.

이를 보면 누군가가 열세에 있을 때 가장 현명한 방법은 자신의 칼날을 감추는 것이며, 결코 예리한 봉망을 상대에게 드러내서는 안 된다. 그리고는 본성을 가라앉혀 상대를 제어할 모략을 강구하는 것이다.

그렇지 않고 만약 먼저 계란으로 바위를 친다면 극히 어리석은 일이다.
동서고금을 통해 소설이나 진실을 얘기한 역사에서도 이런 예는 부지
기수이다.

27 손익(孫翊)의 처 서씨(徐氏)는
아름답고도 현명하였다

손익은 손권의 동생으로, 그의 처 서씨는 아름다우면서도 총명해 결코 보통 여성과 비할 바가 아니었다. 이 이야기는 제38회 중간 부분 후반부에 나온다. 후세인들은 시를 지어 그녀를 찬양했다.

재주와 절개는 세상에 다시없고,
간악한 놈들은 하루아침에 죽음을 당했네.
못난 신하는 역적을 따르고, 충신은 죽는 법.
모두가 동오의 여장부 서씨만 못하네.

손익은 비록 손권과 한 어머니로부터 태어났지만 성정이 서로 달랐다. 손권에 대해서는 우리 모두 알고 있다. 그의 동생 손익은 성격이 강하고 독하였으며, 특히 술을 좋아해 취한 후엔 언제나 부하 졸병들을 매로 채찍질했다. 그의 부하 가운데 규남과 대원이라는 자가 있었다. 규남은 단양 지역의 장수였고, 대원은 그 지역의 군승(郡丞)이었다. 두 사람은 일찍이 손익을 암살할 마음을 갖고 손익 주변의 변홍이라는 자와 내통하여 기회를 틈타 손익을 도모할 일을 계획하고 있었다.

어느 날, 손익은 단양에서 부하들을 모아 회의를 열어 군정에 대해 얘기하려고 하였다. 수뇌로서 그는 그날 회의에서 강론할 5만 자의 중요한 사항들을 비서들에게 시켜 적어놓게 하였다. 그리고 그 중요한 회의를 열기 전에 간부들을 모아놓고 한바탕 연회를 베풀 작정이었다. 그런데 부인 서씨가 주역을 통해 점을 쳐보니 크게 흉해 남편에게 그날 절대 외출을 금하도록 권했다. 그러나 손익은 이미 정해진 일이라 어길 수 없다고 하며 기어코 연회에 참석하였다. 날이 어두워 연회가 파하고 손익은 그날 회의에 만족해하며 회의장을 떠났다. 그때, 변홍이 칼을 들고 그와 함께 문 밖으로 나와 바로 그를 베어버렸다.

변홍은 손익의 신임을 받은 자로, 손익은 그가 자신을 배반하여 죽일 것이라고는 예상하지 못했다. 또 변홍은 자신이 규남과 대원을 위해 공을 세웠으니 그들로부터 받을 우대는 손익에 비해 갑절은 더할 것이라고 여겼다. 그런데 규남과 대원은 바로 그를 공개적으로 처형하며 '천하의 역적'이라고 고하였다. 그를 죽여 증거를 없애려는 것이었다. 두 사람은 또 손익의 가산과 시첩들까지도 모조리 강탈하였다. 규남은 서씨의 빼어난 미모를 보곤 마음이 혹해 그녀를 차지하려고 하였다.

"나는 네 남편의 원수를 갚아준 사람이다. 그러니 나를 섬겨라! 순종하지 않으면 죽음만이 있을 뿐이다.”

그는 그녀를 힘으로 차지하려고 하였다. 그러나 서씨는 총명했다.

“남편이 죽은 지 며칠 안 되는데, 어떻게 차마 딴 사람을 섬길 수 있으리오! 그믐날까지 기다려 주면 제사를 지내고 상복을 벗은 후에 따르겠어요.”

규남은 하는 수 없이 그렇게 하도록 허락했다.

서씨는 남편의 심복 장수였던 손고와 부영을 비밀리에 부중으로 불러들였다. 그녀는 울며 하소연했다.

“남편이 생전에 늘 두 분의 충의를 칭찬하셨지만, 이번에 규남과 대원 두 놈이 남편을 죽인 후 그 죄를 변홍에게 뒤집어씌우고 나의 살림과 시비들까지도 모조리 나누어 가졌음은 두 분이 잘 알 것이오. 더구나 규남은 첩의 몸까지 강제로 차지하려 하기에, 수단을 써서 일단 그 놈을 안심시켜 놓긴 했소. 두 장군은 속히 사람을 오후(吳侯)에게로 보내어 이 사실을 통지하고, 동시에 두 놈을 처치할 계책을 세워 이 원수를 갚아준다면, 이승에서는 물론이거니와 저승에 가서라도 은혜를 잊지 않겠소.”

그녀는 두 번이나 절을 하였다. 손고와 부영도 눈물을 흘리며 말했다.

“우리는 평소 태수의 특별하신 은혜를 입었으며, 오늘날에 이르러 죽지 않고 있는 것은 바로 태수의 원수를 갚기 위해서니, 부인의 분부를 어찌 명심하지 않으리까.”

손고와 부영은 곧 비밀리에 심복 부하를 사자로 하여 밤낮없이 말을 달려 손권에게 사실을 고해바쳤다.

한편, 약속한 초하룻날에 서씨는 우선 손고와 부영 두 장수를 불러 밀실 장막 안에 잠복시켜 놓고, 제단에 절을 올렸다. 흐트러진 머리칼과 울음을 억지로 참는, 눈물이 범벅이 된 얼굴의 서씨 모습은 양심이 있는 자라면 그 누구도 슬퍼하지 않을 수 없었다. 제례가 끝나자 서씨는 마치 마음의 평정을 얻고 모든 생각을 끊은 듯 상복을 모두 벗어버렸다. 오랫동안 목욕을 하고, 온몸에 향을 묻히며, 농염하게 화장을 하고 몸단장도 했다. 화사한 모습에 평상시와 같이 웃음을 보이니 슬픈 기색이라곤 찾을 수가 없었다. 비가 지나고 날이 맑은 것처럼 아름다운 모습이 사람을 매료시켰다. 그녀 곁의 시녀들도 그녀의 모습에 의아해하며 말했다.

"사람의 마음이란 정말 알 수가 없어. 애석하게도 손 장군님은 자신이 그렇게 죽을 거라곤 꿈에도 상상을 못 하셨겠지. 부인이 이렇게 변하시다니 정말 알 수가 없어."

규남의 심복은 그녀의 이런 모습을 하나하나 그에게 보고하였다. 규남은 그 소식을 듣고 더욱 기뻐하였을 것이다. 할 수만 있다면 채찍으로 해를 때려 산 아래로 지게 하여 그녀와의 정사를 한시라도 빨리 치르고 싶었을 것이다.

저녁이 되자 서씨는 한밤중에 입는, 몸매가 드러나는 옷으로 갈아입었다. 육감적인 모습으로 침대 위에 누워 있으니 옆을 지키던 시녀들도 숨을 죽이고 바라보고 있을 따름이었다. 욕망에 불타는 듯한 그녀의 모습을 물끄러미 바라볼 뿐, 조금이라도 그녀의 기분을 거슬리게 했다가는 큰 책망을 들을까 두려웠기 때문이다.

　서씨는 갑자기 시녀에게 얼른 가서 규남 대인을 모셔오라고 명했다. 시녀들은 그 소리에 깜짝 놀라면서도 감히 무슨 말을 하진 못했다. 이어 서씨는 규남과 마주하여 술을 대작하니, 규남은 너무 기뻐 곧바로 취해버렸다. 그녀는 낮은 목소리로 그를 밀실로 불러들이니 규남은 이미 넋이 나가버렸고, 기쁜 나머지 어깨춤을 추며 들어갔다.

　"오늘 밤은 이 몸의 생신날이로구나!"

　오랫동안 서씨를 갈망했다가 오늘에야 그 기회를 잡았으니 다른 것들은 모두 잊어버렸다.

　그때, 서씨는 방에서 나오며 크게 소리쳤다.

　"손, 부 두 장군님 어디에 계세요!"

　그러자 두 장수는 곧바로 휘장 안에서 칼을 쥐고 튀어나왔다. 규남이 채 숨도 쉬기 전에 부영의 칼 아래 쓰러졌고, 손고가 다시 한 번 찌르니 그는 절명하고 말았다.

　또 부원도 연회에 초청되어 그녀의 집 안에서 두 장수에 의해 죽음을 당했다. 서씨는 명을 내려 두 역적의 가솔들도 모두 남김없이 주살하였다. 그리고 얼굴을 씻고 다시금 상복으로 갈아입고는 규남과 대원의 머리를 들고 남편 손익의 영전에 울며 제례를 올렸다. 주위 사람들은 모두 서씨에게 감탄하며 매우 존경하였다. 그들은 여태껏 이런 당찬 여성을 본 적이 없었던 것이다.

　하루가 못 되어 손권은 말을 타고 단양에 도착했다. 동생의 부인이 이미 두 역적들을 죽인 것을 알고는 감격해 뜨거운 눈물을 흘렸다.

　모종강은 다음과 같이 평했다.

"손권의 병사가 도달하기도 전에 여장군이 먼저 놈들을 처치하였
네. 그녀의 총명함은 주역을 통해 점을 치기도 했고, 그녀의 용병술은
두 장수를 통솔해 역적을 물리치기도 하였네. 이런 기이한 여성은 아마
도 남양 땅의 제갈량에게도 뒤지지 않으리."

손권도 이런 제수가 있어 스스로 매우 자랑스러워하였다. 그는 손
고와 부영을 아문장(牙門將)으로 봉하여 단양을 지키게 했다. 또 서씨
에게 큰 상을 내리고 친정으로 돌아가 여생을 편하게 보내도록 하였
다. 당시, 강동 사람들은 모두가 서씨의 지혜와 덕과 용기와 꾀를 칭송
하였다.

지모로 본다면 서씨는 확실히 기만술에 능한 여성이었다. 『삼국연
의』 가운데 그녀는 가장 출중한 여성이라고 할 수 있다. 임기응변에 능
하였고, 융통성도 있었으며, 세 번에 걸쳐 기만술을 자유자재로 발휘하
였다. 관한경이 희곡 작품을 통해 그녀의 이야기를 그려냈다면 그의 작
품 「망강정(望江亭)」이나 「절회단(切鱠旦)」 속의 여성극을 훨씬 능가하
였을 것이다.

28 한 사람을 참형하여
많은 군사들을 속인 자는 누구인가?

제17회에는 원술이 회남의 넓은 땅과 풍족한 양식에 의지한 데다 손책이 저당 잡힌 옥새까지 있는지라, 황제노릇을 하고 싶어 못 견뎠다. 하루는 여러 사람들을 모아 놓고 이에 대해 상의하였는데, 모두가 찬동을 하였다. 다만 주박 염상이 반대했다.

"그건 안 될 말입니다."

그는 고금의 전례를 들어가며 불가함을 애기했다. 원술은 크게 노했다.

"…천자의 자리에 오르지 않는다면 하늘의 이치를 저버리는 것이다. 나는 이미 뜻을 정했으니 여러 말을 마라. 만일 반대하는 자가 있으면 참하리라."

원술은 곧 연호를 중씨(仲氏)로 정하고 여포의 딸을 동궁비로 책봉하려고 사람을 서주로 급히 보내게 된다. 그런데 사자로 보낸 한윤이 여포에게 잡혔다가 허도로 압송되어 조조의 손에 죽게 되어 크게 노하게 된다. 원술은 곧 장훈을 대장으로 삼아 군사 10만여 명을 주면서 일곱 길로 나누어 서주를 치도록 했다. 그 가운데 여섯째의 길은 투항한 장수 한섬이 맡고, 일곱째의 길은 양봉이 맡았다. 그러나 원술은 한섬과 양봉이 오히려 자신을 배신해 여포와 호응하여 자신을 치러 올 줄은 생각도 못했다. 여포는 승리했고, 진규의 계략에 따라 한섬과 양봉으로 하여금 산동을 관할하게 하였다. 결과, 1년이 못 되어 산동의 여러 성은 모두 여포에게 굴복하였다.

한편 조조는 사람을 손책, 유비, 여포에게로 보내어 각기 군대를 거느리고 출전하도록 통지한 후에 대군을 거느리고 남정을 하였다. 유비는 잠시 조조에게 의탁하고 있는 처지라 언젠가는 큰 계략을 펼칠 것을 획책하고 있었다. 그리하여 그는 속임수로 연회를 열어 거짓으로 한섬과 양봉을 의논할 일이 있으니 와 달라고 초청했다. 술이 돌자 그가 갑자기 잔을 던지는 것을 신호로 관우와 장비는 바로 한섬과 양봉의 목을 베었고, 그들 군사의 항복을 받았다. 유비는 예주의 경계 지역에서 군사를 거느리고 조조를 영접하면서 한섬과 양봉의 두 수급을 조조에게 바치며 말했다.

"저의 죄를 용서바랍니다."

조조는 매우 기뻐하며 말했다.

"그대는 나라를 위해 악한 자를 제거하였는데, 이는 바로 큰 공로요. 어찌 죄라고 할 수 있겠소!"

그는 유비를 크게 위로하였다.

유비는 기만책으로 여포의 장수 한섬과 양봉 두 사람을 죽였는데, 이는 바로 여포를 멀리하고 조조와 가까워지기 위함이었다. 조조는 이를 알았기에 서주에서 합병할 적에 여포가 영접해오자 좋은 말로 그를 위로하면서 좌장군에 봉하며, 장차 싸움이 끝난 뒤에 허도로 돌아가면 서주 목사의 인수를 정식으로 보내주겠노라 했다. 여포는 크게 기뻐했다.

이렇게 조조는 여포의 군사로 왼쪽 날개를, 유현덕의 군사를 오른쪽 날개로 삼아 친히 대군을 거느리고 중간에 위치한 다음, 하후돈과 우금을 선봉으로 하여 원술을 공격하였다.

사실 유비가 한섬과 양봉을 죽이고 그 부하들의 항복을 얻는 기만술을 부린 것은 사실 그가 조조를 속여 그에게 우대와 신임을 얻기 위함이었다. 고로 유비는 정말 기만에 능했다고 하겠다. 그러나 그를 조조와 비교한다면 역시 한수 아래였다. 조조가 어떻게 한 사람을 참수하여 많은 군사들을 속였는지를 보자.

조조의 군사들은 17만 명이었는데, 매일 소비하는 곡식의 양이 엄청났다. 또 모든 고을에 흉년이 들어서, 더 이상 조조의 군사에게 양식을 댈 도리가 없었다. 조조는 속히 싸워 결판을 내고 싶었으나 이풍 등이 성문을 굳게 닫고 나오지 않아 어쩔 수가 없었다. 수춘성을 포위한 지 한 달이 지났을 무렵에는 양식이 다 떨어져, 손책에게 기별해서 곡식 10만 석을 빌렸으나 그것으로도 더 버틸 수가 없게 되었다.

군량을 맡아보는 임준의 부하 왕후가 들어와서 조조에게 아뢴다.

"군사는 많고 곡식은 부족하니 어찌하리까?"

조조는 대답했다.

"우선 곡식을 되로 나눠주고 당분간 급한 거나 면하게 하여라."

"군사들이 원망하면 어찌하리까?"

"내가 알아서 할 테니, 시키는 대로만 하여라."

조조가 이 말을 할 때, 이미 마음속엔 나름대로의 계획이 있었으리라.

왕후는 조조의 분부대로 군량미를 되로 나눠줬다. 조조는 수하 사람을 시켜 각 영채의 반응을 살폈다. 모든 군사는 "승상은 우리를 속였다." 하며 원망하지 않는 자가 없었다. 조조는 마음속의 계획을 펼치지 않을 수가 없었다. 이에 조조는 왕후를 비밀리에 불러 말한다.

"내가 네 물건을 하나 빌려야만 모든 군사들의 마음을 진정시킬 수 있겠다. 그러니 인색하게 굴지 말게나."

"승상께서 제게 필요한 것이 무엇입니까?"

"바로 네 머리를 베어서 모든 군사들에게 보이는 것이다."

왕후는 크게 놀랐다.

"제가 무슨 죄가 있다고 그러십니까?"

"네가 아무 죄도 없다는 것은 나도 잘 안다. 그러나 너를 죽이지 않으면 모든 군사의 마음이 변한다. 네가 죽은 뒤에는 내가 너의 처자를 책임지고 보호할 테니 조금도 염려 말라."

왕후가 다시 말을 하려는데, 조조는 도부수를 불러들였다. 도부수는 다짜고짜로 왕후를 바깥으로 끌어내어 한칼에 목을 쳐 죽였다. 이윽고 왕후의 머리는 긴 장대에 높이 매달렸다. 그 곁에 방문이 나붙었다.

"왕후가 말로 나눠주어야 할 곡식을 되로 나눠주고 그 나머지를 빼돌렸기에, 군법에 의해서 처형했다."

그제야 조조에 대한 군사들의 원망은 풀렸다.

이튿날, 조조는 각 영채의 장수들에게 엄명을 내렸다.

"모든 장수와 군사들은 일심 협력하여 3일 안에 수춘성을 함락하라. 그렇지 못할 경우에는 지위의 고하를 막론하고 참하리라."

조조는 친히 수춘성 아래로 가서 모든 군사들이 흙과 돌을 운반하여 참호 메우는 일을 지휘하는데, 성 위에서 흙과 돌멩이가 빗발치듯 날아온다. 무장 두 사람이 몸을 피해 돌아서자, 조조는 칼을 뽑아 성 아래에서 그 두 사람을 참한 다음에 말에서 내려 친히 참호에 흙을 메우니, 모든 장수와 군사들은 앞으로 앞으로 전진하여 크게 위세를 떨친다. 마침내 성 위에서는 개미 떼처럼 몰려드는 조조의 군사를 대적하지 못했다. 조조의 군사는 서로 앞을 다투어 성 위로 올라가서, 마침내 쇠사슬을 끊고 성문을 활짝 열어젖혔다.

이에 조조의 군사는 조수처럼 몰려들어가 원술의 장수 이풍, 진기, 악취, 양강을 다 사로잡았다. 조조는 분부를 내려 그들을 시정으로 끌어내 참수시켰다.

유비는 유비일 따름이고, 조조는 역시 조조이다. 유비가 비록 부단하게 속임수를 써도 결국엔 조조의 기만술에는 미치지 못했다. 『삼국연의』를 읽어보면 역시 조조가 최고의 인물임을 느끼게 된다. 제72회에서 제갈량이 웃으며 유현덕에게 다음과 같이 말했다.

"조조가 비록 병법을 안다고 해도 계교와 기만술은 알지 못합니다."

당시의 일로만 따진다면 제갈량의 말이 틀린 것은 아니다. 제갈량이 지모로 한중을 차지하고 조조는 군사를 거느리고 사곡으로 후퇴하였다. 하지만 조조의 한평생을 두고 말한다면 그는 결코 그것이 부족한 것이 아니었다. 사실 그는 계교와 기만술이 너무 넘쳐났던 것이다.

王允運機謀奸臣一旦休心懷家國恨
眉鎖廟堂憂英氣連霄漢忠心貫斗牛
至今魂與魄猶遶鳳凰樓　西園國遷

王司徒巧使
連環計
玉蕭館主圖

29 여포(呂布)가 초선(貂蟬)을 희롱한 것이 아니었다

『삼국연의』를 읽었거나 이에 대해 조금만이라도 아는 사람들은 모두 "여포가 초선을 희롱하다"라는 고사를 알고 있다. 그러나 이 장에서의 제목은 "여포가 초선을 희롱한 것이 아니었다"이다. 때문에 세상 사람들은 내가 제정신이 아니거나 무슨 허튼 수작을 부리려는 것처럼 비웃을지도 모른다. 그러나 사실 여포가 초선을 희롱한 것이 아님은 확실하다.

누구의 입과 붓에서 나왔는지 모르나 여포가 '초선을 희롱하다'는 말은 보편적인 속어가 되고 말았다. 『삼국연의』는 역사 군사 장편장회 소설이며, 아녀자들의 정 이야기로 유명해진 『홍루몽』과는 다르다. 또 남녀 간의 정사를 본격적으로 묘사한 『금병매』와도 판이하다. 그런데 이 소설 제8회와 제9회에서 '초선'을 묘사한 문장은 매우 감동적이며,

이는 조설근이나 난릉 소소생의 문장에 결코 뒤지지 않는다.

사도 왕윤은 초선을 어릴 때부터 부중으로 데려와 가무를 가르쳐 이팔청춘이 되자 미모와 기예가 모두 출중하여 친딸처럼 대우했다고 한다. 이 소설에서 왕윤이 달 밝은 깊은 밤에 후원에서 초선과 만나 연환계를 상의하는 문장은 매우 감동적이다. 왕윤은 오랜 세월 양녀를 곱게 키웠다가 단 한 번 요긴한 시기에 사용하고자 한 것이다. 그는 더 이상 쓸 계략이 없는 상황에서 괴로워하며 곱게 키운 초선을 국적 동탁을 제거하는 데 사용하였다. 초선은 말했다.

"첩은 만 번 죽어도 아깝지 않다고 대감께 이미 허락한 몸입니다. 바라건대 곧 이 몸을 그에게 바치소서. 그러면 뒷일은 제가 알아서 하겠습니다."

"대감은 걱정 마시옵소서. 첩이 큰 의리에 보답하지 못한다면 차라리 수많은 칼에 맞아 죽어버리겠습니다."

초선이 아무리 굳은 결심을 했더라도 그 마음은 사실 매우 침통하였을 것이다. 더구나 초선과 같은 의리와 인정이 넘치는 여성이 한 다음의 말을 들어보면 그러하다.

"첩은 대감의 은혜를 입사와 노래와 춤을 배웠으며, 분수에 넘치는 대우를 받았습니다. 이 몸이 천만 번 고쳐 죽는데도 그 은혜는 만분의 일도 못 갚을 것입니다. 그런데 요즘 대감을 뵈오니 두 눈썹 사이에 늘 수심이 있어 필시 나라에 큰일이 있는 줄로 짐작은 하나 감히 묻지 못하던 중, 오늘 밤엔 더욱 불안해하시는 걸 뵌지라, 그래서 길이 탄식했을 뿐 설마 대감께서 엿보고 계신 줄은 몰랐습니다. 대감의 근심이 무엇인지 일러주십시오. 대감께 도움만 될 수 있다면 첩은 만 번 죽어도 아깝지 않습니다.”

며칠이 지난 후 동탁이 초선을 만났을 때, 왕윤은 즉시 수레를 준비하라고 하여 동탁 마음의 선녀 초선을 그의 부중으로 보냈다.

다음 날, 초선이 일어나 창가에서 머리를 빗질하다가 문득 바깥을 보니, 연못에 사람 그림자가 비쳐 있었다. 그림자는 키가 크고 몸집이 큰 데다 머리를 묶어 관을 썼다. 초선이 몰래 숨어서 보니 바로 여포였다. 초선은 일부러 두 눈썹을 찌푸리며 근심과 수심에 잠긴 표정을 지으면서 향내 나는 비단 수건으로 흐르는 눈물을 연신 닦으며 흐느껴 우는 체하였다. 여포는 이런 초선의 모습을 한참 보다가 나갔다. 또 동탁이 식사 중에도 여포는 초선을 바라보는데, 초선은 얼굴을 반쯤 보이면서 그에게 눈짓으로 연방 애정을 보냈고, 여포는 그런 초선의 모습에 넋이 녹아내리게 된다.

그뿐만 아니라 어느 날 여포가 동탁을 문병하러 내실로 들어갔을 때, 동탁은 잠이 들고 초선은 침상 뒤에서 몸을 반쯤 내밀고 여포를 보며 손가락으로 자기 가슴을 가리키더니, 또 손가락으로 잠든 동탁을 가리키며 연방 눈물을 닦았다. 이 모양을 본 여포는 순간 간장이 찢어지는 듯하였다.

이는 바로 초선이 계략으로써 여포를 희롱하는 것이다. 초선은 주동적이고 그 능력이 탁월하였다. 여포를 유혹하여 정신을 혼비백산하게 만들었고, 결국에는 동탁을 통렬히 증오하게 만들었다. 초선은 멋진 농락 기술로 기만의 능사를 한껏 발휘하였다고 할 수 있다. 여포는 초선의 현란한 기만술에 감쪽같이 속아 넘어가 그녀가 부리는 온갖 기교에 매료되어 버렸다. 가장 절륜한 묘사를 보면 다음과 같다.

그 날로 동탁은 즉시 미오(郿塢)의 별장으로 돌아가길 명하였다. 문무백관들은 장안성 바깥까지 나가서 동탁을 전송하였다. 초선은 수레 위에 앉아 둘러보니, 저 너머 많은 군중 속에 여포가 끼어 서서 자기만 바라보고 있었다. 초선은 곧 소매로 얼굴을 가리고 우는 시늉을 하는데 수레는 떠나갔다. 여포는 말고삐를 늦추어 언덕으로 올라가서 저 멀리 사라지는 수레 뒤의 누런 먼지를 바라보며 탄식하다가 동탁을 원망하였다.

여기에 이르면 여포를 희롱하려는 초선의 계략은 이젠 거의 완성 단계에 접어든 셈이다. 여포를 농락하려면 먼저 동탁을 농락해야 하는데, 전혀 낌새를 알아차리지 못하게 농락해야만 한다. 여기에는 작은 차질도 생겨서는 안 된다.

그녀는 먼저 죽는 시늉을 하며 여포를 희롱하였다. 여포가 초선을 찾아갔을 때, 그녀는 후원의 봉의정(鳳儀亭)에서 만나자고 약속을 하였다. 여포가 봉의정 굽은 난간 곁에서 한참을 기다리자 초선이 나타났다. 그녀는 꽃가지를 헤치며 버드나무 사이로 오는데, 과연 월궁의 선녀 같았다. 초선은 울며 여포에게 말했다.

"제가 비록 왕윤 대감님의 친딸은 아니지만, 친딸이나 다름없는 귀염을 받았습니다. 더구나 장군을 평생 모시기로 언약까지 했기에 소원을 이루는가 했더니, 음탕한 동 태사가 불량한 마음을 일으켜 첩의 몸을 더럽혀 놓을 줄 누가 알았겠어요. 첩은 한이 맺혀 곧 죽으려 했으나, 장군을 한 번이라도 뵈옵고 이별의 말씀이라도 드린 다음에 죽으려고 오늘날까지 갖은 치욕을 참으며 구차히 살아왔습니다. 이제 다행히 장군님을 뵈었으니 첩의 마지막 소원도 끝났나이다. 더럽혀진 이 몸으로 다시 영웅을 섬길 수 없으니, 바라건대 장군님 앞에서 죽어 첩의 뜻을 밝히겠습니다."

초선은 말을 마치고 굽은 난간을 잡더니 연못으로 뛰어들려 하였다.

거기다 초선은 여포의 소매를 끌며 상대방을 자극하는 격장법(激將法)을 사용하기도 하였다.

"장군께서 이렇게도 늙은 도적을 두려워하신다면, 첩은 다시는 하늘의 해를 볼 날이 없겠습니다. 첩은 깊은 내실에 있으면서 일찍부터 장군님의 높은 이름을 우렛소리처럼 들었기에, 당대의 제일 인물인 줄로 알았더니, 이렇듯 남의 압제를 받으시는 줄이야 뉘 알았으리까?"

이런 말들을 하며 초선이 울었다. 여포는 부끄러워 얼굴을 붉히더니, 창을 난간에 기대놓고 몸을 돌려 초선을 얼싸안은 채 좋은 말로 위로하였다. 두 사람은 차마 떨어지지 못하여 언제까지나 그렇게 있었다.

죽음은 꽃다운 여인이 사라지는 것이다. 세상 그 어디에서 이런 절세가인을 찾을 수 있겠는가! 초선은 비록 자신의 본심에서 비롯된 행동은 아니지만 나라의 중대한 일이자 은인 왕윤의 부탁이기에 그런 유희를 하지 않을 수가 없었다. 진정한 남편이나 연인에게만 보일 수 있는 남녀의 애절한 정을 표현한 것이다. 아무리 여포가 늠름한 미남자라지만 서로의 마음으로 교감을 통해 맺어진 연인 관계가 아닌 이상 초선의 속마음은 매우 괴로웠을 것이다. 하물며 비대한 노인 동탁을 상대하는 초선은 더욱 이를 악물며 실신(失身)의 고통과 능욕에 힘들어했을 것이다. 동탁이 물었다.

"너는 어찌하여 여포와 정을 통하였느냐?"

초선은 울며 대답했다.

"첩이 후원에서 꽃을 보는데, 여포가 갑자기 뛰어들었습니다. 첩이 깜짝 놀라 피하려 하니 여포가 말하기를, '나는 태사의 아들이니 피할 필요 없다.' 면서 창을 들고 봉의정까지 첩을 쫓아왔습니다. 첩은 흉악한 기세를 눈치채고 욕을 당할 것만 같아서 연못에 몸을 던져 죽으려는데, 여포가 꽉 끌어안는 바람에 죽느냐 사느냐 실랑이치는 중이었습니다. 그때 태사께서 오셔서 첩의 목숨을 구해 주신 것입니다."

"너를 여포에게 내줄 생각이다. 네 생각은 어떠하냐?"

초선은 깜짝 놀라 통곡하며 말했다.

"이 몸이 귀인을 섬기는 터인데, 갑자기 집안 종에게 내주시다니 너무하십니다. 첩은 차라리 죽을지언정 그럴 수는 없습니다."

그리고 그녀는 벽에 걸린 칼을 와락 내리더니 스스로 자기 목을 찌르려 하였다. 동탁은 황망히 칼을 빼앗아 던지고 초선을 끌어안았다.

"내가 너에게 농담을 하였다."

동탁이 초선을 위로하니, 초선은 동탁의 품속에 쓰러지면서 얼굴을 묻고 대성통곡하였다.

초선은 이처럼 재치와 영특함으로 죽는 시늉을 하며 동탁을 희롱하였고, 동탁은 이에 깜박 속아 넘어갔다. 그러므로 처음부터 끝까지 동탁이 먼저 초선을 희롱한 것이 아니라 초선이 동탁을 완벽하게 희롱한 것이다.

'희롱한다' 는 말은 여기에서는 단순히 장난치며 데리고 논다는 의미가 아니다. 기만책으로 상대를 제압하여 여포와 동탁 두 사람을 이간·반목시키는 계략이었다. 관건은 상대방의 마음을 공략하여 그들이 색정(色情)으로 인해 마음을 혼란하게 만드는 것이다. 옛날 서시도 오왕 부차를 농락하였으며, 부차가 서시를 희롱한 것이 아니었다. 서시는 진정한 충신으로, 천고에 그 이름을 날려 웬만한 남자들도 못 따라가는 존재다. 초선은 비록 나관중이 만들어낸 허구의 인물이지만, 중국인이라면 누구나 다 아는 가련한 비극의 여인이었다.

30 어린 서생(書生)이
대단한 역할을 하다

육손(陸遜)은 자가 '백언(伯言)'으로, 오나라 사람이었다. 키는 커서 8척이었고, 얼굴은 아름다운 옥과 같았으며, 벼슬은 진서(鎭西)장군을 얻었다. 손권은 두 번 그를 중용(重用)하였는데, 모두 매우 중요한 시점이었다.

관우가 피살되고 장비도 죽음을 맞이하자 유비는 연이은 참극에 노기가 충천하여 기필코 오를 멸하리라 다짐했다. 그는 효정 땅에서부터 천구 땅까지 군사를 배치하니, 그 사이가 700리요, 앞뒤로 40여 개소의 영채가 늘어섰다. 한편 손권은 촉에서 돌아온 정병으로부터 다음과 같은 말을 들었다.

"촉은 우리와 화평을 거절하고 맹세코 우리 동오부터 쳐 없애고 그 후에 위를 치겠다고 합니다. 모든 관원들이 간해도 듣지 않는 걸 보고

왔으니, 장차 어찌하면 좋겠습니까?"

손권이 그 말에 깜짝 놀라 어찌할 바를 모르는데, 그때 감택(闞澤)이 나서서 육손을 "하늘을 떠받칠 만한 큰 인재"라느니, "만약 그가 실수하면 신도 함께 처벌하소서."라며 극력 추천하였다.

"감택이 일러주지 않았더라면, 과인은 큰일을 그르칠 뻔했도다."

손권은 이렇게 말하며 그의 추천을 들어주는데, 세 사람이 연이어 반대했다.

장소가 말했다.

"육손은 일개 서생일 따름입니다……."

고옹도 또한 반대했다.

"육손은 나이가 어려 인망을 얻지 못할 것입니다……."

보즐 역시 반대했다.

"만일 그에게 큰일을 맡겼다가는 낭패합니다."

이에 감택은 큰 소리로 말했다.

"육손을 쓰지 않으면 우리 동오는 끝장입니다. 신이 저의 집안 식구를 다 볼모로 내놓고라도 천거하겠습니다."

손권은 역시 손권이었다. 그는 최종적으로 결정하였다.

"과인은 전부터 육손의 기이한 재주를 잘 알고 있노라. 과인은 이미 결정했으니, 경들은 여러 말 말라."

손권은 육손을 불러들였다.

"과인이 경에게 모든 지휘권을 맡기려 하오."

손권은 겸손했다.

"강동의 문무백관들은 대왕이 오래 전부터 사귀었던 신하들입니다. 신은 나이가 어리고 재주가 없으니, 그들을 어찌 부리겠습니까?"

"경은 사양하지 말게나."

"만일 문무관원들이 신의 명령에 복종하지 않으면 어찌하리까?"

육손이 이렇게 물어보는 것은 손권이 그에게 정말 큰 임무를 맡기어 군권을 행하게 하려는 것인지 아닌지를 알기 위해 고의로 물어본 것이었다. 사실 이것은 육손의 정교한 기만술에 해당한다. 상대를 기만하지만 아무도 그 기만을 알아차리지 못하는 것이 바로 기만술의 관건이다. 손권은 허리에 차고 있던 칼을 끌러 주며 말했다.

"만일 호령을 듣지 않는 자가 있거든 먼저 참하고 나중에 아뢰라."

육손은 역시 보통이 아닌 인물이었다. 손권의 말에 다시 청하였다.

"무거운 부탁을 내리시니, 신이 어찌 감히 받들지 않으리까. 다만 바라건대 대왕은 내일 모든 관원들을 불러 모으시고, 그 자리에서 신에게 다시 왕명을 내려주십시오."

감택은 사전에 육손과 상의한 적이 없으나 육손의 이런 심정과 매우 일치하였다.

"옛날에는 대장을 임명할 때 반드시 대를 쌓고 모든 관원들을 모으고 백모(白旄)·황월(黃鉞)·인수(印綬)·병부(兵符)를 하사하였으니 그런 후라야만 대장의 위엄이 행해지고 명령이 엄숙히 시행되었던 것입니다. 이제 대왕께서는 마땅히 옛 예법을 따라 택일하여 대를 쌓고, 육손을 대도독으로 삼아 절과 월을 하사하시면 모든 사람이 복종할 것입니다."

손권은 이를 좇았다.

육손이 단에 오르는 날, 문무백관들이 모였고 손권은 그에게 보검과 인수를 주었으며, 6군 81주와 형·초 방면의 모든 군사를 지휘하도록 위촉하였다. 그리고 부탁하였다.

"국내는 과인이 다스리리니, 국외의 일은 장군이 맡아서 처리하시오."

육손이 이런 대우와 영광을 누린 데에는 그의 충만한 자신감에서 비롯된 것이다.

한편 효정 땅의 한당과 주태 두 백전노장은 육손이 대도독으로 임명되었다는 말에 크게 놀라며 불만을 표했다.

"주상께서는 어쩌자고 한낱 서생에게 모든 군사를 통솔하도록 맡기셨는가!"

이윽고 육손이 당도했으나 모든 사람들은 그에게 복종하려 하지 않았다. 육손이 장중에 높이 앉아 있을 때, 사람들은 억지로 인사를 할 뿐이었다. 육손은 말했다.

"주상께서 나를 대장으로 삼아 군사를 지휘하여 촉군을 격파하라 하셨으니, 군에는 항상 군법이 있은즉 그대들은 어김없이 지키라. 만일 어기는 자가 있으면 법에는 사정이 없으니 후회 없도록 하라."

육손의 으름장에 사람들은 모두 침묵했다.

다음 날, 한당이 먼저 불만을 토로하는데, 모습이 자못 당당하다. 그러자 장하의 여러 장수들도 일제히 따라 외쳤다.

"한 장군의 말씀이 옳소이다. 우리들은 차라리 죽자 사자 결전을 치르길 바랍니다."

육손은 듣고 나서 칼을 죽 뽑아 들며 호령하였다.

"나는 한낱 서생이지만, 이번에 주상께서 나에게 무거운 책임을 맡기신 것은 나를 쓸모 있다고 믿으셨기 때문이니, 너희들은 각기 맡은 바 요충지를 굳게 지키고 망령되이 행동하지 말라. 만일 나의 명령을 어기는 자가 있다면 가차 없이 참하리라."

육손의 일말의 주저함도 없는 이런 늠름한 위세와 으름장에 여러 장수들은 모두 분연히 물러났다.

육손이 700리에 뻗은 영채를 불태워버리는 이릉(彝陵)의 전투는 제84회의 이야기이다. 육손의 지휘는 침착하였고 주위의 시선에 아랑곳하지 않았다. 사람들이 그를 조소하고 비웃었지만 그 어떤 장수도 명령을 어기진 않았다. 그리하여 하나하나 차곡차곡 그의 전과는 성공을 거두게 되었다. 손권은 육손이 촉을 격파하는 책략을 정한 것을 알고 난 다음 크게 기뻐하며 "우리 강동에 다시 이런 특이한 인물이 나왔으니 과인이 무엇을 근심하리오. 모든 장수들이 연달아 과인에게 상소를 올리기를 육손을 겁쟁이라고 했지만, 과인 혼자만이 믿지 않았더니 이제 그 글을 본즉 과연 겁쟁이가 아니로다."라고 하였으니, 그의 말이 확실히 들어맞은 것이다.

『삼국연의』를 읽으면 마속이 일개 서생으로 가정 땅을 잃어버린 점을 들어 '모든 서생들은 믿을 수가 없다.'는 독단을 범할 수가 있다. 육손의 경우가 좋은 예이다. 일부로써 전체를 판단한다면 아마 서생들은 영원히 출세하지 못하고, 기회를 잡을 수가 없을 것이다.

제84회 마지막에 보이는 묘사도 넘어갈 수 없는 중요한 부분이다.

육손이 회군할 준비를 하라는 명령을 내렸는데, 좌우에서 묻는다.

"유비가 크게 패하여 겨우 성 하나를 지키고 있는 이때, 쳐부수지 않고 석진 때문에 물러간다니 말이 됩니까?"

"석진이 무서워서 물러가는 것이 아니다. 나는 위주 조비가 그 아비 조조처럼 간특하다는 것을 알고 있다. 우리가 촉군을 추격하여 멀리 가면 그 틈을 타서 위군이 쳐들어올 것이며, 서천으로 깊이 쳐들어갔다가는 급히 돌아올 수 없다."

육손은 마침내 한 장수에게 뒤를 경비하게 하고 대군을 거느리고서 돌아오는데, 이틀이 채 못되어 세 곳에서 파발꾼이 급히 말을 달려와 보고하였다.

"위가 군사를 동원했습니다. 조인은 유수 땅을 출발하고, 조휴는 동구 땅을 출발하고, 조진은 남군을 출발하여 위군 수십만 명이 밤낮없이 우리 나라 접경으로 이동하고 있다니, 그들의 뜻을 모르겠습니다."

여기서 육손은 승리를 거둔 즉시 군사를 거두어들이며 조위의 군사들을 방어하려 하였는데, 그것은 조비가 간특한 기만술에 능함을 알았기에 한 행동이다. 그러므로 육손은 웃으며 말했다.

"과연 내가 생각했던 대로구나. 내 이미 군사들에게 명령을 내려 그들을 대항하게 했노라."

주유는 나이 어린 서생이었다. 적벽의 전투로 인해 중국의 슈퍼 대문호 송대 소동파는 "멀리 공근(주유의 자)의 그때를 생각하나니", "그 영특하고 멋진 자태는 빛을 발했도다."라고 읊었다. 육손도 나이 어린 서생이었다. 이릉의 전투는 유현덕으로 하여금 관우와 장비를 잃은 후 원기를 크게 잃게 만들었다. 주유는 당시 제갈공명의 화살과 바람을 빌려오는 전술에 힘을 입었지만 육손은 오직 감택의 추천과 손권의 중임, 그리고 그 자신의 인내와 침착과 지혜에 의지하였다.

손권은 역시 유비가 따라올 상대가 아니었다. 당시 첩자가 돌아와 보고하길, 동오는 육손을 대도독으로 명해 군마를 지휘한다는 것이었다. 이에 유비가 물었다.

"육손은 어떤 사람이냐?"

마량이 아뢰었다.

"육손은 동오의 한낱 서생입니다만 나이가 어려도 재주가 많고 깊은 꾀와 지략이 있으니, 전번에 동오가 형주를 습격한 것도 실은 다 육손의 계책에 의해서 이루어졌던 것입니다."

그 말에 유비는 크게 노했다.

"어린 놈의 속임수에 짐이 두 동생을 잃었으니, 이제 그놈을 사로잡으리라."

마량이 다시 아뢰었다.

"육손의 재주는 주유만 못하지 않으니, 경솔히 상대할 수 없습니다."

이 말에 유비는 또 무슨 말을 하였는가. 그는 스스로 자만하며 젊은 서생 육손을 업신여겼다.

"짐은 싸움 속에서 늙었거늘, 어찌 그 젖내 나는 어린 놈만 못하겠는가!"

그런데 결과는 늙은 노장이 젖내 나는 어린 자에게 대패하였다. 젊은 사람이 무섭다고 하였듯이 늙었다고 으스대선 안 될 일이다.

손권의 대단함은 처음에는 주유를 중용하였고, 나중에는 육손을 중시한 점에 있다.

다시 육손으로 돌아가면, 손권이 형주를 취하고자 여몽(呂蒙)에게 명을 내려 어서 공격하라고 하였다. 여몽은 생각하더니 공략하기 어렵다고 여겼다. 아무리 생각해도 좋은 계책이 떠오르지 않아 병을 빙자하여 나오지 않았다. 손권은 여몽이 병이 생겼다는 소식을 듣고 무척 걱정을 했다. 그때 육손이 진언하였다.

"여자명(여몽)의 병은 기만술입니다. 진짜 병이 아니옵니다."

손권은 답했다.

"백언(육손)은 그가 속임수 부리는 것을 알고 있다면 가서 한번 만나보게."

여기서 육손과 여몽이 서로 만나는 부분은 매우 구체적으로 묘사되어 읽어보면 재미있다. 요약하면, 육손은 여몽을 대신하여 육구(陸口)를 지켰고, 이어 관운장이 맥성으로 달아나고 크게 패한다. 관우에 의해 무시되었던 육손은 관우 부자의 목을 얻고, 장비도 이어 운명하였다. 이 모두가 육손의 공로였다. 육손은 큰 지략을 품은 자였다. 기만술을 잘 알고 사용하였다. 상황 판단에 능하고, 용감하여 전투에도 능했다. 실로 다방면의 재주를 지닌 영웅이었다.

關雲長敗走麥城

31 상대에게 원한 산 것을 잊지 말라

사람은 감정을 매우 중시한다. 상대에게 원한을 사게 되면 분명히 상대의 감정을 다치게 하기 때문이다. 당시 상대는 복종하거나 관용하는 자세거나 혹은 억지로 매우 복종하는 척하며 나약한 모습을 보여 상대방의 연민을 자아내게 할 수도 있다. 물론 상대가 정면으로 도전하는 경우도 적지 않다. 문제는 상대에게 이렇게 원한을 산 경우에는 절대 그 사실을 잊어서는 안 되며, 반드시 방어하는 자세가 필요하다는 것이다. 여기서 필자는 결코 상대를 지나치게 시기하라고 충고하는 것은 아니다. 하지만 '네가 감히 나를 어쩌겠어, 나는 하나도 두렵지 않아!' 라는 생각은 절대 금물이다. 세상의 일이란 왕왕 자신이 생각하는 것처럼 그리 간단하지가 않다. 『삼국연의』 속의 고사들을 보면 필자의 말에 수긍할 것이다.

제23회, 동승은 천자에게서 받은 옷과 옥대와 조서를 길평에게 내보이며 조조가 머리의 풍증(風症)을 앓는 틈을 타서 그가 길평을 불러 치료 받을 때, 독약을 써서 조조를 죽이자고 의논하였다. 계획이 이미 정해진 후, 동승은 속으로 기뻐하며 후당으로 들어서는데, 홀연 가노(家奴) 진경동이 시첩 운영과 밀애하는 장면을 포착하였다. 그는 대노하여 좌우를 불러 그들을 잡아 죽이려고 하였다. 그런데 본부인이 극력히 말려 죽이지 않고 각각 곤장 40대를 치게 했다. 그리고 진경동을 쇠사슬에 매어 냉방에 가두었다. 그런데 진경동은 원한을 품고 한밤중에 쇠사슬을 비틀어 끊고 담을 넘어 달아났다. 그는 곧장 승상부로 달려가서 기밀을 알리겠다고 고하였다. 조조는 그를 밀실로 불러들여 물었다.

"무슨 일이냐?"

"왕자복, 오자란, 충즙, 오석, 마등 다섯 사람이 소인의 주인집에서 비밀 회합을 한 일이 있습니다. 필시 승상을 해치기 위한 모임인 줄로 압니다. 그때 주인이 흰 비단을 내보였는데 거기에 무엇이 씌여 있었는지는 모르겠습니다. 그런데 이번에는 의원 길평이 손가락을 깨물어 피를 흘리면서 맹세하는 걸 소인이 엿본 일이 있습니다."

다음 날, 조조는 거짓으로 두통이 있다고 하며 길평에게 약을 구했다. 결국 길평은 조조에게 갖은 독한 형벌을 당하며 고통을 받다가 댓돌에 머리를 박아 자결하였다. 그리고 조조는 동승의 거처에서 옥대와 조서, 그리고 연판장을 모두 찾아 내어 동승과 그 일파들을 모두 죽였으며, 임신 5개월의 동귀비까지 위협하여 목을 졸라 죽였다.

제73회, 부사인과 미방 두 장수가 장막 뒤에서 술을 마시는 동안에

실화(失火)하여 불이 화포(火砲)에 붙어 모든 병영이 벼락치듯 진동하고 터져서 무기와 군량과 마초를 태워버렸다. 관우는 병사를 이끌고 불을 진압한 후에 성안으로 들어가 끌려온 부사인과 미방을 꾸짖었다.

"내가 너희 두 사람을 선봉으로 삼았는데, 이렇듯 일을 그르쳤으니 너희들을 어디에다 쓰리요."

그리고 두 사람을 참하라고 명했다. 그때 비시가 힘써 말려 참형을 면하고 무사들로 하여금 각각 곤장 40대를 치게 하였다. 그리고 그들의 선봉장 인수를 빼앗고, 미방과 부사인에게 각각 남군과 공안 땅을 지키도록 명하였다. 두 사람은 부끄러워 얼굴을 들지 못하고 굽신거리면서 떠났다. 그 후 관우가 양양을 얻고, 동오는 형주를 취하려고 하는데, 왕보가 관우에게 아뢰었다.

"미방과 부사인이 두 요충지를 각각 지키고 있지만, 힘을 다하지 않을까 염려됩니다."

나중에 손권은 우번이 부사인을 투항하게 할 수 있다는 말을 듣고 그 일을 도모하였다. 부사인은 과연 그러하였다.

"관우는 한때 나를 증오한 적이 있었지."

그는 바로 동오로 투항하였다.

여몽은 또 손권에게 아뢰었다.

"부사인에게 시켜 미방을 투항하게 만드시지요."

그리하여 여몽이 군사를 이끌고 성 아래에 이르자 원래 투항 의사가 없던 미방도 결국은 성을 나와 투항하게 된다. 관공은 이 소식을 듣고 노기가 충천하여 아물었던 상처가 다시 터지면서 기절하고 만다. 여러 장수들이 황급히 손을 써서 깨어난 관운장은 왕보에게 말했다.

"전에 조카가 한 말을 듣지 않아 오늘 이 지경이 되었으니 정말 후회스럽네."

이는 바로 관우가 일찍이 부사인과 미방의 미움을 산 것을 잊은 때문이다. 당시, 관우 부자가 비참한 죽음을 당한 일도 유봉과 맹달의 원한을 산 일을 잊은 데서 비롯된 것이다.

유봉과 맹달은 상용에서 승리를 거둬 한중왕은 유봉을 부장군으로 봉해 맹달과 함께 상용을 지키도록 했다. 당시는 바로 관공이 패하여 맥성에 갇혀 적에게 포위되어 있는 위급한 때였다. 그러나 촉의 구원병은 신속하게 오지 못했다. 관공은 유봉과 맹달에게 특명을 내려 급히 군사를 일으켜 구원해 줄 것을 요청했다. 이에 유봉은 맹달에게 어찌하면 좋을지 물었다.

"장군은 관공을 숙부로 여기나 관공은 장군을 반드시 조카로 여기지는 않는 듯하오. 제가 듣건대 한중왕이 처음 장군을 아들로 삼으려 했을 때, 관공은 표정이 좋지 않았소이다. 또 한중왕이 사람을 형주로 보내 관공에게 물어보자 관공은 장군이 양자라 후사를 잇는 것이 말도 안 된다고 하였소. …그런데 어째서 오늘날 실속 없는 숙질의 의를 생각하고 위험한 짓을 하려 하시오. 경거망동하지 마시오."

다음 날, 요화는 유봉이 핑계를 들며 출병을 거부하는 것을 알고 크게 놀라 머리를 땅바닥에 조아리며 호소하였다.

"그렇다면 관공께서는 이젠 끝장입니다."

요화는 통곡을 하며 사정하고 애걸하였지만 유봉과 맹달은 소매를 뿌리치고 들어가 버렸다. 한편 관공은 맥성에서 군마와 병사들을 세어 보니 300명 남짓하였고, 양초도 바닥이 났다. 만약 그가 유봉의 원한을 사지 않았더라면 혹은 그런 일이 있더라도 그 후 즉시 서로 서운한 감정들을 소통하였더라면 이런 지경에 이르진 않았을 것이다. 언제나 자만심에 넘쳤던 관공은 유봉 같은 자는 아예 안중에도 없었던 것이다. 허나 이런 위급한 시점에서 후회해도 소용이 없는 일이었다.

관우가 유봉의 해를 입었지만 유봉 또한 유비의 해를 입게 된다. 요화는 유비가 있는 성도로 돌아와 울며 유비에게 아뢰었다.

"관공 부자가 해를 당한 것은 실로 유봉과 맹달의 죄입니다. 바라옵건대 이 두 역적놈을 참하시옵소서."

현덕이 사람을 보내 그들을 잡자고 하나 공명이 옆에서 간했다.

"아니 되옵니다. 급하게 일을 처리하면 변고가 생기니, 천천히 도모해야 할 것입니다. 우선 두 사람을 군수로 승진시켜 각각 다른 곳에 있게 한 다음 사로잡을 수가 있습니다."

나중에 맹달은 표를 올려 말을 탄 부하 50여 기를 이끌고 위나라에 투항하였다. 공명은 유봉을 시켜 맹달을 사로잡아 오라고 했다. 맹달은 오히려 유봉에게 위나라에 투항할 것을 권하였다. 하지만 유봉은 의부인 유현덕을 잊을 수가 없었다. 그는 서황에게 대패한 후 유현덕에게 돌아와 울며 절을 하였지만 결국 끌려 나가 참수당했다. 유봉은 스스로 예상하지 못했지만 그는 유현덕의 아우 관우를 구해 주지 않아 현덕의 원한을 샀던 터라 결국엔 목이 달아난 것이다. 물론 유봉은 관우를 증오하지 않았으나 관건은 맹달이 두 사람을 이간시켰고, 유봉은 맹달의 말을

들었던 것이다. 그리고 나중에 맹달이 그에게 위나라에 투항하라고 하
였지만 그때는 오히려 그 말을 듣지 않았다. 그는 그래도 충성심은 있었
던 것이다. 그렇지 않고서는 그가 어찌 유현덕에게 돌아가 그를 뵐 수
있었겠는가. 하지만 현덕은 유봉과 달랐다. 유봉은 남의 원한을 산 것
을 잊었지만 현덕은 그것을 기억하여 그를 참한 것이다. 유봉이 죽을 짓
은 했지만 그가 참수를 당한 것은 그래도 유감스러운 일이다.

제100회, 공명의 이야기이다. 구안이 워낙 술을 좋아해 군량미를
운반하다가 늑장을 부려 기일보다 열흘이나 늦게 당도하였다. 공명은
크게 노해 그를 끌어내어 참수하라고 고함질렀다. 그때 장사 양의가
고했다.

"만일 이자를 죽이면 이후에는 곡식을 운반해올 사람이 없을 겁니
다."

이에 공명은 무사들을 시켜 구안의 결박을 풀어주고, 대신 곤장 80
대를 쳐서 내보냈다.

꾸중을 들은 구안은 가슴에 원한을 품고 밤을 새워 자신의 부하 기
병 5, 6명을 거느리고 위에 투항하였다. 사마의는 또 그에게 성도로 돌
아가 "공명이 반감과 원한을 품고 조만간에 황제라고 자칭하려 든다."
는 유언비어를 퍼뜨리게 했다. 그리고 그것이 성공하면 그에게 상장(上
將)을 시켜줄 것이라 약속했다. 구안은 성도로 돌아가 환관들에게 유언
비어를 퍼뜨렸다. 환관들은 이 사실을 후주에게 아뢰니, 후주는 공명을
성도로 소환하는 명을 내렸다. 공명과 후주는 나중에 구안이 유언비어
를 퍼뜨린 사실을 알고 급히 그를 잡아오라 명령했으나 구안은 이미 위

나라로 달아나고 없었다.

제101회, 도호 이엄이 군량미를 마련하지 못해 공명의 책망을 두려워하여 망령되이 후주에게 아뢰었다.

"신이 이미 군량을 다 마련하고 장차 승상의 군사들에게 보낼 작정이었는데, 어째서 승상이 갑자기 회군했는지 알 수가 없습니다."

공명은 그 사건의 전말을 알고 난 후 이엄을 불러 그를 참하려고 하였다. 그런데 비위가 말려 공명은 그 말을 좇았다. 왜냐하면 선제(유비)가 뒷일을 부탁할 때, 이엄도 그 속에 들어가는 자였기 때문이다. 그러나 후주는 그 사실을 알고 크게 노했다. 무사를 시켜 이엄을 참하려고 했으나 참군 장완이 말려 그의 관직을 삭탈하여 서민으로 내몰아 자동군에 가서 살게 하였다.

공명은 성도로 돌아간 후, 이엄의 아들 이풍을 장사로 등용하고, 마초와 군량을 쌓게 하여 진을 벌이는 법과 무예를 강론하고, 동시에 군대를 정비시켜 군사들을 보호하게 하였다. 양천(서천과 동천)의 백성과 군사들은 다 이풍의 은덕을 칭송했다.

이풍은 실로 드문 충신이었다. 여기서 필자는 우임금의 아버지가 황하를 잘 다스리질 못해 죽음을 당한 것을 생각하게 된다. 그러나 우임금은 부친을 이어 그 일을 계속했다. 그리고 일이 성공하여 그 이름이 천고에 날렸다. 그러므로 천하에는 인인지사(仁人志士)들이 없는 것이 아니라 상당히 많다. 그들은 모두 자신의 사심을 버리고 공을 우선시하였으며, 결코 남에게 앙심을 품고 복수하거나 하며 주인을 배신하지 않았다. 그러나 세상에는 여전히 자신이 남에게 상처를 주어 남의 원한을 산 일을 잊어버리는 자들은 많으나, 다른 사람들이 자신에게 상처를 주어 자신의 원한을 산 일을 잊어버리는 자는 매우 적다. 왜냐하면 사람들은 다 다르기 때문일 것이다.

마지막으로 제115회를 보자. 강유가 매우 화가 나 환관 황호를 죽이고자 하는데, 미리 누가 황호에게 알려 그는 연못에 있는 석가산 뒤로 몸을 피했다. 강유는 절하고 울며 황호를 제거할 것을 후주에게 아뢰었으나 후주는 묵묵부답이었다. 강유가 또 아뢰니, 후주가 말했다.

"황호가 아무리 간사하고 권력을 부려도 무능한 자니라. 경은 너무 개의치 마시오."

그리고 황호를 불러 강유에게 사죄토록 하였다. 강유는 궁에서 나와 극정에게 가서 이 일을 얘기하니, 극정이 걱정하며 말했다.

"장군께서 머지않아 재앙이 닥쳐올 것이오. 장군이 위기에 몰리면 이 나라도 저절로 망할 것이오."

훗날 황호는 무당으로 신을 모시는 짓으로 후주를 꾀었으며, 그로부터 후주는 무속인의 말을 듣고 강유의 말은 듣지 않았다. 강유는 누차 후주에게 고하거나 표를 올리기도 했지만 모두 황호에 의해 은닉되어 대사를 그르치는 일이 많았다. 나중에 강유는 스스로 자결하고, 촉한은 오래지 않아 멸망하였다. 황호는 나중에 결국 사마소에 의해 능지처참을 당한다.

32 기만은 기만을 상대하며
겹겹이 이어진다

적벽대전은 주유와 조조라는 두 젊고 늙은 영웅이 장강의 양안에서 서로 속이는 기만전술을 펼치던 싸움이다. 이 전투는 『삼국연의』 속 전쟁 묘사 가운데 전투 전의 준비에 대한 서술이 가장 긴 전투다. 제44회에서 제49회까지 모두 여섯 회에 걸친 이야기다. 물론, 제50회의 내용도 이 적벽대전의 중요한 부분이기도 하다.

조조의 군대는 태반이 청주(靑州)와 서주(徐州) 출신이라 평소 수전을 익히지 못했기 때문에 크게 패하였다. 주유가 조조군의 수채를 몰래 정탐하고 달아났다. 이에 조조가 주위 장수들에게 물었다.

"내 장차 무슨 계책으로 그들을 격파할까?"

그러자 장하에서 막빈으로 있는 장간이 오의 진영으로 가서 주유를 설득하여 항복하게 하리라고 했다.

그가 오의 진영에 이르자 주유는 반가이 그를 맞이하면서도 유세객 노릇을 하러 왔느냐고 놀렸다. 장간은 화를 내며 말했다.

"그대가 옛 친구를 이렇듯 괄시하니, 나는 이만 돌아가겠네."

주유는 웃으며 장간의 팔을 잡고 장막 안으로 안내하며 말했다.

"나는 형이 조조를 위한 세객인가 하고 겁이 나서 그런 말을 했네만, 사실이 그렇지 않다면야 어찌 갑자기 돌아가려 하시오?"

그리고는 허리에 찬 칼을 풀어 태사자에게 내주며 말했다.

"그대는 나의 칼을 차고 술자리를 감독하라. 오늘 잔치는 친구와 우정을 즐기기 위한 것이니, 만일 조조와 강동 간의 군사에 관한 말을 꺼내는 자가 있거든 즉시 참하라."

주유의 이 속임수에 장간은 기가 질려 감히 말도 제대로 못했다. 밤이 깊어지자 주유는 일부러 크게 취한 척하며 옷을 벗고 누워 구토까지 해댔다. 이경이 지나 주유는 코를 우레와 같이 골며 잤다. 그때, 장간은 문서를 하나 몰래 보게 되는데, 거기에는 "채모, 장윤이 삼가 올리나이다."란 글이 보였다. 장간은 채모와 장윤이 몰래 오와 내통하고 있음을 알고 크게 놀라며, 그 편지를 몰래 옷 속에 숨겼다.

장간이 등불을 끄고 침상에 누우니, 주유는 잠꼬대를 해댔다.

"장간아, 내 수일 내에 너에게 역적 조조의 목을 보여 주마."

사경이 되니 밖에서 사람이 들어와 묻는 소리가 났다.

"도독이 잠이 깨셨습니까?"

주유는 깊이 자다가 깜작 놀라 깨는 체하며 그 사람에게 물었다.

"내 침상에서 이렇게 자는 자가 누구냐?"

"도독께서 장간에게 함께 자자고 하신 말을 그새 잊으셨습니까?"

주유는 취한 후에 추태를 부린 것에 대해 크게 후회하는 척하며 말했다.

"내 평소에 술을 입에 대지 않다가 어제 취해 큰 실수를 했으니, 내가 무슨 소리를 하였는지 모르겠구나."

"강북에서 누군가가 여기 찾아왔습니다."

주유는 낮은 소리로 "쉬!" 하고 소리 내며, 장간을 깨웠다. 그러나 장간은 응하지 않고, 일부러 자는 척했다.

오경이 되어 장간은 주유를 깨워 보았다. 그때 주유는 진짜 잠이 들어 있었다. 장간은 급히 자리를 떠났고, 병사들도 그를 말리지 않았다.

장간은 주동적으로 와서 주유를 속이려고 하였지만, 오히려 주유에 의해 속았다. 조조는 즉시 당시 위의 수군을 홀로 책임지며 훈련시키던 채모와 장윤을 끌어내 참하라고 명령했다. 순식간에 그 두 사람의 목이 장하에 바쳐졌다.

그때서야 조조는 자신이 기만술에 속은 것을 깨달았다. 주유가 밤새 벌인 기만책은 정말 효과적이고 신속하게 이루어졌다. 장간은 주유의 계략을 꿈에도 생각하지 못하고 자신이 그를 속인 걸로 알았지만, 도리어 주유에 의해 교묘하게 기만을 당한 것이다. 조조는 주유에게 한번 크게 속았지만 그 사실을 입 밖으로 드러낼 수가 없었다. 조조는 나중에 황개(黃蓋)를 이용해 고육계(苦肉計)를 사용한 주유에게 또 한 번 크게 당한다. 그 부분을 보자.

조조는 공연히 공명에게 15, 6만 개의 화살을 빼앗긴 것이 너무 분했다. 순유가 계책을 아뢰었다.

"사람을 동오로 보내 거짓 항복을 해 적의 내막을 탐지해서 우리에게 내통하도록 하는 방법입니다."

조조는 이에 동의했다. 곧 채모의 친척 동생뻘 되는 채중, 채화 두 사람을 동오로 보내 거짓 투항을 하게 했다. 두 사람은 자신들의 처를 모두 형주에 두어 조조가 충분히 믿도록 하였다. 그리고 그들은 주유를 보고 울며 절했다.

"우리 형님은 아무 죄도 없이 조조에게 죽음을 당했습니다. 우리는 형님의 원수를 갚고자 귀순했습니다."

주유는 매우 기뻐하는 척하며 그들을 맞이했다. 노숙이 특별히 주유를 뵙길 청해 들어와 두 사람의 귀순이 의심스러워 받아주어선 안 된다고 하였다. 이 말에 주유는 호통치며 말했다.

"그들은 형이 조조에게 죽음을 당했기 때문에 그 원수를 갚으려고 우리에게 항복해온 것이다. 무슨 속임수가 있으리오. 그대처럼 의심이 많아서야 어찌 천하의 유능한 인재를 용납할 수 있겠는가!"

노숙은 말없이 물러났다. 주유의 이 행동은 반드시 필요한 기만책이었다. 만약 동오 내부에서 소문이 돌면 큰일이기 때문이다. 주유는 이처럼 지극히 영리하고 세심한 자였다.

황개는 자가 '공복'인데, 대단히 존경스럽고 사랑스러운 인물이다. 밤이 되자 그가 주유를 찾아와 화공법을 사용해 적을 선제공격할 것을 제기했다. 이에 주유도 그에게 계책을 말했다.

"채중과 채화가 거짓으로 항복을 해왔는데, 우리 편에서는 나를 위해 적에게 거짓 투항할 인물이 없는 것이 한이오!"

제46회에는 많은 필묵을 사용해 주유의 냉혹함과 무정함을 기술하고 있다. 황개는 살이 갈라져 선혈이 낭자한 상태에서 여러 번이나 기절하기도 했다. 주위의 사람들이 모두 눈물을 흘렸고, 공명에게서 그것이 기만술임을 전해들은 노숙조차도 그것이 거짓임을 믿지 않다가 공명이 거듭 그것이 주유의 기만전술임을 얘기해 주자 비로소 영문을 알게 되었다. 그러나 공명은 노숙으로 하여금 자신이 그 사실(기만전술)을 알고 있음을 주유에게 얘기하지 말라고 하였다. 이것은 또 공명이 주유를 속이는 것으로, 자신이 멍청한 척하는 것이다.

주유는 노숙에게 공명의 뜻을 묻고, 노숙이 그에게 공명이 자신을 매우 박정하다고 원망하고 있다는 것을 알고는 말했다.

"이번엔 반드시 그를 속여야 하네."

이것은 주유가, 공명이 자신을 기만술에 강한 자임을 알지 못하도록 하려는 것이며, 오랫동안 공명에게 기만술을 사용하지 않았다. 그러나 공명은 고의로 멍청한 척하며 주유를 마비시켰다. 그러면서도 스스로는 더욱 철저히 방비(防備)하였다. 겉으로 보기에는 주유가 언제라도 공략을 하면 성공할 것 같은 상황이었다. 기만은 곳곳에 도사리며 모두 살기등등하여 조금이라도 방심하면 낭패를 보는 것이다.

채씨 형제가 조조의 진영에 소식을 통보하려는데, 감택이 먼저 몰래 어부 차림을 하고 황개의 거짓 투항서를 조조의 진영에 바치러 떠났다. 동오에서 누가 왔다는 말을 듣고 조조가 주위에게 물었다.

"그놈은 첩자가 아니겠는가?"

조조는 투항서를 10여 차례 읽은 다음 갑자기 안상을 주먹으로 치며, 눈을 부릅뜨며 크게 노하였다.

"황개는 고육계를 쓰고, 너에게 거짓 항서를 주어 보냈도다!"

그리고는 데리고 나가 참하라고 명하였다. 감택은 얼굴색도 변하지 않은 채 머리를 쳐들며 크게 웃었다. 그의 기만술이다. 조조와 감택은 서로 속이고 속이는 한바탕 심리전 끝에 결국 감택이 승리하여 조조는 껄껄 웃으며 사죄하였다. 조조는 원래 꾀가 많아 마음속으로 '고육계'와 '거짓 투항서'와 같은 방비를 하지 않은 것이 아니나 감택의 기만술에 의해 그 의심이 눈 녹은 듯 풀렸다. 조조는 감택을 이미 믿었는데, 잠시 후 장막 안으로 들어온 자가 조조의 귓가에 대고 귓속말을 하였고, 조조는 두 채씨가 보낸 서신을 보고는 이젠 철저히 의심을 버리게 되었다. 그리고 감택에게 말하였다.

"선생은 수고롭지만, 다시 강동으로 돌아가서 황 공과 다시 약속을 하여 먼저 소식을 전하고 강을 건너오시오. 내가 군사를 데리고 맞이하겠소."

감택은 또 일부러 동오로 떠날 자세를 보이지 않으며 말했다.

"제가 이미 강동을 떠나온 몸이니, 다시 돌아갈 수 없습니다. 그러니 승상께서는 다른 사람을 몰래 보내어 황개와 접촉하십시오."

조조는 그 말에 완전히 그를 믿게 되었다.

"만약 다른 사람이 간다면 비밀이 누설될까 두렵소."

감택은 조조의 말에 재삼 사양하다가 매우 신중한 태도를 보이며 결국 조조의 명을 들으며 즉시 떠났다. 속으로는 몸에 날개라도 달고 얼른 돌아가고 싶었을 것이다.

감택은 돌아가 감영과 함께 두 채씨를 속여 한통속이 되니, 두 채씨는 그들이 정말 귀순할 의사가 있는 것으로 믿었다. 이에 네 사람은 함께 술을 마시며 속내를 이야기하였고, 채중과 채화는 물론 감택도 각각 감영이 우리와 짜고 내응하기로 했다는 서신을 써서 몰래 조조에게로 보냈다.

조조는 연이어 두 통의 서신을 보았지만 그래도 의심이 들어 직접 주유의 영채로 들어가 내막을 알아볼 사람을 구하였다. 장간이 전번의 실패를 부끄러워하며 다시 오의 영채에 들어가 허실을 정탐하고자 자원했다. 조조는 기뻤다.

장간이 동오에 이르자 주유는 방통을 이용해 그를 속였다. 방통은 조조의 진영으로 가서 다시 쇠고리로 배들을 묶는 연환계를 사용할 것을 조조에게 권하였다. 그뿐만이 아니라 방통은 서서에게 몰래 유언비어를 살포하여 한수와 마등이 모반하여 허도에 쳐들어온다고 시켰다. 이런 기만책으로 서서는 조조의 진영을 떠날 수가 있었다.

조조는 병사들을 둘러보며 마음이 한없이 기뻤다. 천하의 인재들이 모두 자신에게로 돌아온 느낌일 것이다. 그는 새로 지은 동작대에서 훗날 두 교씨(喬氏) 가의 미인을 얻어 즐길 날만을 생각하였다. 조조는 또 삭(槊, 창의 일종)을 비껴들고 시를 지었는데, 자신감이 넘쳐 전혀 두려움이 없었다. 모사인 정욱과 순유가 모두 적이 '화공'으로 공격할까 두렵다고 했지만, 당시 조조는 어찌 동풍이나 남풍이 불어오겠느냐며 전혀 두려움이 없었다.

당시 조조가 창을 비껴들고 시를 지은 것에 대해 얘기하면, 당시에 지은 「단가행(短歌行)」은 조조가 실제 지은 노래로, 스스로를 주공(周公)에 비유하여 천하의 현명한 인재를 얻어 큰 공업(功業)을 세우리라는 심정을 담고 있다. 이는 우리들이 주의해야 할 부분으로, 소동파도 「전적벽부」에서 그의 높은 기상을 찬양하고 있다. 근래 중국에서 발행한 우표에도 조조가 삭을 비껴들고 시를 짓는 모습을 담고 있는데, 그런 조조의 정신을 높이 평가한 것이리라. 허나 『삼국연의』 속에는 문학 소설 속에 나온 조조의 이런 단가행의 정신을 몹시 왜곡하고 있다. 당시 양주자사로 있던 유복이 조조에게 "'달은 밝고 별은 드문드문한데 까막까치는 남으로 날아가네. 세 번이나 숲을 돌아 날아가니, 의지할 나뭇가지가 없도다.' 란 구절은 불길한 말입니다."라고 했다. 그러자 조조는 "네가 어찌 나의 흥을 깨느냐!"며 대번에 그를 창으로 찔러 죽였던 것이다. 조조는 이 소설 속에서 가장 걸출한 영웅이지만 이렇게 상대의 기만에 넘어갔다.

이 '기만'이라는 말은 백 배, 천 배, 만 배를 주의해도 지나침이 없을 것이다. 제갈량도 속임수에 당한 적이 있으며, 주유도 속은 적이 있다. 그 누구도 기만을 피한 적이 없다. 공명이 동풍을 빌던 제단도 주유를 속이려는 것이었다. 공명은 일기 예측에 밝았는데, 이는 오늘날의 과학적 일기예보에 해당하지만 이를 매우 신비하게 묘사하여 주유는 그를 신인(神人)이라고 보았다. 주유는 화살 10만 개를 공명에게 속히 만들 것을 부탁하며, 열흘 간에 그것을 만들지 못하면 군벌에 처하겠다며 그를 협박하였지만 공명은 3일이면 족하다고 했다. 그리하여 깊으

로 만든 배를 준비하여 기만술을 벌인 것은 주지하는 바라 생략하기로
한다.

제54회에도 기만술이 난무한다. 조조는 옛정으로 관우를 기만하여
그를 나약하게 만들었다. 이는 물론 공명이 예상한 바다.

'적벽대전'은 실로 '용병에는 기만이 필요하다(兵不厭詐)'를 말해 주
는 경전(經典)이라고 할 수 있다.

神威能奮武儒雅更知文
天日心如鏡春秋義薄雲

張翼德義釋
嚴顏

소년 시기에 『삼국연의』 제1회를 읽고 매우 감동을 받았다. 그러나 나이가 듦에 따라 최근에 이 부분을 반복해서 읽다 보니 이 부분이 그리 좋아 보이질 않고, 사실 큰 곤혹으로 느껴졌다.

당시 장비의 저택 후원에는 복숭아나무 동산이 있었는데, 도화꽃이 마침 만발하였다. 세 사람은 천지에 제사를 올리고 형제의 의리를 맺었다. 그들은 향을 피우고 절을 올리며 말했다.

"유비와 관우, 장비가 비록 성이 다르나 형제를 맺고자 합니다. 서로 마음과 힘을 합해 괴로운 고비와 위험한 경우를 도와서 위로는 나라에 보답하고 아래로는 백성을 편안하게 하고자 합니다. 같은 해 같은 달 같은 날에 함께 태어나지 못한 것은 어쩔 수 없는 일이나, 같은 해 같은 달 같은 날에 함께 죽기를 원하오니, 하늘과 땅은 우리를 굽어 살피소서. 만일 세 사람 중에서 의리를 저버리거나 은혜를 잊는 자가 있거든, 하늘과 세상 사람들이 함께 그를 죽이소서."

이런 결의의 모습은 세 사람의 마음속에 깊이 새겨져 깰 수 없는 단단한 주먹으로 자리 잡게 되었다. 나중에 고성에서 그들이 서로 만나기 전 장비가 관우를 조조에게 투항한 것으로 여겨 그에게 크게 화를 내며 대한 것을 제외하고는 모두 서로 끈끈한 우애로 맺어진 틈이 없는 사이였다. 그들이 서로 상부상조하여 위난으로부터 구해 주는 정경은 이 소설 전반에서 눈에 선하며, 이는 독자들의 깊은 감동을 자아내게 한다. 그리하여 우리는 그들의 도연결의를 찬양하며, 더욱이 의리를 중시 여기는 사람들은 마치 자신이 그들 중의 일인이 된 듯 책 속으로 빠져들기도 한다.

조운(趙雲)으로 말하자면 그는 비록 세 사람들과 결의는 맺지 않았지만 충의심은 그들에 비해 손색이 없다. 관우와 장비가 할 수 있는 일은 조자룡(조운)도 능히 해냈다. 하지만 결의는 서로 단결하여 하나로 뭉쳐지는 작용을 한다. 가령 유비, 관우, 장비 세 사람의 성격으로 결의를 맺지 않았다면 제각자의 길을 갈 것이다. 그러므로 결의는 동시에 폐단도 상당히 존재하는데, 그것을 신성한 정과 의리로만 생각할 필요가 없다. 혹자는 이런 가설이 의미 없다고 말할지도 모른다. 하지만 필자는 그렇지 않다고 본다. 이를테면 조조는 장료, 전위 등과 같은 충성스럽고 용맹한 장수들과 결의를 맺지 않았지만 그들은 그 얼마나 충성스러웠던가! 그들은 죽어도 그 주인을 섬기며 모든 것을 불사했다. 그러므로 결의만이 이상적이고 그 정과 의리가 깊은 것이 아니다.

유비와 관우, 장비 세 사람의 결의가 빚은 심각한 속박은 유사시에 이르면 확연히 드러난다. 유비는 관우와 장비가 죽은 후, 그 결의의 고리에서 좀처럼 벗어나지 못한다. 이 부분을 주의 깊게 보지 못하면 사람들은 결의라는 것이 매우 이상적인 형태라고 보며, 그것이 인사(人事)에 미치는 큰 해(害)를 알지 못하게 된다. 이에 대해 유비의 경우를 예로 들어 알아보기로 하자.

제77회, 관우가 사로잡히자 손권이 그에게 말했다.

"과인은 장군의 높은 덕을 오래도록 사모했기에 서로 혼인하는 우호를 맺고자 했는데, 어째서 거절하였소? 귀공은 평소에 스스로 천하무적이라고 자부하더니, 오늘은 어찌하여 나에게 사로잡혔소? 그래도 이 손권에게 항복하지 않겠소?"

승자로서의 손권이 한 이런 말투는 결코 관우를 조롱하는 태도가 아니며, 다소 고의로 관우의 교만한 성정을 누르고자 하는 심사가 있다. 손권이 절대 그를 경시한 것이 아니다. 왜냐하면 상대는 역시 출중한 자였기 때문이다. 그런데 관우는 즉시 소리치며 그를 욕했다.

"눈이 푸른 애송이, 수염이 붉은 쥐 같은 자야. 나는 유황숙과 더불어 도원결의를 맺어 한실을 일으키길 맹서하였다. 어찌 나라를 반역한 너 같은 역적과 손을 잡겠는가! 내 이번에 잘못하여 너희들의 간특한 계략에 빠졌으니 죽음만이 있을 뿐이다. 무슨 여러 말을 하느냐?"

상대가 이렇게 결연히 냉정하게 나오는데, 그를 살려 둘 필요가 있겠는가! 그리하여 손권은 주박 좌함이 조조가 옛날 관우를 데리고 있을 때와 그 이후의 상황에 대해 그에게 말해 주는 것을 듣고는 한동안 깊이 생각하다가 좌함의 말에 따라 그를 처형하였다. 이 같은 결말은 관우 스스로가 자초한 것인가, 아니면 손권을 탓할 것인가?

모종강은 이에 대해 평했다.

"조조는 관공을 해치지 않았는데, 손권은 그를 해쳤다. 손권은 역시 조조에 많이 못 미치도다."

모종강의 이 말은 훗날 얼마나 많은 독자들을 미혹시켰는지 모른다. 필자의 생각으로는 첫째, 손권은 여기서 조조를 훨씬 능가하였다. 둘째, 관우는 스스로 죽음을 자초하였으며, 그 책임은 완전히 자신에게 있다. 관우는 이 시점에서 자신의 본색을 크게 손상시키지 않는 한도 내에서 스스로를 지켜야 했다. 그러나 그는 그러지 못하고, 손권이 어찌 감히 자신을 죽이겠는가, 설령 자신을 죽이더라도 영광스럽게 죽겠다는 심사였다. 혹자는 다음과 같이 의문을 품을지 모른다.

'그렇다면 관우가 손권 앞에서 무릎을 꿇어야만 한단 말인가?'

필자의 생각은 그렇지 않다. 관우가 당초 조조 앞에서 한 것처럼 다시 한 번 그런 모습을 보이면서 다음을 기약하면 될 것이다. 허나 관우는 성격이 곧고 강해 기만술에 대해 거의 모르며 더구나 사용할 줄도 몰랐다. 이처럼 '기만'이란 매우 필요한 것이다. 장비는 그래도 기만을 알기에 총명함을 알 수 있다. 그래서 그는 사랑스럽고, 존경 스럽게 느껴진다. 그런데 관우는 오직 존경스러울 뿐이며, 융통성이 부족하다. 관공이 조조 앞에서도 그렇게 했다면 조조 역시 그를 살 려주지 않았을 것이리라. 따라서 그는 손권과 같은 거대한 바위와 부딪혀 무언가를 믿고 겁 없이 강공을 펼쳤으니 손권이 어찌 그를 용납하겠는가!

관우가 죽은 후에 그의 혼백이 유비의 꿈속에 나타나 울며 하소연했다.

"바라건대 형님은 병사를 일으켜 저의 한을 씻어주십시오."

나중에 유비는 관우가 운명했다는 소식을 듣고 다음과 같이 말했다.

"과인과 운장은 생사를 함께 맹서하였는데, 그가 먼저 죽었다면 과인이 어찌 혼자 살 수 있겠는가!"

"운장이 먼저 돌아갔는데, 과인은 절대 혼자서 살 수가 없다. 과인은 장차 군사를 이끌고 운장을 위해 복수하리라."

후에 유비는 정말로 관운장이 세상을 떴다는 것을 알고는 통곡하며 쓰러져 혼절하였고, 나중에 일어나 말했다.

"과인과 관우, 장비 두 형제는 도연에서 결의를 할 때 생사를 함께 하기로 맹세하였다. 오늘 운장이 이미 운명했다니, 과인이 어찌 홀로 부귀를 누릴 수 있단 말인가!"

유비는 관흥(관우의 아들)이 통곡하는 것을 보고는 다시 울며 혼절하여 바닥에 쓰러졌다. 마침 여러 관리들이 즉시 그를 간호하여 결국 깨어났지만, 하루에도 서너 번씩이나 기절하고, 사흘 동안이나 물과 국도 입에 대지 않았으며, 오직 통곡하여 눈물로 옷깃이 흥건하게 젖어 점점이 피 얼룩이 생겼다. 공명은 여러 관원들과 함께 누차 그를 위로하며 타일렀지만 그는, "과인과 동오는 함께 하늘의 해와 달을 할 수 없는 원수로다." 하였다.

오래지 않아 유비는 한중왕이 되었다. 다음 날, 문무백관이 모였는데, 그는 조서를 내렸다.

"…짐이 온 나라의 군대를 일으켜 동오를 토벌하고자 하노라. 역적들을 사로잡아 이 원한을 풀려고 하도다."

여기서 독자들은 '도원결의'의 결의가 그의 행동에 정말 큰 작용을 하고 있음을 알 수가 있다. 유비의 눈에는 당시 아무것도 보이질 않았다. 유비의 이 말이 채 끝나기도 전에 대열 속에서 한 사람이 엎드려 간했는데, 바로 조자룡이었다.

"아니 되옵니다. 국적은 조조이지 손권이 아닙니다. 지금 조비가 한을 찬탈하여 사람과 귀신이 모두 공노할 일입니다. 폐하께서는 속히 관중(지금의 섬서성 부근) 쪽을 도모하여 위하(渭河) 상류에다 군사를 주둔하고 흉악한 역적을 치시면, 관동(關東) 일대의 의로운 선비들이 곡식을 싣고 말을 달려와서 호응할 것입니다. 만일 이와 반대로 위는 내버려두고 오를 쳐서 일단 전투가 벌어지면 싸움이란 쉽사리 끝나는 것도 아니니 일이 어찌 될지 모릅니다. 바라건대 폐하께선 깊이 통촉하소서."

이에 유비는 또 말했다.

"손권은 짐의 아우를 해쳤다. …그 살을 씹고 그 집안을 멸족해야만 짐의 한을 풀 것인데, 경은 어찌 이를 막는가?"

조운은 전쟁터의 용장일 뿐 아니라 실로 지혜와 용기를 겸한 인물이었다. 그는 다시 대의를 내세우며 간언을 하였다.

"한나라의 원수를 갚는 일은 공(公)이고, 형제의 원수를 갚는 일은 사(私)입니다. 바라건대 천하의 공적인 일을 먼저 소중히 여기소서."

여기서 모종강의 평은 훌륭했다.

"조자룡의 식견은 충언을 간하는 대신(大臣)의 풍도가 있으며, 결코 한낱 전쟁터의 용장만이 아니었다."

실로 조자룡은 『삼국연의』 속의 주요 다섯 인물에 속한다고 할 수 있다. 그는 문무를 겸한 전반적으로 유능한 드문 인재였다. 그러나 유비는 조자룡의 간언에 다음과 같이 답했다.

"짐이 아우를 위해 원수를 갚지 못한다면 내 비록 만리 강산이 있다 한들 무슨 소용이 있겠소!"

그리하여 그는 조운의 간언을 듣지 않고, 병사를 일으켜 오를 치도록 명령했다.

한편 장비는 낭중에서 관운장이 동오에서 살해되었다는 소식을 듣고 아침저녁으로 통곡하여 옷깃이 피눈물로 젖었다. 모든 장수들이 술을 권하여 진정시켰는데, 장비는 술이 취하면 노기가 더하여 장상 장하 할 것 없이 조금이라도 과오를 범하면 매질을 해댔다. 날마다 장비는 남쪽을 노려보며 이를 갈고 눈을 부릅뜨고 분노하고 저주하며 대성통곡하였다. 그리고 사자로부터 대신들이 먼저 위부터 무찔러 없애고, 다음에 오를 치자는 의견이 많다는 것을 알고는 크게 노했다.

"그게 무슨 말이오! 옛날에 우리 세 사람은 도원에서 결의하여 생사를 함께하기로 맹세했는데 이제 불행하여 둘째 형님이 중간에 세상을 떠나셨으니, 내 어찌 홀로 부귀를 누리리오! 내 직접 가서 천자(유비)를 뵙고 선봉으로 자원하여 나서서 상복을 하고 오를 쳐 역적놈들을 사로잡아 둘째 형님께 제사지내고 옛 맹세를 실천하리라."

공경대부들이 모두 승상부로 가 공명을 뵙고 말했다.

"천자께서 즉위하시자마자 친히 군사를 통솔하시는 것은 국가 사직을 위하는 길이 아니오. 승상은 막중한 책임을 맡고 있으면서 어째서 폐하를 간하지 않으시오?"

공명이 대답했다.

"내 힘써 누차 간했으나 도무지 듣지 않으십니다."

그만큼 당시 유비의 고집은 강했다. 유비가 병사들을 정비하여 출행을 하려는데 먼저 진밀이 날카롭게 간언을 올렸다.

"폐하께서 만승(萬乘, 천자)의 책임을 돌보지 않으시고, 조그만 의리를 따르려 하시니 이런 일은 옛사람도 옳다고 아니했습니다."

이에 유비는 말했다.

"운장과 짐은 한 몸과 같아 대의명분이 분명한데 어찌 잊으란 말이냐?"

진밀은 엎드린 채 일어나지 않고 계속 아뢰었다.

"폐하가 신의 말을 듣지 않으시면 진실로 손실이 있을까 두렵습니다."

유비는 격노하여 무사들로 하여금 그를 끌어내 참하도록 명했다. 그러나 모든 관원들이 나서서 진밀을 옹호하여 죽음은 면하고 옥 속에 갇히게 된다. 오래지 않아 장비도 동오를 치려다가 도중에 해를 당한다. 이어 이릉 전투에서도 대패하고 만다. 유비는 유훈을 남겨 고아를 부탁하고, 63세에 세상을 떠난다. 이로부터 유, 관, 장 세 사람은 영원히 자취를 감췄다. 책을 덮고 깊이 생각해보면 '도원결의'는 이로운 면도 있었지만 폐단도 많아 독자들로 하여금 정말 많은 것을 생각하게 만든다.

장비가 술을 이용해 **34**
상대를 기만하다

『삼국연의』 속에는 장비가 한가할 때 미인도 그리기를 좋아한다는 말은 하지 않고 그의 용맹함과 조급함만을 전적으로 얘기하고 있다. 물론 책 속에는 그의 기지와 총명함, 그리고 남들이 상상하지 못한 여러 가지 이상한 행동들을 부각시키고 있다.

대체로 독자들은 장비가 상당히 신중하다는 것을 잘 알지 못하고 있다. 장비는 언제나 거칠기만 한 것이 아니라 종종 교묘한 재치와 기지로 관우보다도 우월함을 보여 줄 때가 많다.

제70회, "사나운 장비는 지혜로 와구의 요충지를 차지하다"에서는 장비의 음주에 대해 서술하고 있다.

장비는 뇌동과 함께 파서 지역을 파수하는데, 위에서는 조홍이 말했다.

"파서를 지키는 장비는 용맹무쌍하니, 경솔히 상대해서는 안 되오."

이에 장합이 대답했다.

"사람들은 장비를 무서워하나, 나는 그를 어린아이로 보오. 이번에 가면 반드시 사로잡겠소."

그러나 장합은 처음 패한 후에 그 후 50여 일을 장비가 아무리 밖에서 욕을 하며 싸움을 걸어도 전혀 응하여 나오지 않았다. 그리하여 장비는 매일 술에 대취하여 산 앞에서 갖은 욕을 하며 떠들어 댔다. 공명은 후에 위연에게 "군용품인 좋은 술"이라고 큰 글이 적힌 술을 장비에게 주도록 하며 주공께서 하사한 것이라고 전하게 했다. 장비는 그 술들을 장하에 늘어놓게 한 뒤에 기를 크게 늘어세우고 북을 치게 하며 술을 마셨다.

장합이 멀리서 보니 장비가 호탕하게 술을 마시고 있고, 두어 명의 졸개가 그 앞에서 씨름을 하고 있었다. 그 상황을 보고 장합은 달빛이 희미한 밤에 군사들을 이끌고 장비의 영채를 향해 달려갔다.

멀리서 보니 막사 안에 등불이 밝은데 장비가 마침 술을 마시고 있었다. 곧장 안으로 들어가 단번에 창으로 찌르니 그것은 알고 보니 짚으로 만든 사람이었다. 장합이 놀라 급히 말을 돌리나 장막 뒤에는 포소리가 연이어 나며 진짜 장비가 나타났다. 술을 이용한 장비의 이번 기만술은 장합의 세 영채를 모두 앗아갔다.

장비가 술로써 장합을 기만한 것은 장합이 거짓으로 패해 달아나 그를 유인한 것에 대한 대책이었다. 뇌동은 장합과 수합을 싸우지 못하고 그가 패주하는 것을 보고 쫓아가다가 매복하는 군사들을 만났고, 달아나던 장합은 다시 돌아와 뇌동을 찔러 말 아래로 떨어뜨렸다.

장비는 또 장합에게 연속으로 두 번이나 거짓으로 패한 척하였다. 먼저 군대를 철수했다가 나중에 되돌아와 추격하는 방식이었다. 장합이 복병이 나타나 자신들을 도와주길 기다리기 전에 미리 준비해 둔 위연이 돌격하여 그들의 전차를 태우니 장합은 다시 크게 패하였다. 이는 장비가 기만술에 능하며, 상대의 기술을 되받아치는 장계취계(將計就計)에도 능한 명석한 두뇌를 가졌음을 말해 준다. 하지만 관우는 그렇지 못했다. 그는 대부분 자신의 용맹만을 믿으며 도모하는 능력이 부족했다. 당시 그가 조조의 진영에서 안양과 문추를 무찌른 것도 적토마가 신속하게 달려들어 안양, 문추가 대응할 틈이 없었던 까닭이었다. 그러므로 관우가 안양, 문추를 죽인 것은 사실 매우 불공평한 것이며, 그것으로 관우의 용맹을 말하는 것도 불합리하다. 관우는 최후에도 손권의 진영에서 "너희들의 간특한 꾀에 넘어갔다"고만 말하면서 자신의 무능함을 뉘우치거나 상대를 수긍하지 않았다.

혹자는 또 말할지 모른다. 관우는 충성심이 투철하고 광명정대하여 후대인들이 그를 '무신(武神)'으로 몹시 추앙하고 있다고. 그렇다면 항우는 어떠한가? 항우는 정직하여 홍문연에서도 의리를 보였으며, 유방한테 여러 번이나 기만당해도 범증의 충고를 듣지 않고 유방에게 우롱을 당했을 뿐 아니라 자신에게 충성을 보인 조무상을 그에게 내어주었다. 결국 유방을 놓아줌으로써 다시는 좋은 기회를 잡지 못하고 말았다. 해하에서의 죽음도 그렇다. 해하에서 그는 강동으로 돌아가 권토중래할 기회가 있었지만 체면을 생각하여 떠나지 못했다. 다만 〈역발산혜기개세(力拔山兮氣蓋世)〉 노래만 부르며 우희를 이별하고 자신도 자결하였으니, 어찌 비참하지 않은가! 실로 용감하나 지모가 없다면 고루 갖춘 인물이 될 수가 없다. 관우도 마찬가지였다. 그는 남을 기만한 적이 없지만 남은 그렇지가 않다. 광명정대함은 그 자신에게만 해당할 뿐 남들은 그것에 아랑곳하지 않는다. 자신이 상대를 속이든 안 속이든 상대는 자신을 속인다. 이것은 결코 자신의 의지로 바꿀 수 있는 것이 아니다. 관우는 그의 아우 장비에게 이런 기만에 대해 배웠어야 했다. 관우와 장비의 죽음으로 보면 한 사람은 교만해서 스스로 죽음을 자초하였고, 한 사람은 술에 취해 암살을 당하였다. 한 사람은 죽을 짓을 했고, 한 사람은 억울하게 죽은 것이다.

유비는 사전에 장비가 종일토록 술만 마심을 알고 매우 놀라 공명에게 물어보았다. 공명은 웃으며 답했다.

"그래야 합니다. 다만 그곳에 좋은 술이 없을까 걱정입니다. 성도에 좋은 술이 많이 있으니 수레에 술 50독을 실어서 보내고, 장 장군에게 맘껏 마시라 하십시오."

유비는 놀라 다시 물었다.

"내 동생은 원래 술을 폭음하고 실수를 저지르거늘, 군사는 어째서 술을 보내주라 하시오?"

유비가 장비와 결의형제를 맺은 후 오랜 세월이 흘렀지만 장비가 도대체 무슨 실수를 저질렀던가? 노해 독우를 채찍질한 것이 고작이었다. 공명은 장비에 대해 유비보다도 더 잘 알고 있었던 것이다. 공명도 이런 유비에게 웃으며 탓했다.

"주공께서는 장비와 형제간이 되어 여러 해를 겪으셨으면서도 도리어 그의 성격을 모르십니까? 장비는 천성이 강하지만 지난번에 서천을 칠 때도 엄안을 의리로써 죽이지 않았으니, 이는 용맹만으로 된 일은 아닙니다. …이는 술을 마시고 싶어서 마시는 것이 아니고 장합을 무찌르기 위한 계책입니다.”

그리고 이어서 장비의 전승보가 성도로 전해졌다. 유비는 그때서야 크게 기뻐하며 장비의 음주행각이 계략임을 알았다. 이 같은 유비의 두뇌를 어떻게 평가해야 하겠는가?

모종강은 장비의 음주와 관우의 음주에 대해 비교한 적이 있는데, 상당히 수긍이 간다.

“관공의 음주는 담력이고, 익덕의 음주는 지혜다; 관공의 음주는 호방함이고, 익덕의 음주는 교묘함이다. 담력으로 술을 마시는 것은 술이 담력을 더 키울 수가 있다; 호방함으로 술을 마시는 것은 술이 호방함을 더 키울 수가 있다. 그러나 만약 술을 교묘함과 지혜로써 마신다면 이는 상당히 어렵다. 담력과 호방함은 술과 매우 가깝다; 교묘함과 지혜는 술과 가깝지가 않다. 술과 가깝지가 않으나 술을 마시며 그것을 이용함은 장공(장비)이 탁월하였다. 장합은 경솔하게 용병을 하면서 장비도 그런 줄로만 알았다. 그것은 장합의 교만함이고 사람을 보는 것이 경솔하여 신중하지 못함이라.

그러나 장비의 지혜는 풀로 사람을 만들었으니 그가 취한 것은 진짜 취한 것이 아니었다. 만약 취한 것이 진짜 취했다면 진짜 장비와 풀로 만든 장비가 다를 것이 없었다. 오직 취한 것이 진짜 취한 것이 아니기에 풀로 만든 장비가 진짜 장합을 속일 수가 있었으며, 진짜 장합이 풀로 만든 장합과 같았던 것이다. 오늘 취해서 와구 땅을 얻은 장비는 옛날 취해서 서주 땅을 잃은 장비와 크게 다르며, 앞뒤로 두 명의 장비가 있었던 것이다. 그가 엄안을 속인 것은 수풀 앞뒤였으니, 장비가 둘이었고; 그가 장합을 속인 것은 영채 문 안팎이었으니 장비가 또 둘이었다. 귀신과도 같이 변화무쌍하니 좌자(左慈, 『삼국연의』 속 신출귀몰한 도술가)의 몸 밖의 몸이라고나 할까. 장공, 그는 아마도 주선(酒仙)이 아니겠는가!"

장비의 술을 통한 기만술은 장합을 대패시켰다. 후에 장비는 위연과 함께 연이어 와구관을 공략하였으나 장합은 영채를 지키며 나오지 않았다. 원래 성급한 장비는 오히려 냉정해지며 술도 마시지 않았다. 군사를 20리 밖으로 후퇴시켜 위연과 함께 수십 기의 말 탄 병사를 거느리고 작은 길목을 탐사하면서 연구하였다. 그때 홀연 몇 명의 백성들이 괴나리봇짐을 매고 궁벽한 산에서 등나무를 잡고 칡덩굴을 붙들며 올라갔다. 장비는 매우 기뻐하며 말 위에서 채찍을 들어 가리키며 위연에게 와구관을 탈취할 계기가 저 백성들에게 있음을 알렸다. 위연은 그 의미를 알아채지 못했다. 장비는 군사를 불러 말하길, "그들을 놀라게 하지 말고 좋은 말로 타일러 몇 사람을 데려오라."고 하였다. 그리하여 장비는 백성들에게 미소를 띠고 환대하며 그들과 함께 한담을 나눴다. 사람들은 모두 한중 백성들로, 고향으로 돌아가려고 하는데 많은 군사들이 쳐들어와서 파서로 가는 관도가 막혔다기에 이제 창계를 지나 자동산과 회천근을 경유하여 한중으로 들어가 집으로 가는 중이라고 하였다. 장비는 그들에게 와구관까지의 거리가 얼마나 되느냐고 물었다.

그들은 자동산에서 작은 길을 따라 가면 와구관의 뒷길이 나온다고 했다. 장비는 기뻐하며 그들을 영채 안으로 초대해 술과 밥을 주었다. 백성들은 배불리 먹고 마신 연후에 앞에서 길을 안내하고, 500여 명의 정선된 기병들이 그들을 따라 작은 길로 따라갔다. 위연은 남아 와구관의 적들을 정면으로 공격하게 하였다.

장합은 아무리 기다려도 구원군이 나타나질 않아 마음속으로 초조하고 화가 치밀었다. 그때 위연의 군대와 부딪혀 말을 타고 산을 내려가는데 관의 뒤쪽에 나있는 너댓 개의 작은 길에서 화염이 치솟아올랐다. 위연은 군사들이 어느 방향에서 들어오는지 몰라 당황해하는데, 큰 깃발이 나타나며 장비가 보였다. 그는 식은땀을 흘리며 작은 길로 내뺐지만 장비가 총알같이 추격해 왔다. 장합은 결국 말을 버리고 산을 뛰어올라 고생 끝에 탈출할 수 있었다. 남군에 돌아왔을 때, 그의 곁에는 10여 명만이 남아 있었다. 조홍은 노했다. 곽준이 말리지 않았다면 장합의 목은 이미 날아갔을 것이다.

장비는 이처럼 길 가던 백성들을 초대하여 술과 밥을 주면서 신출귀몰하게 와구관을 공략하여 낭중의 요새지를 지켰다. 오늘에 이르기까지 『삼국연의』가 세상에 나온 지 수백 년이 흘렀지만 아직도 사람들은 장비를 무식하고 거친 사람으로 보며, 『수호전』 속의 이규(李逵)와 거의 동일시하고 있으니 안타까운 일이다.

35 조범(趙范)은 진실했지만 유비는 진실하지 못했다

지난날 『삼국연의』 제52회 하반부를 읽고 마음이 편치 않았다. 지금 읽어도 역시 조범은 진실한 자였으나 유비는 진실하지 못하다는 생각이 든다.

조운은 3000 군마를 거느리고 계양으로 쳐들어갔다. 계양 태수 조범은 부하들과 긴급히 의논했다. 관군교위 진응과 포용이 출전을 원하였다. 조범이 말했다.

"내 들으니 유현덕은 바로 한나라 황숙이며, 또 지혜로운 공명과 용맹이 대단한 관운장, 장비를 두었다 한다. 지금 군사를 거느리고 오는 조자룡이란 장수는 지난날 당양 땅 장판에서 백만 적군 속을 무인지경으로 드나들듯 하였으니, 우리에게 군사가 있어도 그들을 대적할 수 없으니 항복하는 것이 옳으리라."

이에 진응이 말했다.

"제가 병사들을 이끌고 출전을 원합니다. 만약 조운을 잡지 못하면 그때 태수께서 투항하셔도 늦지 않습니다."

조범은 더 우길 수가 없어 허락하였다.

그런데 결과는 진응이 조자룡에게 사로잡히고 말았다. 진응은 사죄하고 머리를 감싸고 도망치듯 성으로 돌아가 전투에서 패전한 것을 알렸다. 조범은 그를 꾸짖었다.

"그러기에 내가 애초에 항복하자고 했는데, 너희들이 우기더니 이 지경이 됐구나."

조범은 인수를 들고 기병 수십 명을 거느리며 성을 떠나 조자룡의 영채로 가서 항복했다. 이는 기만이 아니었다.

조운은 영채를 나와 그를 맞이하며 손님에 대한 예의로써 대접하고, 함께 술을 마시고 인수를 받았다. 술이 몇 순배 돌았을 때였다. 조범이 말했다.

"장군의 성이 조씨이고 나도 또한 조가니 500년 전에는 우리가 다 한집안이었소. 더구나 장군은 진정 땅 출신이고, 나도 또한 진정 출신이니 바로 같은 고향 사람이오. 장군이 나를 버리지 않고 서로 의형제를 맺는다면 참 좋겠소이다."

조운은 크게 기뻐하며 조범과 서로 나이를 대보니, 그들은 서로 동갑이고 조자룡이 4개월 빠른 셈이었다. 이에 조범은 일어나 절하고 조자룡을 형님으로 삼았다. 두 사람은 밤늦게야 술자리를 파하고, 조범은 기쁘게 성으로 돌아갔다.

이튿날, 조운은 기병 50명만 거느리고 조범의 청에 다라 계양성으로 들어가 백성들을 무마하니, 조범이 그를 잔치 자리에 초청했다. 술자리가 어느 정도 무르익자 조범은 다시 조자룡을 데리고 후당의 깊숙한 방으로 들어가서 잔을 씻고 다시 술을 대접하였다.

조자룡이 술기가 거나했을 때였다. 조범은 문득 한 부인을 나오게 하여 조자룡에게 술을 따르도록 하였다. 조자룡이 그 부인을 보니 상복을 입었는데, 참으로 절세가인이었다.

조자룡이 조범에게 물었다.

"이 부인은 누군가?"

"저의 형수씨온데, 성은 번씨올시다."

조자룡은 옷깃을 여미고 번씨에게 경의를 표했다.

번씨가 조자룡에게 술을 따르자, 조범은 자리에 앉도록 권했다. 그러나 조자룡은 번씨에게 굳이 안으로 들어가시라며 사양하였다. 번씨는 자못 멋쩍어하며 인사하고 후당으로 돌아갔다. 그녀의 속마음이 편치 않았을 것이다.

조운이 얼굴빛을 고쳐 조범에게 물었다.

"아우는 하필이면 형수씨를 불러 나에게 술을 따르게 했는가?"

조범은 웃는 얼굴로 답했다.

"까닭이 있어 그런 것이니, 바라건대 형님은 너무 나무라지 마십시오. 저의 형님이 세상을 떠난 지 이미 3년이 지났으나 형수씨는 청상과부로서 개가할 뜻이 없기에 제가 여러 번 권했더니, 형수씨 말이 '만일 세 가지 조건을 구비하면 시집을 가겠으니, 첫째 문무 겸비한 사람이어야 하고, 둘째 용모가 당당하고 자태가 출중한 사람이어야 하며, 셋째 전남편과 같은 조씨 성이라야 한다.'는 것입니다. 그러나 천하에 그런 여러 가지 조건을 모두 갖춘 사람이 어디 있습니까? 그런데 이제 형님이 오신 것입니다. 형님은 용모와 풍채가 당당하고 이름이 천하에 알려진 데다가, 또 저의 친형님과 같은 성이니 바로 형수씨 말씀과 맞는 분입니다. 형수씨 얼굴이 마음에 드신다면 바라건대 비용은 대드릴 테니 아내로 삼아 한집안이 되어 주십시오."

그때 조자룡은 갑자기 크게 노하며 일어나 소리 질렀다.

"내 너와 이미 형제를 맺었으니, 너의 형수씨는 바로 나의 형수씨라. 그런데 어찌 세상의 인륜을 어지럽히려 하느냐?"

정과 의리는 물론 의협심도 강한 조범은 무안해서 얼굴을 붉혔다. 호의로 행한 말과 행동이 조운의 뜻하지 않은 반응을 야기한 것이다.

"난 호의로 말했는데 어찌 이렇듯 무례하냐!"

조범은 좌우 사람에게 '처치해버리라'는 눈짓을 했다.

조운은 눈치를 채고 한 주먹으로 조범을 때려눕히고 바로 관아의 문을 나와 말을 타고 성을 떠났다.

조범은 부득이하여 진응과 포용을 불러 상의했다. 포용이 말했다.

"우리가 적진으로 가서 거짓 항복을 하겠으니, 태수께서는 군사를 거느리고 싸움을 거십시오. 우리 두 사람이 적진 안에서 기회를 보아 조자룡을 사로잡겠습니다."

그날 밤, 두 사람은 500명의 군사를 거느리고 조운의 영채로 가서 항복을 했다. 조운은 속으로 거짓 항복인 것을 알았지만 그들을 불렀다. 두 사람이 말했다.

"조범은 장군에게 미인계를 써서 듬뿍 취하게 한 뒤에 안으로 끌고 가 장군의 머리를 베어 조조에게 보내고 상을 탈 속셈이었습니다. 그는 이렇듯 흉악한 자입니다. 우리 두 사람은 장군이 분노해서 떠나시는 걸 보고 우리도 조범에게 걸려들 것 같아 도망쳐 왔습니다."

조운은 일부러 기뻐하며 술을 꺼내 두 사람과 통쾌하게 마셨다. 두 사람이 대취하자 조운은 그들을 그 자리에서 결박해 놓고, 따라온 군사들을 불러 물어보니, 과연 거짓 항복이었다. 조운은 두 사람을 죽인 다음, 다시 장계취계(將計就計)로 군사들에게 진응과 포용이 조운을 죽이고 회군하여 태수와 상의할 일이 있다고 전하게 하였다. 조범이 급히 성문 밖으로 나오자 조운은 좌우에 명하여 그를 사로잡았다.

현덕이 공명과 친히 계양성에 도착하였다. 공명이 자세한 상황을 물었다. 조범은 댓돌 아래에 꿇어앉아 형수를 그에게 개가시키려던 일을 소상히 말하였다. 공명은 조운에게 말했다.

"이 또한 아름다운 일인데, 귀공은 어째서 그랬소?"

이에 조운이 답했다.

"첫째는 조범과 의형제를 맺은 처지에 그 형수를 얻는다면 남들이 욕을 할 것이며, 둘째는 그 형수가 개가하면 절개를 잃는 것이며, 셋째는 조범이 항복은 했으나 그 속뜻을 알 수 없었소이다. 주공께서 장강과 한강 일대를 아직 정하지 못해 밤에도 잠을 이루지 못하시는데, 내가 어찌 부인을 얻는 일로 큰일을 소홀히 할 수 있으리오?"

유현덕이 말했다.

"오늘 우리의 큰일은 정해졌으니, 그대는 장가드는 것이 어떠하오?"

조자룡이 대답했다.

"천하엔 여자가 적지 않은데, 명예를 손상할까 두렵습니다. 어찌 아내와 자식이 없는 것을 근심하겠습니까?"

"자룡은 정말 남아 대장부로다."

그리하여 조범을 석방해 여전히 계양 태수로 명하고, 조운에겐 많은 상을 내렸다. 이처럼 유비의 기만은 은밀하게 진행되어 알아채기가 어렵다. 공명도 이미 '아름다운 일'이라고 했는데, 왜 그것을 적극적으로 권하지 않았을까? 더욱이 유현덕은 어찌하여 그 아름다운 일을 맺어주지 않고 단지 "자룡은 정말 남아 대장부로다."라고 칭찬하며 상만 주고 말았을까? 이는 조운의 속마음을 잘 이해하지 못한 것이 아닐까? 만약에 공명이 다시 몇 마디 더 하고, 유현덕이 적극적으로 주선을 한다면 목석과 같던 조운이 그 경국지색 미인에게 마음이 동하지 않는다는 보장이 없을 것이다. 제갈량과 유비는 부하들을 진정으로 자상하게 돌본 것이 아니었다. 이는 언제나 이기기만 하는 무적의 장군 조자룡도 예외가 아니어서, 그들은 조자룡을 수도승과 같이 생활하게 하면서 죽으라고 전쟁터만 누비게 하면 그만인 것이었다. 한탄스러운 일은 조운은 스스로 이 점을 모른다는 것이다. 한 마디의 칭찬과 약간의 상만으로도 그는 만족하며 주인이 그를 잘 대우하고 있다고 본 것이다.

공명과 현덕은 또 번씨 여인의 심정과 입장을 전혀 돌아보지 않았다. 천재일우의 좋은 인연을 적극적으로 맺어주는 것이 상책이었다. 공명은 정과 의리가 없고, 현덕은 더욱 그러했다. 그는 오직 자신의 대업만 생각했다. 하물며 대업이 이미 이루어졌으면 이런 아름다운 일도 하나 맺어준다면 더욱 원만한 지경에 이를 수 있을 텐데 그들은 그것을 거부했다. 그들은 오직 완곡한 말과 교묘한 표현으로 은근슬쩍 넘어갔지만 조금이라도 눈치가 있는 사람들은 알아차릴 수가 있다. 만약 진심으로 조운을 위해 좋은 말과 충고를 해준 것이라면 두 사람을 결혼시켰을 것이고, 그렇다면 우리들의 마음속에도 이런 유감이 생기지 않았을 것이다.

현덕은 손권의 누이와 마음대로 혼인을 맺어 한동안 동오에서 부부 생활을 신나게 하였고, 그간 그렇게 살아왔다. 관우와 장비도 일찍이 결혼해 처자식을 두고 있었다. 다만 왕년에 장판교에서 아두를 구하느라 구사일생을 겪은 조자룡은 이런 권리가 없었다. 이렇듯 통치자들은 아랫 사람들만 명예니 예의니 하며 들볶으니, 참으로 가식적이고 위선적이고 허위적이다. 만약 조자룡이 조공(조조)와 같은 주인을 만났다면 조공은 분명히 즐거운 마음으로 조운과 번씨의 천재일우의 좋은 인연을 맺어 주었을 것이다.

현덕이 영릉(零陵)에 들어가 백성들을 위로한 후에 여러 장수들에게 물었다.

"영릉은 이미 얻었으니, 다음 계양 땅은 누가 가서 얻겠느냐?"

조자룡이 대답했다.

"바라건대 제가 가겠습니다."

그런데 장비도 분연히 나서며 자원했다.

"나도 가겠소."

두 사람이 서로 가겠노라고 다투는데, 공명이 말했다.

"조자룡이 먼저 대답했으니 그를 보냅시다."

그러나 장비는 복종하지 않고 나서거늘, 공명은 두 사람에게 심지를 뽑게 했다. 그 결과 역시 조자룡이 가게 되었다. 장비가 버럭 화를 냈다.

"난 남의 도움을 받지 않고 혼자 군사 3000명만 거느리고 가서 계양성을 함락할 테니 두고 보라."

조자룡도 지지 않고 나섰다.

"나도 군사 3000명을 거느리고 가겠소. 만일 계양성을 함락시키지 못하면 군령에 의해 형벌을 받으리다."

더욱이 조자룡은 군령장을 받겠다는 엄숙한 조건을 제시하였다. 장비는 그래도 불복하니 현덕이 꾸짖어 물러나게 했다. 이는 현덕이 보기에도 불공평하고 무안하여 부득불 장비를 꾸짖어 물러나게 함으로써 사람들에게 보여 준 것이다.

무릇 사람은 남의 일에 대해 그 사람의 입장이 되어 남을 생각해 주어야 한다. 공명은 조자룡을 위해 그렇지가 못했다. 현덕은 시종일관 더욱 더 그러했다.

36 조조가 천자를 끼고 제후들을 호령한 것은 선한 일이었다

조조가 천자를 제압하고 제후들을 호령하였음은 바로 『삼국연의』 중의 큰 화제였다. 많은 사람들이 이를 잘 이해하지 못해 온 세상 사람들이 비난할 죄악으로 보는 경우가 많았다. 그러나 사실 조조는 책략에 능하고, 대의명분과 정의감이 넘쳐 사악한 자만은 아니었다.

제1회부터 시작하여 조조의 성정, 재능, 영향력 등이 점점 드러나 그는 이 소설 속 가장 주목을 받는 중심인물로 자리 잡는다. 반면 '유황숙'이라고 하는 유현덕은 관우와 장비가 언제나 옆에서 함께하고 있지만 조조에 비해 크게 못 미친다. 특히 매번 중대한 큰일이 벌어질 때마다 가장 두각을 나타내고 많은 사람들의 호응을 받은 자로 말하자면 조조와 대항할 자가 없었다.

제3회, 황문상시 장양 등이 하진 등을 죽였을 때, 조조는 한편으로는 궁 안의 큰 화재를 진압하면서 하태후에게 대사를 관장하게 청하면서도 또 한편으로는 장양 등을 습격하였고, 어린 소제(少帝)를 찾는 데 힘을 다했다. 모종강의 평 "당시 조맹덕의 행동은 역시 달랐다."는 말이 매우 옳았다.

제4회, 동탁이 소제를 폐위시키고, 진류왕(陳留王) 유협을 즉위시키니 그는 곧 헌제였다. 헌제는 당시 아홉 살이었고, 동탁이 스스로 상국(相國)이 되었다. 오래지 않아 동탁은 이유에게 명해 독주로 소제를 죽여 버린다. 이에 조조가 나서서 칼을 헌납드린다는 기만 계교로 역적 동탁을 암살하려고 하였다. 결과는 성공을 거두지 못해 조조는 달아나고, 급히 격문을 써서 각 진의 제후들을 모집하여 원소를 맹주로 추대하여 역적 동탁을 토벌하는 데 앞장을 섰다.

제6회, 조조는 원소를 보자 벌컥 화를 내며 꾸짖었다.

"지금 동탁 역적이 서쪽으로 떠났으니, 이는 바로 추격할 수 있는 기회인데, 본초(원소)는 어찌하여 군사를 일으키지 않소이까?"

원소가 말했다.

"여러 병사들이 피곤하여 공격을 해도 효과가 없지 싶소."

조조는 강조했다.

"역적 동탁은 궁궐을 불사르고, 황제를 윽박질러 데려갔기 때문에 천하가 진동하여 어찌할 바를 모르니, 이는 하늘이 동탁을 죽이려는 것이오. 지금이야말로 한 번 싸워 천하를 결정지을 기회인데, 여러분은 무엇을 의심하며 주저하시오?"

그 말에 모든 제후들이 경거망동(輕擧妄動)해서는 안 된다고 하니,

조조는 크게 화가 나서 말했다.

"이런 못난 것들과는 함께 의논할 수 없다."

조조는 마침내 친히 군사 1만여 명과 하후돈, 하후연, 조인, 조홍, 이전, 악진 등을 거느리고 밤낮없이 동탁을 뒤쫓아갔다. 이에 대해 늘 조조를 폄하하던 모종강도 "조조의 이 행동은 경솔한 경거(輕擧)가 아니라 엄숙하고 장한 장거(壯擧)였다."라고 평가하였다.

하후돈이 여포를 이기지 못하여 급히 말을 몰아 진지로 돌아왔고, 이어 서영의 복병이 모두 출현하여 화살을 쏘아 조조의 어깨에 정통으로 맞혔다. 조조는 어깨에 화살을 꽂은 채 패주하였다. 그런데 풀 속에 숨어 있던 적의 두 졸병이 일제히 창을 들어 찔렀다. 두 개의 창은 조조가 탄 말을 찔렀고, 조조는 풀 속으로 굴러떨어졌다. 두 병사가 달려들어 조조를 잡으려는 순간, 다행히 조홍이 말을 쏜살같이 몰아와 두 보병을 베어버렸다. 조홍은 조조를 부축하여 자신의 말에 태우고 갑옷과 전포를 벗어던진 채 조조의 말을 뒤따라 알몸으로 뛰었다. 한참을 달아나는데, 또 강물이 앞을 가로막았다. 조홍은 조조를 말에서 부축해 내리고 갑옷과 전포를 벗기고 알몸이 된 조조를 등에 업고 강물을 헤엄쳐 건너갔다. 나중에 서홍이 다시 상류에서 강을 건너 추격해왔지만 다행히도 이 와중에 하후돈과 하후연이 수십 기의 병사들을 거느리고 달려와 서영을 찔러 말 아래로 떨어뜨렸다. 조조는 실로 구사일생의 위급한 지경을 겪었다.

모종강은 평했다.

"조조의 이번 전투는 비록 패했으나 영광의 패배였다."

조조가 이번에 겪은 이런 역경들은 그 후 그가 겪게 되는 갖가지 곤궁에 비해서도 결코 뒤지지 않는 것이었다. 우리가 알아야 할 것은 조조가 겪은 이런 곤경은 역적 동탁을 토벌하려는 데에서 비롯된 것이며, 당시 조조 외에 그 누가 이런 희생을 기꺼이 치를 수 있었겠는가라는 점이다.

다음 날, 조조는 계속해서 동탁을 추격하며 영양 땅에서 전투를 벌였으나 결과는 또 패하여 돌아왔다.

원소가 조조를 영채 안으로 영접하여 술을 마시며 그의 노고와 답답한 마음을 풀어주고자 하였다. 조조는 감탄하여 말했다.

"제가 처음 의거를 일으켜 나라를 위해 역적을 물리치려 하였소. … 여러 공들께서 의심만 품고 극력 일을 펼치지 않으니, 이는 천하의 바람을 크게 저버리는 일이오. 이 조조는 그것이 참으로 부끄러운 일이라 생각하오."

그러나 조조는 원소를 비롯한 사람들이 모두 일을 도모할 의욕이 없음을 알고 군사들을 이끌고 양주로 떠나버렸다.

동탁은 장안에서 스스로 '상부(尙父)'라고 호칭하면서 그의 종친이라면 나이에 관계없이 모두 높은 벼슬을 주었다. 그는 또 장안에서 250리 떨어진 곳에다 특별히 미오궁을 짓기도 했다. 그러나 그는 왕사도 왕윤의 교묘한 연환계에 의해 여포에게 주살되었다. 그의 여당인 이각과 곽사는 헌제를 죽이려 했는데, 장제와 번조 두 역적이 말리며 말했다.

"안 되오. 지금 그를 죽이면 여러 사람들이 복종하지 않을까 두려우

니 여전히 군주로 섬기면서 제후들을 속여 입관하게 하고, 먼저 그 날
개를 제거한 다음에 그를 죽이면 천하를 우리가 얻을 수 있을 것이오.”

모종강은 이 같은 그들의 계교에 그래도 한마디 양심적인 말을 하
였다.

“한 놈은 죽이자고 하고, 한 놈은 죽이지 말자고 하네. 역시 미친 도
적들의 계략이라 조조와는 다르구나.”

산동의 청주에서는 황건적이 다시 일어났다. 무리들의 수가 수십만
이 넘었다. 태복 주준이 한 사람을 추천했다.

“산동의 여러 도적들을 공략하려면 조맹덕이 아니면 아니 되옵니
다.”

그의 말은 옳았다. 과연 조조는 성지를 받아 수양 땅에서 적들을 공
격하였다. 100여 일이 못 되어 무마시키거나 항복한 병사들이 30여 만
명에 이르고, 백성들은 100여 만 명에 달했다. 그는 다시 정예한 자들
만 추려 ‘청주병(靑州兵)’이라 부르고, 나머지는 모두 고향으로 돌아가
도록 했다.

이로부터 조조의 명성은 높아졌다. 조정에서는 그를 진동(鎭東)장군
으로 봉했다. 연주(兗州)에서는 또 현명한 선비들도 모으니 순욱, 정욱,
곽가 등과 같은 중요 인물들을 얻었다. 나중엔 산동 지방의 모든 황건
적 잔당들을 무마하였고, 조정에서는 다시 그를 건덕(建德)장군, 비정
후(費亭侯)로 봉하였다. 그러나 그때, 이곽이 스스로 대사마가 되고, 곽
사는 자칭 대장군이 되어 마구 날뛰었지만 조정에는 아무도 그들을 막
지 못했으니, 마치 동탁이 정권을 쥐고 있던 흉폭한 시기와 같았다. 정

직한 태위 양표, 대사농 주준 등이 몰래 헌제에게 아뢰었다.

"지금 조조가 장악한 군사가 20여 만에 이르고, 모사와 무장들도 수십 명이옵니다. 만약 그를 끌어들여 사직을 부지하게 하고, 잔악한 도당들을 섬멸하게 한다면 천하가 편안해질 것이옵니다."

헌제는 울며 말했다.

"짐은 여태 두 역적에게 능욕을 당했으니, 그들을 주살하게 된다면 실로 큰 다행이리라!"

건안 원년, 한 말의 기운은 이미 종말을 예고했다. 태위 양표가 아뢰었다.

"지난날 폐하의 조서를 받았으나, 미처 조조에게 보내지 못했습니다. 지금도 조조는 산동에서 강력한 장수와 군사를 많이 거느리고 있으니, 조정으로 불러들여 왕실을 돕게 하면 어떻겠습니까?"

황제는 대답했다.

"짐이 이미 조서를 내렸으니, 경은 잘 알아서 하라. 다시 짐에게 아뢸 것 없다."

양표는 황제의 말씀을 듣자 즉시 사신을 산동으로 보내어 조조를 선소(宣김, 임금의 부르심)했다.

한편 조조는 산동에 있으면서 천자의 조서를 보고는 모사들을 불러 모아 상의했다. 순욱이 진언했다.

"옛날 진문공이 제후들을 거느리고 천자인 주 양왕을 영접했기 때문에 천하가 진 문공에게 복종하였고, 한 고조는 초나라 의제의 초상을 잘 치러 주었기 때문에 천하 민심을 얻었습니다. 그런데 오늘날은 천자가 몽진(피난)했으니, 이 기회에 장군이 먼저 대의명분을 내세워 의병을 일으키고 천자를 받들어 민심을 대변하면 이야말로 만년 대계라 할 수 있습니다. 빨리 서두르지 않으면 천재일우의 이 좋은 기회를 다른 사람에게 빼앗길까 두렵습니다."

순욱의 이 진언은 바로 조조로 하여금 천자를 끼고 제후들을 호령하라는 뜻이었다. 조조는 매우 기뻤다.

이에 대해 모종강이 평했다.

"혹자는 양표가 조조를 선소함을 간하고 유비를 왜 부르지 않았느냐고 할 것이다. 그것은 유비의 병력이 적고 세력이 약하지만, 조조는 병력이 많고 세력이 강했기 때문이다. 병력의 많고 적음과 세력의 강하고 약함으로 말하자면 반드시 유비를 버리고 조조를 취해야 했던 것이다. 하물며 안으로는 양봉과 한섬이 두 마음을 갖고 버티고 있으며 밖으로는 여러 지역에서 제후들이 많은 병사들을 갖고 서로 다투고 있으니, 유비의 작은 병력으로 어찌 그것들을 제어하겠는가! 순욱이 조조에게 말한 '이 좋은 기회를 다른 사람에게 빼앗길까 두렵습니다' 라는 말은 만약에 원소나 원술에게 그 기회가 주어진다면 그들은 하려고 하겠지만 능력이 없고, 유비도 시킬 수는 있지만 능력이 없으며, 조조를 제외하고는 그 일을 맡을 자가 없으니 조조를 염두에 두고 한 말이다."

또 다음과 같이 평했다.

"조조가 황제를 데리고 허도로 도읍을 옮긴 것은, 동탁이 황제를 데리고 장안으로 도읍을 옮긴 것, 그리고 이곽과 곽사가 황제를 데리고 미오로 도읍을 옮긴 것들과 다른 바가 없다. 그러나 동탁과 이곽, 곽사

등은 명분이 서지 않고 조조는 명분이 서는 것은 근왕(勤王)의 군사와
어가를 협박한 무리는 다르기 때문이다. 그러므로 조조의 천도는 대의
명분이 선다. 신문공이 천자를 하양으로 가게 하고, 제후들은 복종을
한 것은 실로 패자(覇者)의 일이라고 하겠다."

이에 황제는 "조 장군(조조)은 실로 사직(社稷)의 신하로구나!"라고
하였다. 그러나 모종강은 갑자기 또 편견이 생겨 이에 대해 평하길,
"꼭 그렇지는 않을 것 같다."라고 하였다.

조조는 황제에게 아뢰었다.

"신은 지난날 나라의 은혜를 입었기에 항상 보답할 길을 생각하던
중, 이제 이각과 곽사의 죄악이 하늘에 가득 차고, 또 신에게 용맹한
군사 20여 만 명이 있으니, 하늘의 이치로써 역적을 치는 데야 어찌
이기지 못할 리가 있겠습니까. 폐하는 더욱 용체를 보중하사 국사를
돌보소서."

황제는 조조를 사례교위로 봉한 후에, 절월(節鉞)을 하사하고 녹상서
사를 겸임시켰다. 그 후, 조조는 스스로 대장군, 무평후로 봉하니 대권
이 모두 자신에게 돌아갔다. 조정의 대사가 먼저 조조에게 보고되고 그
연후에 천자에게 전해졌다. 헌제는 스스로 군주라고 여겼지만 점점 조
조에게 큰 불만을 가졌다. 더욱이 황숙인 유현덕을 본 후에는 속으로
'조조가 권력을 농단하여 나랏일을 짐이 장악할 수가 없었는데, 오늘
이 영웅 숙부를 얻었으니, 짐은 도움을 얻었도다!' 하고 생각했다.

조조는 헌제가 우둔함을 알고 있었는데, 그가 사람들 앞에서 유비를
언제나 유황숙으로 칭하는 것을 보고는 그의 심중을 이미 알아차렸다.

조조는 순욱 등을 비롯한 모사들에게 분명히 말하였다.

"천자가 유비를 황숙으로 여기니, 나는 천자의 칙명으로 유비를 호령하면 유비도 별도리 없이 내게 복종할 것이다. 하물며 유비는 현재 이곳 허도에 있으니, 명색은 천자와 가까워도 실은 내 손아귀에 들어 있음이라. 무엇을 두려워할 것 있겠느냐!"

정욱이 조조에게 고하였다.

"이제 주공의 위엄이 날로 높거늘, 이런 기회에 왜 패업을 일으키지 않으신지요?"

그리하여 조조는 일부러 천자를 사냥에 청해 동정을 살피고자 하였다.

조조는 먼저 성 밖에 병사들을 모아 놓고, 헌제에게 사냥 가길 청했다. 천자가 말했다.

"사냥은 성현들이 권하는 바른길이 아니오."

이에 조조가 다시 아뢰었다.

"옛 제왕이 봄에 사냥하는 것을 '수(蒐)'라 했으며, 여름에 사냥하는 것을 '묘(苗)'라고 했으며, 가을에 사냥하는 것을 '선(獮)'이라 했으며, 겨울에 사냥하는 것은 '수(狩)'라고 불렀습니다. 그들은 춘하추동 교외에 나가 천하에 무예를 드날렸습니다. 이에 사해가 혼란한 때를 당했으니, 마땅히 사냥하고 무술을 닦아야 합니다."

헌제는 감히 복종하지 않을 수가 없었다.

조조는 고의로 천자와 말을 가지런히 해서 가니, 다만 말머리 하나의 간격이었다. 그는 또 천자에게 보배로 장식된 활과 황금으로 만든 화살을 달라고 하여 사슴을 쏘아 맞혔다. 모든 신하와 장수들은 쓰러진 사슴을 보고 황금 화살이 꽂혀 있으므로 황제가 쏘아서 맞힌 줄로 알고 일제히 "만세" 하며 환호했다. 조조는 일부러 말을 달려 썩 나가더니, 천자의 앞을 가로막고 만세 소리를 받았다. 관우는 물론 매우 아니꼬워 해 몇 번이나 나가 그를 참하려고 했지만 유비가 애써 말렸다. 나중에 유비가 헌제와 모의해 조조를 죽이고자 하는 조서를 비밀리에 작성하여 소매 속에 감추는 옥대 사건이 생기지만, 조조는 미리 그것을 방비하고 있었다. 더구나 그 사건으로 인해 헌제를 폐위시킬 것을 결심하여 더욱 덕이 있는 자를 추대하고자 하였다. 그러나 정욱이 간했다.

"주공이 위엄을 능히 사방에 떨치며 천하를 호령함은 한나라 칭호를 떠받들고 행세하기 때문입니다……."

그리하여 조조는 헌제를 폐위하는 일은 단념하고, 동승을 비롯한 다섯 사람과 그 가솔들을 모두 참하고, 동귀비도 죽였다.

나중에 장료는, 관우가 항복하는 조건으로 요구한 청을 조조에게 말했다.

"그는 한나라에 항복하는 것이지, 승상에게 항복하려는 것이 아닙니다."

이에 조조는 껄껄 웃으며 말했다.

"나는 한나라 승상이니, 한나라가 바로 나다."

제56회, 조조가 동작대에서 크게 연회를 베풀 때, 전반 문관들이 시장을 지어 바쳤다. 그 내용은 그의 높은 공덕을 칭송하며, 하늘의 명을 받아 천자가 되는 것이 마땅하다는 것이었다. 그러자 조조는 말했다.

"나는 오로지 국가를 위해 도둑들을 토벌하며, 공을 세우고 싸우다가 죽은 뒤에 '한나라 고 정서장군 조후의 무덤(漢故征西將軍曹侯之墓)'이라는 비석이라도 하나 선다면 평생의 소원을 이룬 것이려니 생각했다. …이 몸이 재상이 됐으니, 이는 신하 된 사람으로서 그 귀함이 극하였거늘 다시 무엇을 바라리오. 만일 나라에 내가 없었던들 그 몇 사람이 황제라 자칭하고, 왕이라 자칭했을지 모른다. 그러나 혹 어떤 사람들은 내가 중한 권세를 잡고 있는 것을 보고 망령되이 생각하기를 조조가 딴 생각을 품고 있으려니 의심하지만 그건 크게 잘못된 생각이다. 나는 옛적에 공자가 문왕의 지극한 덕을 칭송한 것을 늘 생각하기 때문에 그 말을 항상 가슴 깊이 명심하고 있노라……."

실로 조조가 천자를 끼고 제후들을 호령한 것은 그때의 현실이 그렇게 만든 것이다. 당시 조조를 제외하면 그 누가 있었던가!

여포가 원문(轅門, 즉 陣門)
바깥의 창을 쏘다

여포는 자가 '봉선(奉先)'으로, 용맹스러운 영웅이었지만 정말 아쉽게도 가슴 속에 지략이 없었고, 이익만 보면 바로 의리를 저버렸다. 동탁은 호분 중랑장 이숙(李肅)을 통해 황금 1000냥과 구슬 수십 개, 그리고 옥대 하나와 적토마를 여포에게 주며 그를 회유하니 그는 그날 밤에 당장 의부(義父) 형주자사 정원(丁原)의 목을 베어버렸다. 적토마는 몸이 온통 숯불처럼 붉어 잡털이 전혀 없었다. 머리에서 꼬리까지의 길이가 한 장(10자)이나 되었고, 발굽에서 정수리까지가 8척이었다. 한 번 포효하면 하늘을 날아오르고 바다도 치달을 것 같았다. 명장은 명마를 좋아한다고 했으니, 그것은 여포의 마음을 능히 끌 수가 있었다.

적토마를 얻은 여포는 이제껏 그렇게 기쁜 적이 없었다. 그는 즉시 이숙에게 사례하였다.

"형장께서 내게 이런 멋진 명마를 주셨으니, 제가 장차 어찌 보답을 하지요?"

이에 이숙이 겸허하게 말했다.

"저는 의리로써 장군을 찾아온 것입니다. 어찌 보답을 바라겠소이까?"

그러나 여포는 이런 의리가 아무 이유도 없이 어떻게 생겨났는지를 몰랐다. 그는 다만 자기가 좋아하는 물건에 빠져버려, 이숙이 그와 동향인이란 것이 바로 '의리' 라고 여긴 것이다. 그러므로 사람은 종종 어리석게도 상대방으로부터 멋진 선물을 받게 되면, 너무 좋아한 나머지 깊이 생각도 하지 않고 상대에게 빠져버리게 된다. 게다가 이숙은 그에게 술을 대접하며 담소하니 그의 말에 녹아들지 않을 수가 없었다. 술자리에서 여포가 물었다.

"형장이 생각하기엔 조정에서 현재 누가 가장 영웅입니까?"

이숙은 이때 당연히 동탁을 추천하였다.

"제가 여러 대신들을 보아왔지만 동탁만한 인물은 없었습니다. 그분은 어진 선비들을 공경히 대우하고 상벌이 분명하니 결국 대업을 이루실 겁니다."

여포는 당장이라도 동탁에게로 달려가고 싶었다.

"저는 그분을 따르고 싶은데, 다가갈 방도가 없는 게 한입니다."

이때 이숙은 황금과 구슬, 옥대 등을 그 앞에 펼쳤다. 여포는 곧 눈이 휘둥그레졌다.

"아니 이것들은 무슨 물건입니까?"

이숙은 비밀스럽게 좌우의 시종들을 물리친 다음, 동승상이 여포를 오랫 동안 흠모하여 특별히 자신을 시켜 선사하게 한 사실을 얘기했다. 여포는 당장에 동탁을 볼 수 있는 방법을 물었고, 이숙은 매우 쉬운 일이라고 응수했다.

여포는 명마와 금은, 옥대 등의 유혹 하에 결국 정원을 살해하고 군사를 이끌어 동탁에게로 귀순할 것을 약속하였다. 그날 밤, 여포는 정원의 막사로 바로 들어가 한 칼에 그를 베어버렸다. 다음 날, 그는 정원의 수급을 가지고 동탁을 뵙고는 그에게 절을 하며 의부로 모실 것을 맹세했다. 오래지 않아 동탁은 여포를 기도위, 중랑장, 도정후 등의 벼슬에 봉했다.

여포가 왕년에 정원에 의해 의자(義子)로 선택된 경위가 어떠한지는 알 수가 없지만, 정원은 확실히 정의로운 대장부임은 틀림없다. 그러나 아깝게도 그는 여포에 의해 암살되었다. 이후, 동탁은 이숙을 통해 여포를 선택했다. 사실 여포는 치명적인 약점을 지녀, 그가 왜 세상의 영웅으로 간주되는지 의문이 들 정도다. 그는 부귀공명에만 눈이 어두워 동탁을 선택하였지만 물론 그것은 큰 착오였다. 이숙이 여포를 회유할 때 웃으며 말했다.

"똑똑한 새는 나무를 가려 서식하고, 현명한 신하는 주상을 가려 섬기는 법입니다."

그 뜻은 여포가 동탁에게 귀순한 것을 칭찬하고, 여포 스스로도 좋은 주인을 골라 선택한 듯 여겼다. 그러나 사실상 여포는 정원이라는 밝은 양지를 버리고, 동탁이라는 어두운 음지를 택한 것이었다.

여포는 공(功)과 이익에 혈안이 되어 좋은 주인을 만나 출세하기만
을 원했다. 그리하여 일단 그 상대를 만나게 되면 미친 듯이 다가갈 뿐,
옳고 그름을 전혀 분별하지 못했다. 영웅스러운 무예를 지녔지만 영웅
의 올바른 기상이 없었다. 따라서 근본을 놓고 말하자면 여포는 진정한
영웅이 못 되었다. 다만 무부(武夫)일 따름이다. 여포에게는 중화전통
속 군자정신과 같은 도덕성을 기반으로 한 행동의지가 매우 박약하였
는데, 이는 정말 유감스러운 일이다. 그는 족히 후세인들이 반성으로
삼아야 할 좋은 거울로서의 역할을 할 수 있을 것이다.

역적 동탁은 자신의 세력을 보호하고 팽창시키기 위해 여포를 선택
하였다. 충신 왕윤은 동탁에 맞서 그를 살해하기 위해 또 여포를 선택
하였다. 여포는 왕윤이 사람을 통해 몰래 보내 준 멋진 구슬과 금으로
만든 갓을 보고 또 매우 감동하였다. 그는 친히 왕윤의 저택으로 찾아
와 사의를 표했다.

"여포는 승상부의 일개 장수일 따름이고, 사도께선 조정의 대신이
신데, 어찌 과분한 예의를 갖추셨는지요?"

왕윤은 또 그가 좋아하는 말로 여포를 과분하게 칭찬했다.

"현재 천하의 영웅이라고는 오직 장군만이 있을 따름입니다. 저는 장
군의 직책을 공경하는 것이 아니라 장군의 재주를 공경하는 것입니다."

왕윤은 여포가 좋아하는 말로써 그를 기쁘게 했다. 그는 역시 영리
한 자라 여포에게 술을 청하면서도 연이어 동탁과 여포의 덕망을 침이
마르도록 칭송했다. 여포는 가슴을 열고 환한 웃음을 지으며 아주 기분
좋게 흥분한 마음으로 술을 마셨다. 왕윤은 그때 바로 초선을 불러 그

에게 술을 따르도록 하였으며, 초선을 그에게 선사하겠노라고 했다. 여포는 의기양양하였다. 눈으로 연신 초선을 훔쳐보았다. 이 초선은 동탁이 여포에게 선사한 가장 값진 것이었고, 또 왕윤이 그에게 선사한 가장 진귀한 것이었다.

초선과 여포는 명백한 대비를 이루었다. 초선은 대의(大義)를 알았지만, 여포는 전혀 그것을 몰랐다. 사람은 사상이 없다면 단지 하나의 공구일 따름이고, 껍데기일 뿐이다. 만약 여포가 지혜와 용맹을 동시에 갖고, 조자룡과 익덕만큼의 지모만 있었어도 그의 전도는 무궁하였을 것이다.

이제 본격적으로 제16회 여포가 원문 바깥의 활을 쏘는 이야기를 해보자.

유비의 군사는 소패에 주둔하고, 여포는 서주에 범처럼 웅크리고 있었는데, 원술은 소패를 먼저 진공하고자 했다. 이미 군사를 정비하여 기령으로 대장을 삼고, 뇌박과 진궁으로 부장을 삼았다.

유비는 원술의 공격을 막을 수 없음을 알고, 여포에게 도움을 구하는 서신을 보냈다. 그런데 원술이 먼저 양식과 함께 서신을 보냈으니, 뜻은 여포로 하여금 유비를 돕지 말라는 의미였다. 그런데 늘 자신의 주견이 없던 여포였지만 이번에는 자못 생각이 있었다. 그는 유비의 서신을 보고 진궁에게 말했다.

"내가 생각해 보니 현덕이 소패에 주둔함은 내게 해로울 것이 없고, 만약 원술이 현덕을 합병해버리면 북쪽 태산으로 이어진 여러 장수들과 손을 잡고 나를 치려 할 테니, 나는 편히 잘 수가 없지 않겠는가! 차라리 현덕을 도와야겠다."

그리하여 그는 군사를 일으켰다. 원술과 유비가 이번에 또 여포를 선택한 것은 그들이 모두 여포를 이용할 수 있는 만만한 자로 본 때문이다.

여포는 잔치를 크게 열고 현덕과 기령을 초청하였다. 먼저 현덕이 가려는데, 관우와 장비는 여포가 두 마음을 품고 있을까 두려워 동행하였다. 그런데 현덕은 기령도 초청받은 것을 알고 매우 놀랐다. 기령 역시 현덕이 먼저 와 있는 것을 보고, 여포가 자신을 죽일 것이라고 여겼다. 기령과 장비가 모두 호시탐탐 서로를 노리고 있을 때, 여포는 크게 노하며 좌우에 외쳤다.

"내 창을 가져오너라."

기령과 현덕은 모두 아연실색했다. 여포는 말했다.

"여기서 저 원문 바깥까지 150보는 넉넉히 될 것이다. 내가 화살 한 대로 저 창 끝에 달린 곁가지를 쏘아 맞추거든 그대들은 각기 군사를 거두어야 하오. 만일 쏘아서 맞추지 못하거든, 그때는 각기 진영으로 돌아가서 당신들 마음대로 싸우고 죽이시오. 만일 내 말을 듣지 않을 때는 당신들을 그냥 두지 않을 것이오."

이에 대해 자세한 서술은 생략한다. 주지하다시피 여포의 화살은 명중하였다.

여포가 원문의 창을 쏘는 행동은 어리석은 그의 생애에서 한때 총명했던 경우였다. 그의 이 행위는 독자들도 예상하지 못한 거동이었다. 그러므로 사람을 판단함에는 맹목적으로 단순히 단정해버려서는 안 되는 것이다. 그러기에 옛말에도 "지혜로운 자도 반드시 하나의 실수는 있고, 우매한 자도 반드시 하나의 옳은 생각이 있다."라고 한 것이다.

『삼국연의』를 읽을 때 제16회 후반부에는 여포에 대한 이야기가 많다. 특히 가장 마지막에 진등이 조조를 보고 나서 그와 헤어진 다음, 여포와 나눈 대화는 매우 생동적이다. 여포가 먼저 화가 났다가 나중엔 칼을 던지며 웃으며 말했다.

"조조가 나를 알아주는구나!"

그는 정말 단순한 자였다. 그러기에 모종강도 평하길, "바보 같은 자"라고 했던 것이다.

진등은 비밀리에 조조에게 간했다.

"여포는 늑대 같은 자입니다. 그는 용기는 있으나 지혜가 없어서 하는 짓이 경솔하니, 속히 없애버려야 합니다."

조조가 이에 답했다.

"여포가 욕심 많은 늑대란 건 나도 아오. 참으로 걱정거리요. …그대는 앞으로도 나를 도와주오."

『삼국연의』를 읽으며 여포에 대해 주의를 기울이지 않으면 안 된다. 그는 바로 철저히 남에게 우롱당한 배역이었으며, 명리와 색욕에 완전히 기만을 당한 무리였다. 실로 그는 후대 자손들에게 전철을 밟지 않도록 경고해야 할 인물인 것이다.

38 전국(傳國) 옥새에 얽힌
속임수와 기만

동탁은 장안으로 도읍을 옮기려는데, 옮기기 전에 그는 사람을 시켜 여러 성문에다 불을 질러 낙양성 백성들의 집을 태웠으며, 더욱이 조정의 종묘와 궁전까지 방화하였다. 남북의 두 궁은 화염이 서로 이어져 장락궁(長樂宮)은 모두 초토화되었다.

당시 손견은 군사를 몰아 낙양으로 달려가 우선 화재를 진압하고 건장전(建章殿)터에다 영채를 세웠다. 그런데 군사 한 명이 한 곳을 손으로 가리키며 고하였다.

"어전터 남쪽 우물 속에서 오색빛이 일어납니다."

손견은 군사를 불러 불을 밝혀 우물 속으로 들어가게 했는데, 이윽고 한 부인의 시신을 건져 올렸다. 시신은 오래된 듯하나 그 몸은 썩지 않았다. 목에는 비단 주머니를 걸쳤는데, 풀어보니 속에 주홍색 작은 갑이 금 쇠사슬로 단단히 묶여 있었다. 그걸 열어보니 바로 옥새(玉璽)였다. 크기가 4촌인데, 그 위에는 다섯 마리 용이 서로 뒤엉킨 모양이 조각돼 있었다. 한쪽 모서리가 떨어져 나간 데는 황금으로 때웠고, 밑바닥에는 전서체로 다음과 같은 글이 새겨져 있었다.

"하늘의 명을 받아 영원히 번영하리라(受命於天 其壽永昌)."

원래 이 옥새는 나라를 전할 때 함께 전하는 것이었다. 옛날 '변화(卞和)'란 자가 형산(荊山) 밑에서 돌 위에 집을 짓는 봉황을 보고 그 돌을 실어 와서 초나라 문왕에게 진상했는데, 문왕이 그 돌을 쪼개서 이 옥을 얻게 되었다. 진나라 26년에 진시황이 솜씨 있는 장인에게 분부하여 그 옥을 갈아서 이 옥새를 만들었고, 이사(李斯)를 시켜 전서체 여덟 자를 써서 새기도록 했다.

진시황 28년에 순행하던 중 동정호에 이르렀을 때, 바람과 물결이 크게 일어나 탔던 배가 엎어지게 되었으므로 황급히 이 옥새를 물에 던졌더니, 즉시 바람이 없어지고 물결은 잔잔해졌다고 한다.

진시황 36년에는 다시 화음(華陰) 땅을 순행하는데, 어떤 사람이 이 옥새를 가지고 나타나 길을 막더니 시종에게 주며 "이 보물을 황제께 돌려드린다."는 말을 하고 바로 사라졌다고 한다. 그리하여 이 옥새는 다시 진나라 것이 되었으나 그 이듬해에 진시황이 죽고 자영이 이 옥새를 한나라에 바쳤다. 그 뒤 왕망이 한을 찬탈하려고 하여 효원 황후가 역적의 일당인 왕심, 소헌 등에게 이 옥새를 던져 모서리 한쪽이 떨어져 나갔고, 그래서 황금으로 때운 것이다. 그 뒤에 광무황제가 의양(宜陽) 땅에서 이 옥새를 회수한 이래로 오늘날까지 역대 황제에게 전해졌다. 그런데 소제가 북망산으로 납치당했다가 궁으로 돌아와 보니 이 보물이 없어졌다고 한다.

손견은 이 옥새를 얻은 후에 오래 그 곳에 머물 수 없음을 알고 급히 강동으로 돌아가 대사를 도모하고자 했다. 그리고 군사들에게는 옥새의 비밀을 아무에게도 발설하지 못하도록 몰래 주의시켰다.

그런데 생각지도 않게 군사 가운데 맹주 원소와 동향인이 있어, 그것을 이용해 입신출세를 노렸다. 그는 밤을 틈타 영채를 빠져나와 원소에게 그 사실을 보고하였다. 다음 날, 손견이 원소를 찾아와 병을 핑계로 군사를 데리고 고향으로 돌아갈 것을 고하니, 원소는 껄껄 웃으며 말했다.

"나는 그대의 병을 아오. 나라와 함께 전하는 옥새 때문에 탈이 났구려."

손견은 하늘을 가리키며 맹세하면서 그를 기만하였다.

"내가 만일 그 보물을 감추었다면, 평생을 잘 마치지 못하고 칼과 화살에 맞아 죽으리라."

원소는 밀고한 그 군사를 불러들이니, 손견은 화가 치밀어 칼로 그를 참하려고 하였다. 이에 원소도 칼을 뽑았다.

"자네가 내 군사를 참하면 이는 바로 나를 능멸하는 거로다!"

원소 등 뒤에 있던 안양과 문추도 모두 칼을 칼집에서 뺐다. 그러자 손견 등 위에 있던 정보, 황개, 한당 등도 역시 칼을 손에 쥐었다. 다행히 여러 제후들이 함께 말려 손견은 말에 올라타 낙양을 떠났다.

원소는 크게 노했다. 편지를 한 통 써서 심복을 시켜 밤을 새워 형주로 달려가 자사 유표에게 그것을 탈취할 것을 일렀다.

옥새로 인해 서로 쟁탈전이 벌어지는 것을 보면 그 속엔 기만과 협박으로 얼룩져 있다. 나중에 손견은 양양을 공격할 때 유표의 장수 여공의 계략에 말려들어 무수한 돌멩이와 화살에 맞아 그는 말과 함께 현산에서 전사했다.

손견의 아들 손책은 원술에게 몸을 맡겼다. 원술은 그를 매우 중시했다. 하루는 여범이 들어와 그에게 말했다.

"내 수하에 정예용사 100명이 있는데, 당신에게 도움을 줄 수가 있소."

손책은 그와 의논하여 원술에게 병사를 빌려 강동으로 가려고 했다. 그 명목은 숙부 오경을 구한다는 것이었지만 사실은 앞으로의 대업을 도모하기 위해서였다. 여범은 말했다.

"원술이 군사를 빌려 주지 않을까 염려되오."

"나에게 선친이 남기신 조정의 옥새가 있으니, 그것을 저당하지요."

이에 여범도 찬동했다.

"원술이 그걸 욕심낸 지 오래요. 옥새를 저당하면 반드시 군사를 빌려 줄 것이오."

이튿날, 손책은 원술 앞에 가서 절하고 울며 부탁했다.

"부친의 원수를 아직 갚지 못했는데, 이제 외숙인 오경은 또 양주자사 유요에게 갖은 핍박을 받고 있으니, 지금 곡아 땅에 있는 저의 늙은 모친과 식구도 머지않아 반드시 해를 입을 것입니다. 감히 청하옵건대 씩씩한 군사 몇천 명만 빌려 주시면 강을 건너가서 모친을 뵈옵고 가족을 보호하겠습니다. 영감께서 저를 믿지 못하실까 해서 선친의 유물인 옥새를 당분간 맡기겠습니다.”

원술은 옥새를 보고 매우 기뻐하였다.

“옥새가 필요한 건 아니다. 네 뜻이 정 그러하다니 그럼 잠시 맡아두기로 하마. 내 너에게 군사 3000명과 말 500필을 줄 테니 가서 상대를 평정하고 속히 돌려보내라. 너는 직위가 낮아서 그 많은 군사를 지휘하기 어려울 것이다. 내 천자께 상표하여 너를 절충교위 진구장군(折衝校尉珍寇將軍)으로 승격시킬 테니 우선 군사를 거느리고 가거라.”

손책은 날을 선택하여 병사를 데리고 출발했다. 얼마 지나지 않아 그는 주유도 얻었다. 수만 명의 무리들이 그에게 모였고, 강동으로 내려가 백성들을 무마하니 그를 따르는 자들이 무수하였다. 강동의 민중들은 모두 손책을 ‘손랑(孫郞)’이라고 불렀다.

손책은 그의 아우 손권과 함께 산적들을 평정하니 강남 지역이 편안해졌다. 그리고 한편으로는 조정에 표를 올리고, 또 한편으로는 조조와 손을 잡으며 또 한편으론 원술에게 서신을 보내 옥새를 구하고자 하였다. 허나 원술은 천자가 될 야심이 있어 옥새 반환을 거부하였다.

손책이 지극히 어려운 상황에서 전국 옥새를 포기하고 원술에게 군사를 빌린 일은 정말 그의 높은 책략이었다. 군사를 빌리는 것이 바로 당면 급한 과제였다. 옥새로써 저당을 잡지 않으면 원술이 절대 그에게 병사를 빌려 주지 않았을 것이다. 병사만 빌리는 것이 아니라 관직도 얻었다. 손책은 참으로 기만술에 능하며 총명하고 책략이 있었다.

옥새는 손견이 그것을 은닉했다가 원소가 그것을 얻으려고 다투었으며, 유표는 손견이 그것을 갖고 달아나는 것을 가로막았다. 옥새로 인해 손견은 생명을 잃었다. 그러나 손책은 옥새로 인해 군사를 얻고 관직을 얻었다. 나중에 유비가 촉 땅에서 황제로 칭해졌으나 옥새를 얻지 못했다. 손권도 오 땅에서 황제로 칭해졌으나 옥새를 얻지 못했다.

모종강이 평했다.

"아아, 황제로 등극하는 데 어찌 꼭 옥새가 있고 없음에 있겠는가!"

그의 평은 참 지당한 말이다.

공자는 아름다운 옥이 있으면 그것을 감춰 둘 필요가 없다고 했다. 논어 자한(子罕) 편에서 자공이 공자에게 물어보았다.

"아름다운 옥이 여기에 있을 경우, 이것을 궤 속에 넣어 감추어 두시겠습니까, 아니면 좋은 값을 구해 파시겠습니까?"

이에 공자가 답했다.

"팔아야지, 팔아야지. 그러나 나는 좋은 값을 기다리는 자이다."

이처럼 공자는 사람의 인사(人事)를 중시하고, 기물(器物)은 중시하지 않았다.

한편 원술은 옥새만 있으면 만사가 형통한 줄 알았다. 그는 약속을 어기고 옥새를 손책에게 돌려주지 않았다. 나중에 유비와 원술이 서로 부딪혔을 때, 유비가 그를 꾸짖었다.

"의리 없는 역적아, 나는 이제 황제의 명을 받아 너를 토벌하고자 한다. 어서 속히 손을 모아 항복을 하면 죄를 용서하겠노라!"

원술은 전국 옥새를 수중에 넣었다고 우쭐대며 유비를 욕했다.

"돗자리나 신발을 짜던 소인놈이 감히 나를 경멸하다니!"

원술은 한바탕 욕을 하더니 군사를 휘몰아 쳐들어왔다. 그러나 좌우 양쪽 길에 있던 유비의 군사들에 의해 원술의 군사는 대패하였다. 시체가 들에 가득하고, 피는 흘러 도랑을 이루었다. 나중에 원술은 침상에 앉았다가 갑자기 크게 외마디소리를 지르며 바닥으로 굴러떨어져, 이내 피를 한 말 남짓 토하고 죽었다. 이 옥새는 결코 아무나 가질 수 있는 물건이 아닌 모양이다. 후세 사람이 원술을 탄식한 시가 있다.

한나라 말기에 군사들이 사방에서 일어나 소란했으나

그 중에서도 원술이야말로 가장 방자하였네.

대대로 높은 벼슬을 한 집안은 생각하지도 않고

혼자서 제왕이라 일컬으며 날뛰었도다.

난폭한 그는 나라를 전하는 옥새를 가지고 공연히 자랑했고

교만 사치하여 하늘의 운수가 자신에게 돌아왔다며 망령을 부렸네.

결국은 갈증이 났으나 꿀물도 없어 목을 축이지 못한 채

홀로 빈 침상에 누워 피를 토하고 죽었도다.

그의 조카 원윤은 원술의 영구와 유족인 처자들을 거느리고 여강군으로 급히 달아나다 서구에게 붙잡혀 한꺼번에 몰살당했다. 서구는 옥새를 찾아 내자 그 길로 허도로 가서 조조에게 바쳤다. 조조는 크게 반색하고 건달 서구를 고릉 태수로 봉했다.

여기서 우리가 알아야 할 것은 조조가 이 옥새를 얻은 후에 그것을 사사로이 은닉하지 않았다는 점이다. 조조는 역시 조조였다. 옥새는 조

조로부터 헌제의 부보랑(황제의 옥새를 보관하는 관리)인 조필에게 전해졌다. 조비는 낙양에서 칭제(稱帝)를 꿈꾸며 헌제를 핍박하였는데, 왕낭과 화흠이 적극적으로 나섰다. 헌제는 소스라치게 놀라 소매를 떨치며 일어섰다. 왕낭이 화흠에게 눈짓을 했다. 화흠은 즉시 황제 앞으로 성큼성큼 걸어가서 용포 자락을 움켜잡고 협박했다.

"(양위(讓位)를) 하느냐 못하느냐를 속히 말씀하소서."

헌제는 벌벌 떨며 말을 못했다. 그때 조홍과 조휴가 칼을 뽑아들며 큰 소리로 외쳤다.

"부보랑은 어디 있느냐?"

조필이 이에 응해 나오며 말했다.

"부보랑이 여기에 있소."

조홍이 옥새를 내놓으라고 위협했다. 이에 조필이 꾸짖었다.

"옥새는 천자의 보물이다. 어찌 맘대로 내놓으라 하느냐?"

모종강이 이에 평했다.

"충신은 나라의 보물이다. 옥새가 보물이 아니라 조필이 바로 보물이었다."

매우 탁월한 견해다. 조필은 조홍에 의해 즉각 무사들에게 끌려 나가 참을 당했다. 당시 조필은 계속해 그들을 꾸짖다가 죽음을 맞았다. 헌제는 핍박에 못 이겨 위왕에게 자리를 양도하였고, 옥새는 조비에게로 돌아갔다.

제119회, 위왕 조환이 사마염의 협박에 속수무책으로 당해 위 경원 5년 12월 갑자날에 전국 옥새를 진왕(晉王) 사마염에게 전하였다. 사마염은 황제 자리를 잇고 국호를 '대진(大晉)'으로 불렀으며, 조환을 진류왕(陳留王)으로 봉하였다. 그리고 사마의를 선제(宣帝)로 추시(追諡)하였으며, 백부 사마사는 경제(景帝)가 되고, 부친인 사마소는 문제(文帝)가 되었다.

　제113회, 손권의 여섯째 아들인 손휴가 천자의 자리에 오르는데, 그는 재삼 사양한 후에 옥새를 받았다고 기록되어 있다. 이 옥새는 진짜 전국 옥새가 아니었다.